托尔斯泰中篇小说选

伊凡·伊里奇之死

[俄] 列夫·托尔斯泰 著

许海燕 译

Lev Tolstoy

**DEATH OF
IVAN ILYICH**

東方出版社

根据俄国国家文学出版社（Государственное издательство художественной литературы）出版的 20 卷本《托尔斯泰文集》（Толстой Л. Н. Собрание сочинений в 20 томах, 1960）译出。

译序

许海燕

　　列夫·托尔斯泰（1828—1910）是俄国最伟大的古典作家，不仅他的三部长篇小说——《战争与和平》《安娜·卡列尼娜》和《复活》有着永久的魅力，他写的许多中短篇小说也像一件件精美的雕刻，使人爱不释手。托尔斯泰晚年写的中篇小说《伊凡·伊里奇之死》《克洛采奏鸣曲》和《魔鬼》就是这样的艺术珍品。

　　《伊凡·伊里奇之死》取材于作家本人很熟悉的图拉法院的法官伊凡·伊里奇·梅奇尼科夫的死。他死前因患癌症而遭受的痛苦，自认一生年华虚度的想法，成了托尔斯泰构思这部小说的基础。

　　伊凡·伊里奇的一生是旧俄千千万万个官僚的一生的典型。从法律学校毕业以后，他进入了官场。他并不是个贪官污吏，他处理公务都"遵守一定的规则"，履行"一切必要的手续"，因而得到"身居高位的人的赞许"。不仅在公务上是这样，就是在私人生活中他也是这样。他寻欢作乐总是"不失体面"，甚至他之所以要结婚，也是因为"那些身居高位的人认为这样做是对的"。伊凡·伊里奇就是这样一个官僚，一个处处以"遵守规则""不失体面"为原则的人，在家庭生活中也是如此，以致他使自己内心原有的一点点真诚的、活生生的东西全都窒息了。

正当伊凡·伊里奇仕途一帆风顺的时候，却突然身患癌症，病倒在床上。这时，他痛苦地体验到周围的人们（同僚，甚至亲属）对他命运的漠不关心。他疼得无法忍受，受尽折磨。可是谁也不来可怜他，谁也不来安慰他（只有一个朴实的男仆人对他表现出朴实的同情）。这也不足为怪，因为他在自己的一生中从来就没有怀着人的感情同情过任何人，抚慰过任何人。他在一种精神上极其孤独的情况下死去。

托尔斯泰以一种震撼人心的艺术力量描写了伊凡·伊里奇一步步走向死亡的过程，描写了他对死亡的恐惧和他在临死前觉得自己的一生"不对头"的思想，读起来使人觉得仿佛自己也和伊凡·伊里奇一样感受到了对死亡的恐惧。难怪法国作家莫泊桑读完这篇小说后说：

我明白我的全部事业都毫无意义，我整个十大卷的作品都一文不值。

甚至俄国的医学专著也对托尔斯泰的出色描写给予极高的评价：

> 每一个医生，不管他属于哪一科，都应当用最专注的心情来读完这篇——就这个题目而言，世界文学上再没有其他作品比它更出色——这样他就会懂得癌症患者所体验到的那种无穷的恐惧和思虑。[①]

《克洛采奏鸣曲》则以托尔斯泰一向关注的婚姻和家庭为主题。小说的主人公波兹德内舍夫与妻子的关系是完全建立在肉体上的，没有真正的精神上的沟通，因而夫妻双方就逐渐由不断争吵发展到内心相互仇恨。家庭只维持着表面的形式。这时，一位艺术家出现在他们的家庭生活中

---

① 李茨基:《托尔斯泰文艺作品中关于死亡、疾病和医生的描写》，见《俄罗斯临床学》1929 年第 11 期，第 8—9 页。转引自贝奇科夫《托尔斯泰评传》，第 457 页，人民文学出版社，1981 年。

（波兹德内舍夫的妻子与这位艺术家一同弹琴），波兹德内舍夫就出于猜疑和妒忌杀死了他的妻子。小说对这种"虚假的"婚姻，对建立在纯粹肉体关系上的夫妻关系，给予了深刻的暴露。

19 世纪 70 年代末到 80 年代初，托尔斯泰在思想上发生了激烈的转变，他从贵族地主的立场转到了宗法式农民的立场上，同时，他也在家庭、婚姻、宗教等问题上产生了许多新的观点。他不赞成女性的解放，甚至产生了禁欲主义的思想。托尔斯泰认为，必须使男性和女性在精神和道德上不断革新，使他们达到禁欲生活的最高理想，才能真正解决夫妻关系和家庭中的悲剧。不管托尔斯泰的这一思想与目前人类的实际生活有着怎样的距离，但他关于夫妻和家庭生活应以精神和道德作为基础的思想无疑是非常正确的，是值得千千万万的家庭去努力做到的。

《魔鬼》则是一篇独特的小说，它描写一个青年贵族地主叶甫根尼在婚前与一个漂亮的、充满肉体诱惑而又没有任何关于"罪恶"的道德观念的乡村妇女有过一段时期的性关系。婚后，他与她断绝了这种关系，但在妻子生育以后，他又在村里不断遇见那位妇女，一种无比强烈的情欲控制了他，与他的道德观念发生了激烈的冲突。小说设计了两种结局：一个是叶甫根尼用手枪自杀了，另一个是他用手枪杀死了那位妇女。小说对情欲的巨大力量以及情欲与理性道德的激烈冲突的描写是深刻的、无与伦比的。

托尔斯泰不仅是一位文学家，也是一位人生哲学家、教育家、政论家、社会活动家。同样，他的文学作品也是丰富多彩的，他不仅描绘过历史和战争的宏大画面，细致地反映了19世纪后期俄国贵族阶级和农民在巨大的社会变革的冲击下的生活变化，深入地探索过道德自我完善和人生的意义问题，而且也有如本书中所收的三篇小说，深刻地描写了死亡、情欲、人的心理的激烈冲突等独到的人生现象，这些都是其他作品所不可取代的，也有着长久的认识和审美价值。

译者于南京师范大学随园

2017 年 4 月 22 日

❧ 死，为复活而做的准备 ❧

汪剑钊

　　关于死亡的沉思是俄罗斯文学一个极为重要的主题，托尔斯泰在一部哲理性随笔集《生活之路》中如是宣称："铭记死亡将有助于灵魂的生活。"在他看来，人如果忘却了死亡便等同于动物，而只要时刻意识到死的存在，也就接近于神圣。这位文学巨匠以自身的睿智赋予死亡以积极的含义，提醒人们热爱生命，自觉地生活在至善至性中，才能最终带着一颗纯洁的灵魂去面对上帝。因为，"只有真切地想象到你正处在死亡的前夜，你就肯定不会狡诈，不会欺骗，不会撒谎，不会指责、谩骂、仇视他人，不会抢夺他人的东西。在死亡的前夜所能做的只不过是最简单的善事：帮助和安慰别人，对别人待之以爱。而这些事永远都是最需要而最快乐的事"。这段话令人想起中国的一句俗语，所谓"人之将死，其言也善"。虽说后者在《论语》中的原意在于释缓曾子与孟敬子相互的龃龉，但也揭示了死亡对人的警示。

　　在那本随笔集中，托尔斯泰进一步阐述道：

　　在人死去的那一刻，点燃一支蜡烛，在这烛光下他曾读过一本充满了焦虑、欺骗、苦涩和罪恶的书，此刻这蜡烛爆发出比以往任何时候都明亮的光，把以前隐没在黑暗中的一切都照亮给他看，然后噼啪响过，闪动了一下，便归于永久的寂灭。

　　这种对生死的参悟也不可避免地贯穿在作家同时期的小说创作中，它们的真义便也程度不同地渗透在本书收入的三部中篇小说中。《伊凡·伊里奇之死》曾被选入美国麦克米伦图书公司出版的《世界小说一百篇》，被西方大学文学系当作教材。小说刻画了一个虚度年华的小官吏形象。小说第二节的开端，作者如是界定他的主人公："伊凡·伊里奇过去的生活经历是最普通、最平常，但也是最可怕的。"这句话堪称整部小说的题旨所在。伊凡的一生被认定为"最普通"和"最平常"，这非常容易为读者所理解。但为什么要说"最可怕"呢？托尔斯泰在此寓藏了深意，它意味的是潜伏在日常生活中的鄙俗与麻木，那种随波逐流的放纵与不负责任，以及如同"苍蝇爱光"的趋炎附势。伊凡的生命一直被平庸和虚伪所笼罩，循规蹈矩，恪尽职守，唯命是从，始终踩着他人的足迹前进。小说中，作者也暗示他曾经受到自由主义思想的熏陶，但只是浅尝辄止。另外，在成长的过程中，他也干过一些卑鄙、下作的事情，但获悉那些位高权重的人也有类似的行径且不以为是"坏的"，也就放弃了忏悔，心安理得地在既有"轨道"上前行。如果没有一场意外的疾病和最终的死亡，伊凡可能就会平淡而无为地度过这一生。但疾病和死亡打破了这种平静，它们就如同镜子，既映照着周围人等的面目，也在瞬间照亮了主人公自己晦暗的人生，他发现了自己以前的生活"不对头"。事实上，伊凡在他的死亡来临之前便已死去，他的生活早已被蛀蚀一空。值得注意的是，这部小说中出现了某些神秘主义的象征，"黑洞"与"光"的对比颇为耐人寻味，它们象征着虚无、死亡和最终的复活。

托尔斯泰曾在 1890 年的一则日记中表示，"理想的女人"就是"生儿育女和按照基督教义来培养她们，也就是说，使她们成为上帝和人们的仆人，而不是生活中的寄生虫"。应该说，晚年的托尔斯泰以道德自我完善的追求为起点，愈益倾向于一种保守的妇女观。《克洛采奏鸣曲》讲述的是一个因嫉妒而杀妻的故事，"充满着一种绝望的悲伤，一种极端不相信人与人之间将来有可能建立起正常、和谐的关系的心情"。有人将之看作俄罗斯版的《奥赛罗》。小说的名字取自贝多芬创作的一首 A 大调小提琴奏鸣曲，故事的主人公波兹德内舍夫曾经是一个放浪的纨绔子弟，最后因妻子的不贞而杀死了她。但作家关注的则是故事背后的生活方式与价值观，爱情的独占性，爱与欲望的关系，道德与责任的冲突，男权中心主义，等等。托尔斯泰借小说中的人物感慨道："女人本来应该是人类迈向真理与幸福的参与者，可是男人却为了自己的享乐把所有的女人都变成了仇敌，而不是助手。"但是，"女人把自己变成了一种对男人的肉欲具有影响的工具，以致使男人不能平静地与女人相处。男人只要一走近女人，就会被她麻醉，失去理智"。这两段话中的潜台词就是男女间的情爱不利于人的正常生活，而婚姻"在我们这个时代"也不过是一场"欺骗"。因为，情感是脆弱的，它的爆发力远远超过了耐受力，并非如人们所宣称并向往的永恒。小说中，作家借助音乐的力量，再一次审视了肉欲与精神的关系，既感到了它们之间的差异，也体会到其中无法分割的关联。正是在这样的观念支配下，托尔斯泰否定了人的本性之一："性欲，不管它怎样乔装打扮，也是一种恶，一种必须与之斗争的可怕的恶，而不是像我们现在这样去鼓励它。《福音书》上说，看见妇女就动淫念的人，他心里已经跟她犯奸淫了，这话不仅是对别人的妻子而言，实际上，这话主要是针对自己的妻子说的。"作为读者，我们自然不能将主人公的表述直接等同于作者的观点，但也不能不认识到，它们也代表着托尔斯泰的一部分看法，他期盼的是"一种通过节欲和贞洁而达到的善的理想"。

如上所述，性爱的引诱与克制是托尔斯泰终生关注的一个问题。作为曾经放浪不羁的青年，作家在晚年仍然处在性欲亢奋的折磨中，但另一方面却有着强烈的负罪感，因此表现出了异常的禁欲主义倾向，意图在各个层面上杀死这个"魔鬼"。《魔鬼》来自一个真实的故事，其中一部分素材甚至取自托尔斯泰早年的经历。小说最初的名字是《伊尔捷涅夫》，最后定稿时改作《魔鬼》。它处理的是人的本能如何左右生命的问题，欲望与理性的争斗，道德与魅惑之间的拉扯，主人公在纵欲和禁欲之间的摇摆。伊尔捷涅夫为了满足自己的生理需要与农妇斯捷潘妮达发生了关系。随后，他像许多花花公子一样，另娶富家小姐而成家立业，将此前的欢爱抛诸脑后。但命运弄人的是，在妻子丽莎怀孕以后，伊尔捷涅夫又重新遇见了那位令人神魂颠倒的农妇。如此，以往被时间和距离所阻隔的那种本能又开始蠢蠢欲动，并且逐渐吞噬着他的意志力，而他的身心似乎被一种毁灭的力量所彻底掌控。托尔斯泰细腻地刻画了伊尔捷涅夫濒于分裂的心理活动，他的焦虑、忏悔、恐惧、仇恨，等等。这一切，最后以死亡而告终。托尔斯泰在小说中说道："如果说叶甫根尼·伊尔捷涅夫在杀人时有精神病，那么，所有的人也都同样有精神病。"显然，在他的心目中，伊尔捷涅夫事件并非一个孤立的例子，实际具有普遍的意义，它凸显的是时代的病症。

作为思想家，托尔斯泰无疑有其独到的深刻之处，尽管他也曾被称为"天才的小说家，糟糕的思想家"。他对人类的现实处境和未来前途的思考，生死问题的纠缠，伦理与道德的困境，这些都是通过高超的语言艺术和卓越的叙事能力体现出来的。托尔斯泰以长篇小说闻名于世，他的巨著《战争与和平》《安娜·卡列尼娜》和《复活》无疑为其伟大的声誉奠定了牢固的基础。但是，他在艺术和思想上的探索并不限于这几部作品，而是渗透于所有的创作，在他众多的中短篇小说、戏剧、政论和随笔中。仅就这三部小说而言，我们便能窥豹式地感受到一位叙事文学的大师的魅力，他那出色的结构能力和对词语的熟稔运用。《伊凡·伊里奇之死》以检察院的庭审为楔子，继以葬礼为引子，在娓娓的倒叙中回顾主人公的一生；《克洛采奏鸣曲》的叙事入口是火车的车厢，作者以故事嵌套的形式模拟对事件的回忆，在叙述中插入数次列车的停靠，既增强了叙述的真实性，又使对话不至于因冗长而令人产生倦意；《魔鬼》则采用了先扬后抑的手法，以"锦绣前程正在等着叶甫根尼·伊尔捷涅夫"一句引发读者的期待，继而在琐事的铺展中描摹暗流般湍急的人生。有意思的是，在这部小说的结尾，作者给出了两个结局，一个是主人公伊尔捷涅夫的自杀，另一个则是他枪杀了自己的情妇斯捷潘妮达。托尔斯泰仿佛在书稿上分别给出了一个句号和一个逗号，从而把男女主人公生死的审判权留给了读者。这种笔墨是如此不动声色的写实，却在冷静的字里行间透显着诗性的智慧和对世事的洞明。

今天，我们何以还要阅读托尔斯泰？这是因为他思考的问题仍然存在，他追求的答案似乎仍然没有标准答案，而他由语言的火炬所点燃的真理之光还在闪烁。托尔斯泰早年曾创作了一部中篇小说《三死》，本书选译的这三篇小说仿佛是它的一个回响。在死亡这面镜子的映照下，人的尘世生命暴露了它的各种缺陷，琐碎、平庸、重复、虚幻、脆弱、易朽，等等。我们面前似乎重新出现了一位贵妇死后建造的教堂、一个农民没有墓碑的孤坟和一株无辜被砍伐的死树。太阳照常升起，新绿在枯枝上绽放。与此相对应的是，死亡再次分别举行了三种仪式，接纳了故事里的主人公，在时间的轮回中，血肉之躯抖落如一片片秋天的树叶，告别浮华、喧嚣的俗世，以便让灵魂平静、自然地找到自己的归宿。沿循托尔斯泰的思路，在一定程度上，我们可以说，死亡作为一种否定的存在，携带着自己的使命。它是恶的中断，也是堕落的抹除，实际是为复活作出的一个准备。在这个意义上，死亡并不是生命的结束，而是为人们打开了另一个窗口。一个人经历了尘世的种种苦难，那属灵的生命最终将脱离肉体的羁绊，获得精神的解放，借此进入一个至善而自由的王国。

2017 年 7 月 11 日

爱与恐惧之书

倪卓逸

苏美尔神话中，亚当的妻子并非众所周知的夏娃，而是一个叫莉莉丝的人类女性，同样是上帝用泥土所造，她不愿雌伏于亚当而离开伊甸园，与魔鬼为伍。在层层传说的垒叠中，亚当这位鲜为人知的前妻成为一个夜之魔女的形象，她嘲弄唯一的男人亚当，甚至违背神的旨意，放纵情欲，反叛而自我。莉莉丝更是夜里引诱男子、使他们无法自控性欲的大敌，这些传说的叙述者，将春梦与梦遗，都归咎于夜晚的魔女。

如果把笔交给亚当，他会如何述说自己眼中的前妻、又如何面对伊甸园外死亡的恐惧？我们虽不得而知，但好在有大文豪托尔斯泰，他在自己晚期的作品中，忠实地自剖对婚姻、肉欲和死亡的态度，使我们得以从小说中管窥。

《克洛采奏鸣曲》《魔鬼》《伊凡·伊里奇之死》三篇小说，都有一个重要的情节——死亡。但在这个终点前，托尔斯泰用了更多的笔墨去描写三位男性视角下的婚姻和人生。历来分析这三部作品都脱离不开托尔斯泰个人的生活，并非谈作品定要牵扯作者生平，而是这些主人公的心理与遭遇，实在和他本人太相似。

不可否认，托尔斯泰无愧为文学史上一代文豪，他所创造、展示的精神世界，滋养了无数后来者。而他身为创作者，对自身的激情和矛盾，也剖露得极坦荡。

强烈的肉欲一直令托尔斯泰困扰。他在日记中写过，三个侵蚀他的魔鬼，分别是"赌博欲、肉欲和虚荣欲"。早在十多岁，他就开始寻花问柳，还同一名女奴生下了一个私生子。这些他都记在日记里，还拿给当时是未婚妻的索菲娅看。索菲娅因此产生巨大的痛苦，在日后的婚姻中，不安与嫉妒长久地伴随着她。但在托尔斯泰心中，女人的嫉妒与抗议不可理喻，面对着这样的妻子，他开始质疑起婚姻来。

《克洛采奏鸣曲》的主人公波兹德内舍夫在世俗的节奏中与一个看似合适的女子结婚，"大家都是这么结婚的，我也这么结婚了"。但婚后他发现与妻子毫无精神上的共鸣，与她交谈仿佛西西弗斯的苦役。二人之间的关系不断恶化，这时一位艺术家的出现激化了矛盾，他看到妻子在与艺术家一起弹琴时露出的生机美，在嫉妒与不安之下，他杀死了妻子。

《克洛采奏鸣曲》被导演侯麦改编为一部电影短片，导演本人饰演了主人公。影片基本还原了原著小说，但或许确实出于男性视角，更着重强调主角对缺乏精神沟通的苦恼。实则在小说中，有极大的篇幅写的是波兹德内舍夫在肉欲中的煎熬。他追求性灵的交流，却仍旧对无爱的妻子有肉体的渴望，他厌恶这样的生活却不能挣脱。另一方面，波兹德内舍夫完全看不到不断怀孕和哺乳的妻子所受的苦，反而认为因为医生的检查和建议使自己的妻子重回卖弄风情的状态，愈加憎恶医生和产生妒忌。孩子们若是生病或意外，生为父亲的他只是觉得折磨和厌烦："没法过日子。"

由于意志力的惨败，肉欲从未被战胜。小说中虽表露出对社会环境导致两性关系畸形的批判，却仍有一种孩童式般的归咎于女人的任性："只有当女人把处女的地位看作最高的地位，才能改变现状。"

这篇压抑阴郁的小说中的讲述者，由上述看来，实在是可厌的。从不体察妻子心意又因嫉妒杀妻的人，怎样鞭挞都不为过。但也要看到，它同时是一篇悔罪之书，波兹德内舍夫在亲眼看到妻子的生命消逝、躺在棺材中成了一具尸体时，才意识到剥夺一个生命是多么可怖和无可挽回。这也更可与前文中他的矛盾和自责相对照，托尔斯泰作为作者的伟大之处，也在于此。

剥离托尔斯泰天才的一面，作为丈夫，他有太多可被指摘之处，他的许多行为和《克洛采奏鸣曲》的讲述者重叠，其中为了妻子与音乐家的交往而嫉妒的一段也确有其事。虽然托尔斯泰屡次表现出对婚姻对失望和厌倦，实际上他也受到婚姻太多恩泽。妻子索菲娅不独为他生儿育女，更是一位绝佳的助手，帮他誊清浩繁的草稿。在《克洛采奏鸣曲》被封禁时，是索菲娅想方设法面见沙皇陈情，使之得以收录在作品集中，这个举动被托尔斯泰认为是向权势妥协，反而对她心生不快。龃龉甚多是事实，欲望的渴求也是事实，托尔斯泰几乎没有逃过这矛盾的折磨和自我的咎责。

　　《魔鬼》则更为直接地展示了一名男子被肉欲侵蚀的悲剧。贵族青年叶甫根尼婚前曾与一个已婚的乡村妇女斯捷潘妮达有过一段体验美妙的肉体关系。他一边享受，一边难免受到内心中"严厉的法官"的指责。叶甫根尼结婚后便断绝了和她的关系，他认为这只是单身汉期间做的"有益于健康"的事，而家庭生活是神圣的，自己是品德高尚的人，应该告别这段过去。但在妻子生育后的一段时间，叶甫根尼多次遇上斯捷潘妮达，对她涌动出难以抑制的情欲，这与先前自以为的高尚相悖，在对家庭生活的幸福和厌烦、对自我严格要求又屈服于情欲的摆荡间，叶甫根尼的痛苦达到顶峰。托尔斯泰给了小说两种暴烈的结局，一个是叶甫根尼开枪自杀，另一个是他开枪杀了欲望之源斯捷潘妮达。

　　这个故事在托尔斯泰的生平中也有迹可循。他曾与一个农奴的妻子维持了相当长一段时间的男女关系，不像《魔鬼》所写纯是肉欲，而是几乎将她当作没有名份的妻子，渴望与她建立家庭。需要看到的是，无论小说还是现实，在托尔斯泰笔下被描写得激情四溢、难以自拔的情欲故事，背后是他"绅士的特权"，在身份地位上，是碾压式的征服。她也不是与托尔斯泰有男女关系的唯一一个农奴。

另一个对托尔斯泰形成强烈吸引力的，是这名乡村女性身上朴素饱满的精神和洋溢的生命力。他提到初见她时，女子"裸露的双腿"的诱惑。《魔鬼》里这样描写第一次见到斯捷潘妮达："她系着一条白色的绣花围裙，穿一条红褐色的方格裙子，头上扎一块鲜艳的红头巾，光着脚站在那儿，怯生生地微笑着，显得那么鲜艳、健康、美丽。"除了外形的可人，这也与托尔斯泰向往的清新健康的灵肉统一相一致。

对强健生命的渴望，在《伊凡·伊里奇之死》中自然有体现。《伊凡·伊里奇之死》是一篇极其出色的描写死亡过程的小说。主人公伊凡·伊里奇在高等法院工作，无论家庭和生活，在外人和自己的评估中，都是最稳妥适当的。但一场突如其来的癌症打破了他自以为的平衡，身体上绵长的痛苦消磨着他的生命和意志，同时迫使他思索、回看这将要写下句点的一生。他惊恐地发现，不论在家庭还是职场，世俗的成绩多么虚妄，多数的时光还是虚度了。这篇惊人之作的杰出之处，还在于描写癌症患者步步临近死亡的恐惧和无助，以及对生活矛盾而深刻的思索。托尔斯泰在这篇小说里展露了非凡的功力，仿佛经历死亡一般，作出了如此令人冷汗涔涔的记录。小说中，家人和医生都不能给伊凡需要的帮助，只有一位朴实的男仆给了他安慰。男仆格拉西姆"那张脸红润、善良、单纯、年轻，刚开始长胡子"，身体强健，为人单纯善良，与托尔斯泰笔下其他健康富有精力的理想角色异曲同工。

综观这三篇小说，可以看出几个共有的、同时也是托尔斯泰长久关注的主题：性灵之爱与强烈肉欲的搏斗、对质朴生命力的崇敬和对死亡的恐惧，以及对于生命意义的终极探求。托尔斯泰以不断地自我拷问和剖白凝结出了这三篇杰作，读者看得到身为男性的矛盾和虚伪，看得到人在极端情境下的恐惧和软弱。生命的命题，是不分语言国界为人所共有的，因此在今天，托尔斯泰留下的文字仍然不朽。

2021 年 6 月 1 日于上海

目录

克洛采奏鸣曲

只是我告诉你们，凡见妇女就动淫念的，这人心里已经与她犯奸淫了。

——（《马太福音》第 5 章第 28 节）

门徒对耶稣说，人和妻子既是这样，倒不如不娶。

耶稣说，这话不是人都能领受的，唯独赐给谁，谁才能领受。因为有生来是阉人，也有被人阉的。并有为天国的缘故自阉的。这话谁能领受，就可以领受。

——（《马太福音》第 19 章第 10—12 节）

一

这事发生在早春时节。我们乘火车已经走了一昼夜多了。短途的旅客不断上上下下，但是有三个旅客和我一样，从始发站起就一直坐在车厢里：一个是既不漂亮也不年轻的太太，她抽烟，面容疲倦，身上穿一件像男式又像女式的大衣，头上戴一顶小帽；另一个是这位太太的朋友，一位四十岁左右的男人，十分健谈，随身带的行李都是新的；第三个是一位个子不高的绅士，他独自坐着，动作显得很急促，人还不老，但是一头卷发却显然过早地发白了，他的双眼非常明亮，目光常常迅速从一件东西转移到另一件东西上。他身穿一件出自高级裁缝之手的带羔羊皮领的旧大衣，头戴一顶羔羊皮的高筒软帽。当他敞开大衣的时候，可以看见大衣下面穿着一件紧腰的长外衣和俄式绣花衬衫。这位绅士还有一个特点，有时候他会发出一种奇怪的声音，既像咳嗽，又像一种刚发出而又马上止住了的笑声。

在整个旅途中，这位绅士极力避免与其他旅客交谈和结识。邻座与他攀谈的时候，他的回答总是简短而生硬的。他或是看书，或是一面眺望窗外一面抽烟，或是从自己的旧提包中取出食物，独自喝茶或吃东西。

我觉得他对自己的孤独也感到苦恼，我几次想同他说话，但是每次当我们的目光相遇（这是常常发生的，因为他就坐在我的斜对面），他就转过头去，拿起书，或是望着窗外。

第二天傍晚，火车停在一个大站上的时候，这位神经质的绅士下车去打开水，为自己泡了茶。那位随身带着整整齐齐的行李的先生（我后来才知道他是一位律师），同他的邻座——那位穿着像男式又像女式大衣的会抽烟的太太，也到车站里去喝茶了。

当那位先生和那位太太不在的时候，又有几个新上车的旅客走进了车厢，其中有一个高个子的老头，脸刮得光光的，满是皱纹，显然是个商人，他身穿貂皮大衣，头戴一顶大帽檐的呢帽。这个商人就在那位律师和太太的座位对面坐了下来，并且立刻同一个模样像是店铺伙计的年轻人攀谈起来，这个年轻人也是在这个车站上车的。

我坐在他们的斜对面，因为火车停着，所以在没有人走过的时候，我有时能听到他们的谈话。商人一开始就说，他是到自己的庄园去，他的庄园离这儿只有一站路。然后，他们就照例谈到行情和买卖，谈到莫斯科的生意的情况，接着谈到下诺夫戈罗德的集市。那伙计谈到他们俩都认识的某富商怎样在集市上纵酒作乐的事，但是那老头没让伙计说完，便开始讲过去他亲自参加过的在库纳温纵酒作乐的情景。他对自己能参加这样的纵酒作乐显然感到很骄傲，他扬扬得意地讲到，有一次他们怎样和刚才提到的那位富商在库纳温喝得酩酊大醉，干了一件荒唐事，这件事只能低声地讲，伙计听了他讲的事哈哈大笑，笑得整个车厢都听得见，那老头也笑了起来，露出两颗大黄牙。

我料想他们不会讲出什么有意思的话来了，便站起身，想在开车之前到月台上走走。在车厢门口我遇到了那位律师和那位太太，他俩正边走边热烈地谈论着什么。

"来不及了，"那位爱跟人说话的律师对我说，"马上要响第二遍铃了。"

我还没来得及走到车的尽头，铃声果然响了起来。当我回到车厢的时候，热烈的谈话还在那位太太和那位律师之间继续进行着。老商人默默地坐在他们对面，目光严厉地朝前看着，间或不以为然地咂咂嘴。

"后来她就直截了当地对自己的丈夫宣布，"当我走过律师身边的时候，他正微笑着说道，"她不能、也不愿意和他生活在一起，因为……"

他还在往下说，说些什么我听不清了。又有几个旅客跟在我后面走进了车厢，列车员走了过去，一个搬运工也跑了进来，喧闹了好一阵子，因此我听不清他们说的话。当一切复归平静以后，我才重新听到律师的谈话声，显然，谈话已经从一件具体的事转到了一般性的话题上。

律师说，欧洲的社会舆论现在对离婚问题很有兴趣，而在我国，这一类的事情也越来越多。律师发现只有他一个人在说话，便停止了自己的高谈阔论，把脸转向老头。

"从前可没有这样的事，对不对？"他笑容可掬地问道。

老头想要回答什么，但这时火车开动了，老头便摘下帽子，开始画十字，同时低声祷告。律师把眼睛转向一边，彬彬有礼地等待着。老头祷告完了，又画了三次十字，端端正正地戴好帽子，在座位上坐端正了，才开始说话。

"这样的事过去也有，先生，不过要少一些。"他说，"如今这世道，这样的事哪能没有呢？大家都受过很高的教育了嘛。"

火车越开越快，车轮碰撞着铁轨的接缝处，不断发出轰隆隆的响声，因此我很难听清他们的对话，但是我对他们的谈话挺感兴趣，于是我就挪近了些。我的邻座，那位目光炯炯的神经质的绅士，显然也挺感兴趣，他在留神倾听，不过没有离开座位。

"受教育有什么不好呢？"那位太太浅浅地一笑，说道，"像过去那会儿，新郎新娘甚至都没见过面，难道那样结婚倒好吗？"她继续说道，按照许多太太都有的那种习惯，不是回答对方说的话，而是回答自以为对方会说的话，"她们既不知道自己爱不爱他，也不知道能不能爱他，就听天由命地嫁了人，结果痛苦一辈子。依你们看，那样倒更好吗？"她这番话显然是对着我和律师说的，而不是对与她交谈的老头说的。

"大家都受过很高的教育了嘛。"商人重复道，轻蔑地望着那位太太，对她的问题避而不答。

"我倒想知道您如何解释受教育与夫妻不和之间的关系。"律师微微露出一丝笑容，说道。

商人想说什么，但是那位太太抢在他前面开了口：

"不，那个时代已经过去了。"她说。但律师阻止了她：

"不，还是让他谈谈他的看法吧。"

"受了教育尽干傻事。"老头斩钉截铁地说。

"让那些并不相爱的人结婚，然后又奇怪为什么他们日子过得不和睦？"那位太太迫不及待地说，并看了律师、我，甚至那个伙计一眼。那个伙计从自己的座位上站起身，把胳膊撑在椅背上，笑嘻嘻地听着大家说话。"只有畜生才听凭主人摆布随意交配，而人是有自己的选择和情感的。"她说道，分明想要刺一下那位商人。

"您这话就说得不对了，太太。"老头说，"畜生是牲口，而人是有法律的。"

"跟一个人没有爱情，怎么能生活在一起呢？"那位太太一直急于说出自己的见解，大概她觉得这些见解很新颖。

"过去可不讲究这一套。"老头用威严的语气说道，"只有现在才时兴这一套。有一点儿屁事，她就说：'我不跟你过啦。'庄稼汉要这干吗？可是这时髦玩意儿也时兴开了。说什么：'给，这是你的衬衫和裤子，我可要跟万卡走啦，因为他的头发比你卷。'你还有什么可说的呢？一个女人最重要的是应该懂得害怕。"

那个伙计看了看律师、那位太太和我，显然忍不住要笑，并且准备看大家对老头的话做何反应，再来决定是表示嘲笑还是赞同。

"害怕什么？"那位太太说。

"害怕自己的男人！就是应当害怕这个。"

"哎呀，我说老爷子，那种时代已经过去啦。"那位太太说，甚至显得有些恼怒。

"不，太太，那种时代是不会过去的。夏娃，也就是女人，是用男人的肋骨做的，过去是这样，直到世界末日也是这样。"老头说道，严厉而又稳操胜券般地摆了摆头，以至那个伙计立刻认定，商人赢了，于是他放声大笑起来。

"你们男人才这么认为，"那位太太说，她看了我们大家一眼，依旧不肯认输，"你们可以自由自在，却想把女人关在家里，你们自己大概是可以为所欲为的吧。"

"谁也不可以为所欲为，不过一个男人不会给家里添麻烦，可是一个老娘儿们却是靠不住的东西。"商人继续开导着大家。

商人语气中的那份威严，显然征服了自己的听众，甚至那位太太也感到自己被压倒了，但是她仍旧不服输。

"是的，但是我想，你们也会赞同女人也是人吧，她也和男人一样有感情。如果她不爱自己的丈夫，该怎么办呢？"

"不爱！"商人皱起眉头，噘起嘴唇，厉声重复道，"没准儿会爱的！"

那个伙计特别喜欢这个出人意料的论据，他发出表示赞成的啧啧声。

"不会的，她不会爱的。"那位太太说道，"如果没有爱情，总不能强迫她爱吧。"

"嗯，如果妻子对丈夫不忠实，那该怎么办呢？"律师说。

"这是不允许的。"老头说，"应该看好她。"

"如果发生了这种事，那该怎么办呢？要知道，这是常有的呀。"

"有些地方常有，我们这儿可没有。"老头说。

大家都不作声了。那个伙计动了一下，又靠近了些，他大概不甘落后，便笑嘻嘻地开口说：

"可不是吗，我们那儿就有一个小伙子出了一件丑事，谁对谁错也很难说。也是碰到这样一个女人，偏是个骚货，她就胡搞起来了。这小伙子倒很规矩，又有文化。起先，她跟账房胡搞。他好言好语地劝她，她就是不改，干尽了各种下流的事，还偷起他的钱来。他就打她。结果怎么样呢？她反而越变越坏了。竟跟一个不信基督的犹太人，请恕我直说，睡起觉来。他怎么办呢？干脆把她赶出去了。直到现在，他还在打光棍。而她呢，就到处鬼混。"

"就因为他太傻，"老头说，"要是他一开头就不许她胡来，狠狠地管教她，也许她就会安分守己。一开头就不能由着娘儿们胡来。在地里别相信马，在家里别相信老婆。"

这时候列车员进来收在下一站下车的旅客的车票，老头把自己的车票交给了他。

"可不是吗，对女人就得一开头就管教住，要不一切都完蛋。"

"那您自己怎么刚才还谈到，那些成了家的男人如何在库纳温的集市上寻欢作乐呢？"我忍不住问道。

"那另当别论。"商人说，然后就不开口了。

当汽笛响起的时候，商人站起身来，从座位下面取出旅行袋，掩上衣襟，接着举了举帽子，便向刹车平台①走去。

———

① 老式的火车有一处专为机务人员操作刹车用的平台。

Smerth Ивана Ильича

二

老头一走，大家就纷纷议论起来。

"一位守旧规矩的老爷子。"伙计说。

"真是一个活生生的治家格言派^①，"那位太太说，"他关于女性和婚姻的观点多么野蛮啊！"

"是啊，对于婚姻的看法我们与欧洲还相差很远。"律师说。

"要知道，这种人不明白的东西主要是，"那位太太说，"没有爱情的婚姻不是真正的婚姻，只有爱情才能使婚姻变得圣洁，只有被爱情圣洁化了的婚姻才是真正的婚姻。"

伙计笑嘻嘻地听着，希望尽可能地多记住一些聪明的言谈，以便将来应用。

就在那位太太高谈阔论的时候，我身后传来一种声音，既像是中断了的笑声，又像是哭声。我们回过头去，看见我的那位邻座，那位头发灰白、目光炯炯的孤独的绅士，显然对我们的谈话产生了兴趣，不知不觉走到了我们身旁。他站着，把两手放在椅背上，分明十分激动：他的脸色发红，脸上的肌肉在不停地抽搐。

"什么样的爱……爱……爱情才能使婚姻变得圣洁呢？"

---

① 《治家格言》是俄国16世纪一部流传很广的书，要求人们在家庭生活中无条件地服从家长。

他结巴着说。

那位太太看到对方那副激动的样子，便尽可能柔和而详细地回答他。

"真正的爱情……只有男女之间存在着这种爱情，婚姻才是可能的。"那位太太说。

"是啊，但是真正的爱情又是什么呢？"那位目光炯炯的绅士羞涩地微笑着，怯生生地问道。

"任何人都知道什么是爱情。"那位太太说，显然不想跟他再谈下去了。

"但是我不知道，"那位绅士说，"应当下一个定义，您到底指的是什么……"

"什么？其实也很简单，"那位太太说，但她又想了一会儿，"爱情就是特别爱恋一个男人或女人，超过了所有其他的人。"她说。

"这种特别的爱恋能保持多长时间呢？一个月？两天？半小时？"那位白发的绅士说道，并笑了起来。

"不，对不起，您显然说的不是这个。"

"不，我说的正是这个。"

"她是说，"律师指着那位太太插嘴说，"婚姻必须首先出于一种爱恋之情，也可以说是爱情吧，只有存在这种爱情，只有在这样的情况下，婚姻才是某种，可以说吧，神圣的东西。其次，任何婚姻，如果没有自然的爱恋之情，也可以说是爱情吧，做基础，那么它本身也就没有了任何道德的约束力。我理解得对吗？"他问那位太太。

那位太太点了点头，表示赞成他对自己想法的解释。

"再次——"律师继续说道，但是那位两眼燃烧着火焰的神经质的绅士显然再也忍不住了，他不等律师说完，便说：

"不，我说的也正是对一个男人或女人的爱恋，这种爱恋超出了所有其他的人，但我现在要问的是：这种爱恋能保持多久？"

"保持多久吗？很久很久，有时候是一辈子。"那位太太耸了耸肩，答道。

"要知道，这种情形只有小说里才有，在生活中是从来没有的。在生活中，这种对于一个人的爱恋超出于其他人，可能保持几年，不过这是很少见的，常常是只有几个月，甚至只有几个星期、几天、几小时。"他说，他显然知道他的看法使大家感到惊讶，对此他很得意。

"哎呀，瞧您说的。不是这样，不，对不起。"我们三人不约而同地说道。甚至那个伙计也发出了某种不以为然的声音。

"是的，我知道，"那位白发绅士大声说道，把我们的声音全给压倒了，"你们讲的是你们自以为存在的东西，而我讲的则是实际存在的东西。任何一个男人对每一个漂亮的女人都会体验到你们称为爱情的那种感情。"

"哎呀，你说得太可怕了。但是人与人之间的确存在那种被称作爱情的感情呀，而且这种感情不是保持几个月或几年，而是要保持一辈子的。"

"不，这种感情是没有的。即使一个男人爱着某个女人，可是那个女人却很可能爱上另一个男人，世界上的事，过去是这样，现在也还是这样。"他说完就取出烟盒，开始抽烟。

"但是这种感情也可能是相互的。"律师说。

"不，不可能，"他反驳道，"就像在一大车豌豆中，您不可能记住是哪两粒豌豆紧挨在一起一样。此外，这不仅不可能，还会产生厌倦。一辈子爱一个男人或女人就等于一支蜡烛可以点一辈子。"他一面说，一面贪婪地吸着烟。

"但是您说的都是肉体的爱，难道您就不允许有建立在一致的理想，以及精神的和谐上的爱情吗？"那位太太说。

"精神的和谐！理想的一致！"他重复道，发出他所特有的那种怪声，"既然如此，那就没必要睡在一起了——请恕我出言粗鲁。要不然，由于理想上的一致，人们都可以睡在一块儿了。"他说道，神经质地笑起来。

"但是对不起，"律师说，"事实与您所说的话是矛盾的。我们看到，婚姻是确实存在的，全人类或者大部分人类都过着婚姻生活，而且许多人都忠实地过着长期的婚姻生活。"那位白发绅士又笑了起来：

"你们说，婚姻是应该建立在爱情之上的，可是，当我表示怀疑除了性爱以外这种爱情是否存在的时候，你们却用婚姻存续来证明爱情存续。其实，婚姻在我们这个时代只是一种骗局而已！"

"不，先生，对不起，"律师说，"我只是说，婚姻过去存在，现在也还存在。"

"婚姻是存在的。不过它为什么要存在呢？有些人把婚姻看作某种神秘的东西，看作一种在上帝面前必须履行的圣事，在这些人中，婚姻的确过去存在，现在也还存在。婚姻存在于他们之中，可是不存在于我们之中。在我们这儿，人们虽然也结婚，但他们在婚姻中所看到的，除了性交以外，别无其他。这样的婚姻，其结果或是欺骗，或是暴力。只不过当是欺骗的时候，还比较容易忍受。夫妻双方都在骗人，他们是过着一夫一妻制的生活，而实际上却是过着一夫多妻制的生活。这固然使人厌恶，但还能过下去。最常见的情况却是，夫妻双方都承担了共度一生的表面上的义务，可是从第二个月起就已经彼此憎恨，希望分居，但又依旧住在一起，于是便出现了可怕的精神上的痛苦，它迫使人们去酗酒，去杀人，去毒害自己和彼此。"他越说越快，不容任何人插嘴，而且越来越慷慨激昂。大家都一言不发。场面很尴尬。

"是的，毫无疑问，在夫妻生活中常有一些危急的事件。"律师说道，希望结束这场有伤大雅的热烈的谈话。

"我看，你们已经认出我是谁了吧?"白发绅士轻声地，似乎很坦然地说道。

"不，我还没有这份荣幸。"

"不是什么荣幸。我就是波兹德内舍夫，您刚才暗示说会发生一些危急的事件，这危急的事件就是我把老婆杀了。"他迅速地扫视了一下我们中间的每一个人，说道。

谁也不知道说什么好，大家默不作声。

"得啦，反正一样，"他说，又发出他那种怪声，"不过，请诸位原谅!啊!……我使你们为难了。"

"不，请您别那么想……"律师说，他自己也不知道"别那么想"是什么意思。

但是波兹德内舍夫没有在意他的话，迅速地转过身去，回到自己的座位上。律师和那位太太在窃窃私语。我就坐在波兹德内舍夫旁边，也想不出说什么好，只好沉默。看书吧，天色已暗，因此我就闭上眼睛，装作想睡一会儿。我们就这样一言不发地坐到了下一站。

在这一站，那位律师和太太坐到另一节车厢里去了，这是他们早就同列车员说好了的。那个伙计也在座位上安顿好，睡着了。波兹德内舍夫一直在抽烟，喝他在上一站就沏好了的茶。

我睁开眼睛，看了他一眼，他突然坚决而又激动地对我说：

"您已经知道我是谁了，跟我坐在一起也许会觉得不愉快吧？我可以走开。"

"哦，不，哪有这样的话。"

"那么，您想喝点儿茶吗？只是浓了点儿。"他给我倒了杯茶。

"他们说话……总是在撒谎……"他说。

"您指的是什么？"我问。

"就是那个老问题：关于他们所谓的爱情，以及什么是爱情的问题。您不想睡觉吗？"

"一点儿也不想睡。"

"那么，您是否愿意听我讲一讲这种所谓的爱情是怎样使我落到我目前这个地步的呢？"

"好吧，如果您不觉得痛苦的话。"

"不，沉默才使我痛苦。请喝茶——是不是太浓了？"

茶确实浓得像啤酒一样，但是我还是喝了一杯。这时候列车员走了过去。波兹德内舍夫用一种恶狠狠的目光默默地盯着他，直到列车员离开了车厢，才开始说话。

三

"好吧，那我就来讲给您听……不过您真的想听吗？"

我又重复了一遍我非常想听。他沉默了一会儿，用两手揉了揉脸，开始说了起来：

"既然要说，那就得把一切从头说起：我必须告诉您我是怎么结婚和为什么要结婚的，以及我在结婚以前是怎样的一个人。

"结婚以前，我跟大家一样，生活在我们这个圈子里。我是一个地主和大学学士①，还当过贵族领袖②。结婚以前，我跟大家一样，过着荒淫的生活，同时又跟我们这个圈子里所有的人一样，一面过着荒淫的生活，一面还以为过得很正当。关于我自己，我是这样想的，我是一个惹人喜欢的男人，而且是个完全的正人君子。我不是那种专门勾引女人的人，也没有不自然的癖好③，而且也并不把这事当作生活的主要目的。就像许多与我同龄的人一样，我与女人的关系是有节制的、不失体面的，是为了有益于健康。我

---

① 俄罗斯帝国学位，于 1803 年引入，1884 年废除。是沙俄"学士—硕士—博士"学位体系中最低一级。

② 1785 年根据叶卡捷琳娜二世的《俄罗斯贵族宪章》设立，在 1917 年以前的俄国，在贵族阶级自治制度和地方自治制度中都是一个重要的民选职位。

③ 指同性恋。

避免与那种可能用生孩子，或者用对我的迷恋而把我缠住的女人发生关系。不过，也许，也有过孩子，也有过迷恋，但是我却做得像根本没有这回事一样。我不仅认为这是合乎道德的，而且还引以为傲。"

他停了下来，发出他常常发出的那种声音，每当他出现一个新的想法的时候，他总是这样。

"要知道，卑鄙主要也就在这一点上，"他叫道，"荒淫无耻并不在于肉体，肉体上的胡作非为还并不就是荒淫无耻。荒淫无耻，真正的荒淫无耻，就在于跟一个女人发生了肉体关系，而又让自己逃脱对这个女人道义上的关系。而我却把这种能置身于事外看成自己的一种出色的本领。我记得有一次我感到很痛苦，就因为我没有来得及付钱给一个大概爱上了我，并且委身于我的女人。直到我把钱寄给她，以此表示我在道义上与她不再有任何关系以后，我才感到心安。您别点头了，好像您同意我的观点似的！"他突然向我嚷道，"这种花招我是知道的。你们大家，还有您，您，如果不是罕见的例外的话，最好的情况也不过是，您和我以前的观点是一样的。不过，反正一样，请您原谅我。"他继续说道，"但是问题在于，这太可怕，太可怕，太可怕了！"

"什么太可怕？"我问。

"我们对待女人的态度以及与她们的关系方面所处的那

个迷雾的深渊。是的,谈到这一点我就无法平静,倒不是因为我发生了像他所说的那个事件,而是因为自从我发生了那个事件以后,我才恍然大悟,我才完全用另一种目光来看待一切。一切都翻过来了,一切都翻过来了……"他点上了一支烟,把胳膊肘撑在膝盖上,又开始说下去。

在黑暗中我看不见他的脸,只是通过车厢的震动声可以听见他那令人感动的、悦耳的声音。

四

"是的,只有在像我这样受尽痛苦之后,只是由于这个事件,我才明白了这一切的根源何在,才明白了应该怎样,也才因此而看到了现实的全部可怕之处。

"请您看看,导致我后来发生那个事件的这种事是怎么开始和何时开始的吧。这种事开始的时候,我还不到十六岁。发生这种事的时候,我还是个中学生,我的哥哥是大学一年级的学生。当时,我还没有同女人发生过关系,但是正如我们这个圈子里所有不幸的孩子一样,我已经不是一个纯洁的孩子了:我被别的男孩子带坏已经是第二个年头了。女人,不是某一个女人,而是作为某种甜蜜的东西的女人,任何一个女人,女人的裸体,已经在折磨我了。我的独身生活并不纯洁。我跟我们这个圈子里百分之九十九的男孩们一样，被苦恼折磨着。我害怕，我痛苦，我祷告，但还是堕落了。我已经在头脑里和行动上都变坏了，但是我还没有迈出最后一步。我在独自走上毁灭之路，但是我还没有用我的手碰过别人的肉体。然而有一次，我哥哥的一个同学，一个大学生，一个爱说笑逗乐的人，一个所谓好心肠的小伙子，也就是那个教会我们喝酒和打牌的最大的坏蛋，在一次狂饮之后，怂恿我们到那种地方去。我们去了。当时，我哥哥也还是一个童贞的少年，他也是在那天夜里堕落的。我，一个十五岁的男孩，玷污了自己，也参与玷污了一个女人，但却根本不明白自己干了些什么。要知道，我还从来没有听见任何一个大人说过我所做的那种事是不好的。即使现在也不会有人听到这种话。诚然，'十诫'①里有，但是'十诫'只有在考试中回答神父的问题时才有用，而且也并不十分有用，远不如'在拉丁文的假定句里要使用 ut'这条规则更有用。②

　　"是这样，我从来没听见那些大人（我是很尊重他们的意见的）说过，这种事有什么不好。相反，我倒听见我所敬重的那些人说过，这是好的。我听说，做过这种事以后，

---

　　① 指《圣经》中的"摩西十诫"的第七诫"不可奸淫"。见《旧约·出埃及记》第 20 章第 2—17 节。
　　② 这儿有一点文字游戏的味道，俄文中"十诫"（戒律）一词也可作"规则"解，故如是说。

内心的斗争和痛苦就会平静下来，我非但听说过，而且还在书上读到过这样的话，我还听见大人们说，这对健康有好处。我又听见同学们说，干种事是一种能力，是一种敢作敢为的表现。所以，总的说来，在这种事中，除了好处以外，我看不出还有什么别的东西。那么染上脏病的危险呢？连这一点也是被预见到了的，关心一切的政府关心着这个问题，它监督着妓院的正常活动，保证中学生们可以放心地去淫乱。有一批拿着薪俸的医生在监督这件事。这样做是理所当然的。他们认为，淫乱有益于健康，因此他们也就制定出了一套规范、细致的淫乱的办法。我认识一些母亲，她们就是在这种意义上来关心儿子们的健康的，而且科学也怂恿他们去妓院。”

“干吗要把科学也扯上？”我说。

“医生是什么人？他们是科学的祭司。是谁断言这有益于健康而使年轻人去淫乱的？是他们。然后他们又道貌岸然地给人家治疗梅毒。”

“治疗梅毒有什么不对呢？”

“因为如果把用于治疗梅毒的精力的百分之一用来根除淫乱的话，那么淫乱早就绝迹了。然而，人们的精力不是用来根除淫乱，而是去鼓励它，并确保它是安全的。不过，问题并不在这儿。问题在于，不仅是我，甚至百分之九十的人（如果不是更多的话），不仅我们这个阶层的人，而且所有人，甚至农民，都发生过这一类可怕的事。我之所以堕落，并不是因为我受到某个女人的美貌的自然的诱惑。不，任何女人都诱惑不了我，我之所以堕落，是因为在我周围，有些人把这种堕落看成最合法和最有益于健康的行为，还有些人则把它看成年轻人的一种最自然合理的游戏，不仅可以原谅，而且没有什么过错。我当时根本不懂得这就是堕落，我只是开始沉湎于这种半是娱乐半是需求的事情之中，有人告诉我，人到了一定的年龄都会有这种需要，于是，就像开始喝酒、抽烟一样，我开始沉湎于淫乱之中。然而在我的第一次堕落中毕竟还有某种特别的、触动了我的东西。我记得，当时我还没有走出房间就立刻感到非常伤心，我真想痛哭一场，痛哭自己的童贞的毁灭，痛哭我那被永远毁坏了的和女人的关系。是的，我对女人的那种自然、淳朴的关系被永远毁了。从那时起，我对女人的纯洁的关系没有了，也不可能再有了。我成了一个所谓的淫棍。而一个淫棍是一种生理状态，就像吸毒者、酒鬼和烟鬼一样。一个吸毒者、一个酒鬼、一个烟鬼已经不是一个正常的人了，同样，一个为了自己欲望的满足而与几个女人发生关系的男人，也已经不是正常的人了，而是一个永远被毁坏了的人——一个淫棍。正如一个酒鬼和一个吸毒者，从他们的脸色和举止立刻就可以认出来一样，一个淫棍也是一眼就可以认出来的。一个淫棍可以有所节制，也可能内心有所斗争，但是和女人的那种朴素、明朗、纯洁的关系，他已经永远不会再有了。从他打量和端详一个年轻女人的神态就可以立刻认出他是一个淫棍。于是我就成了一个淫棍，一直不能自拔，正是这一点毁了我。"

五

"是的，正是这样。我后来就越走越远，犯了各种各样的罪孽。我的上帝！一想到我在这方面的所有卑鄙的行为，我就感到害怕。我所记得的我的过去就是如此，可当时朋友们还嘲笑我的所谓天真无邪呢。而你听说的那些花花公子、那些军官、那些巴黎人又是怎样的呢！所有这些先生，还有我，当我们这些对女人犯过数百桩形形色色的可怕罪行的三十岁左右的淫棍，脸洗得干干净净，刮了胡子，洒了香水，穿着雪白的衬衫，身着燕尾服或者军服，走进客厅或者去参加舞会的时候——真是纯洁的象征啊，多么迷人！

"您不妨想一想事情应该怎样，而事实上又是怎样的吧。事情本来应该是这样的——在社交场合有这么一位先生要来接近我的妹妹或者我的女儿，而我是了解他的生活的，我就应当走上前去，把他叫到一边，低声对他说：'亲爱的先生，我知道你是怎样生活的，知道你怎样过夜，以及同谁一起过夜的。这儿没有你待的地方。这里都是纯洁无瑕的姑娘，你走吧！'本该如此，可实际上却是——当这样一位先生出现了，搂着我的妹妹或者我的女儿跳舞的时候，只要他有钱和各种关系，我们就会兴高采烈。也许他在看上了某个舞星之后会垂青我的女儿吧。即使他身上还留有一些病根，还有些不健康，那也没关系。现在什么病都能治好。可不是吗，我就知道有几位上流社会的姑娘，由父母做主，高高兴兴地嫁给了有梅毒的人。哦，哦！多么卑鄙无耻啊！总有一天这种卑鄙和虚伪会被揭露出来！"

接着，他又好几次发出他的那种怪声，端起了茶杯。茶太浓了，又没有水可以把它冲淡些，我喝了两杯以后感到特别兴奋。大概茶对他也起了作用，因为他变得越来越亢奋了。他的声音变得越来越悦耳，人也越来越富有表情了。他不断变换着姿势，一会儿脱下帽子，一会儿又戴上，他的脸色在车厢朦胧的光线中奇怪地变化着。

"唉，我就这样活到了三十岁，但是我一分钟也没有放弃过结婚的念头，我想为自己安排一种最高尚、最纯洁的家庭生活，于是我就抱着这个目的到处物色合适的姑娘，"他继续说，"我一面过着糜烂的淫乱生活，一面又在到处物色就其纯洁性来说配得上我的姑娘。许多姑娘我都看不中，就是因为她们在我看来还不够纯洁。后来，我终于找到了一位我认为配得上我的姑娘，她是奔萨省的一个从前很富

我坐在她身旁,欣赏着她那裹着针织衫的苗条身材和她的
卷发,这时我突然决定,这就是我要找的那个她。那天晚
上,我觉得,我感到和想到的一切她都懂得,而我所感到
和所想到的乃是一些最崇高的东西。实际上,只不过是那
件针织衫特别适合她的脸型罢了,还有她的卷发。于是在
那天跟她亲近之后,我就想跟她更加亲近。

"真是怪事,认为美就是善,其实这完全是一种错觉。
一个漂亮的女人说了一句蠢话,你听了会不觉得蠢,反而
觉得很聪明。她出言粗俗,你却觉得颇为可爱。而当她既
不说蠢话,出言也不粗俗,只是显得很漂亮的时候,你又
会立刻相信,她是惊人地聪明和贤淑。

"我兴奋地回到家里,认定她是一个最贤淑完美的女
人,所以她配得上做我的妻子,于是我就在第二天求了婚。

"真是乱弹琴!不仅在我们这个阶层,而且不幸的是
也在老百姓中,一千个结婚的男子里,未必有一个不是在
正式结婚以前就已经结过十次婚的,甚至是像唐·璜一样,
结过上百次、上千次婚的。(不错,我听到过,也看到过,
现在有一些纯洁的年轻人,他们感到和懂得这并非儿戏,
而是一件大事。愿上帝保佑他们!但是在我那个时代,一
万个人里面也没有一个这样的人。)所有的人都知道,但都

装作不知道。所有的小说里都细致入微地描写男主人公们的感情，描写他们漫步经过的池塘和花丛，但是在描写他们对某一位少女的伟大的爱时，却只字不提这些漂亮的男主人公的过去——只字不提他们出入于妓院，只字不提那些女仆、厨娘和别人的妻子。即使有这样一些不登大雅之堂的小说，那也绝不会让它们落到姑娘们的手中，尤其是那些最需要知道这些情况的姑娘的手中。在这些姑娘面前，人们先是装出这样一副样子，仿佛那充斥于我们的城市甚至半个农村的淫乱根本就不存在。后来，人们对这种弄虚作假逐渐习惯了，最后，就像英国人那样，自己也开始真心诚意地相信，我们都是一些生活在礼仪之邦的正人君子。于是姑娘们，那些可怜的人，也就对此深信不疑。我那不幸的妻子就是这样深信不疑的。我记得，当时我已经是她的未婚夫了，我把日记拿给她看，从这本日记中，她多少可以知道一点我的过去，主要是我最近的一次私情，这时她可能已经略有耳闻，不知道为什么我感到有必要把这件事告诉她。我记得，当她知道了并且明白了这是怎么一回事以后，她是多么恐惧、绝望和不知所措啊。我看到，她那时想要抛弃我。她为什么不干脆把我抛弃了呢？"他又发出他那种独特的声音，然后沉默了一会儿，喝了一口茶。

六

　　"不，话说回来，还是这样好，还是这样好！"他大声地说，"这是我的报应！但问题不在这儿。我想说，要知道，在这种事情里，受骗上当的只是那些不幸的姑娘。她们的母亲是知道这一点的，尤其是那些受过自己丈夫熏染的母亲，对这一点更是了解得一清二楚。她们装作对男人的纯洁深信不疑，可实际上的做法却完全不是这样。她们知道，为她们自己和她们的女儿，下什么样的钓饵才能使男人上钩。

　　"只有我们男人才不知道，而我们之所以不知道，是因为我们不想知道，可是女人们却很清楚，我们所谓的最崇高和最富有诗意的爱情，并不取决于对方的道德品质，而取决于双方肉体上的接近，同时也取决于对方的发型、衣服的颜色和式样。您试问一个以勾引男人为己任，精于此道并专爱卖弄风情的女人，她情愿冒哪一种风险——情愿当着被她勾引的男人的面被揭露为撒谎、残忍甚至荒淫放荡呢，还是情愿穿着缝工粗糙、式样难看的衣服出现在他的面前？无论哪一个女人都宁愿选择前者。她知道，我们这帮哥儿们总是胡扯什么高尚的情操，而实际上我们需要的只是她们的肉体，因此我们原谅一切卑鄙的行为，就是不能饶恕服装的样式丑陋平庸，品位低级。一个专爱卖弄风情的女人是自觉地知道这一点的；而任何一个天真的少女也像动物出于本能一样，不自觉地知道这一点。

"因此就出现了那些叫人作呕的紧身衫，那些假臀部，那些裸露的肩膀、胳膊甚至胸脯。女人，尤其是那些被男人调教过的女人，知道得很清楚，那些关于崇高目标的高谈阔论不过是空谈罢了，男人们需要的是肉体，以及使肉体显得最富有诱惑力的一切。于是女人们就投其所好。我们对这种不成体统的事已经习惯，而且这种习惯已经成了我们的第二天性，如果我们抛弃这种习惯，看一看我们这些上层阶级的生活，看看它的卑鄙无耻的真面目，就不难看出，这不过是一所大妓院罢了。您不同意吗？对不起，我会加以证明的。"他打断我的话，说道，"您说，我们上流社会的妇女与那些妓女的趣味完全不同，可是我不认同，我这就来证明给您看。如果人们的生活目的和内容不同，那么这个不同就必定会反映到外表上来。但是请您看一看那些不幸的、被人瞧不起的女人，再看一看那些上层社会的太太吧：同样的装束，同样的款式，同样的香水，同样裸露着胳膊、肩膀和胸脯，同样把突出的臀部裹得紧紧的，同样热衷于各种宝石，各种贵重的、亮光闪闪的装饰品，同样地寻欢作乐、跳舞、听音乐和唱歌。那些女人不择手段地勾引男人，这些太太也同样如此，毫无区别。如果要做一个严格的判定，只能说：短期的妓女通常被人瞧不起，而长期的妓女却受人尊敬。"

七

"是啊,于是这些针织衫呀,卷发呀,假臀部呀,就把我给逮住了。要逮住我是很容易的,因为我受的就是这种环境的熏染。我们这些自作多情的青年男子,就像温室里的黄瓜一样,在这样的环境里被催熟了。要知道,我们不做任何一点体力劳动,富于刺激性的过量食物别无他用,只会不断地点燃我们的情欲。您惊讶也罢,不惊讶也罢,事实就是如此。要知道,直到不久前,我对于这一点还一无所知,现在才恍然大悟。因此我感到痛苦,我痛苦的是谁也不明白这个道理,就像刚才那位太太那样,净说一些这样的蠢话。

"可不是吗,今年春天,有些农民在我家附近修筑铁路路基。一个农民小伙子,平常的食物是面包、格瓦斯和大葱,他活泼、健康、强壮,平时只干一些地里的轻活。可是他一上铁路,他的伙食就变成稀饭和一磅肉。但是他要干十六小时的活,推三十普特①重的小车,也就把这一磅肉消耗完了。他也觉得正合适。可是我们每天要吃两磅肉,

---

① 普特是俄国的重量单位,1 普特等于 16.38 千克。

还有野味以及各种各样增加热量的丰盛食物和饮料，这些东西消耗到哪儿去了呢？只好用于发泄肉欲。如果需要的时候那个安全阀是开着的，便一切平安无事。但是如果您试图关掉阀门，就像我当时把它暂时关闭一样，就会立刻引起冲动。这种冲动在我们矫揉造作的生活的影响下，就会表现为一种地地道道的自作多情，有时甚至还会表现为一种柏拉图式的精神恋爱。于是我就像其他人一样也堕入了情网。因为一切都已具备——又是狂喜，又是感动，又是诗情画意。其实，我的这场恋爱，一方面是她的妈妈和几个女裁缝操劳的成果，另一方面也是我饱食终日无所事事的结果。如果一方面没有泛舟出游，又没有专门缝制细腰衣服的裁缝，等等，而我的妻子又穿了一件不合身的宽大长衫，独自坐在家里；另一方面，假如我又处在一个人的正常的情况下，只吃用于工作所需的那么多食物，假如我的那个安全阀又是开着的（当时不知道为什么它偶然地被关上了），那我也就不会堕入情网了，而这一切也就不会发生了。"

八

"戏就这么开场了——我的心情很好，她的服装漂亮，泛舟出游又是那么成功。二十次都失败了，这次却成功了。简直像个圈套。我不是开玩笑。要知道，现在的婚姻就是这样促成的，就像故意设下的圈套。那么什么才是自然的呢？一个姑娘长大了，必须把她嫁出去。只要这个姑娘不是个残废，又有男人愿意娶她，这就是最简单不过的事了。从前就是这么办的。一个姑娘成年了，父母就为她张罗婚事。过去是这么办的，现在，所有的人——中国人、印度人、伊斯兰教徒，以及我国的老百姓，也都是这么办的。全人类至少有百分之九十九的人都是这么办的。只有百分之一，或者不到百分之一的我们这些淫棍，才认为这样不好，于是便想出新花样。新在哪儿呢？新就新在叫姑娘们都坐着，让男人们像逛市场似的任意挑选。而姑娘们等啊，想啊，但就是不敢说出来：'先生，选我吧！不，选我。不要选她，选我——您瞧，我的肩膀和其他地方多么漂亮呀。'于是我们这些男人便走来走去，左顾右盼，扬扬得意。我们心想：'我知道，我才不上当呢。'我们走来走去，东张西望，扬扬得意，因为这一切都是为我们安排的。可你瞧，我一不小心啪的一下，给逮住啦！"

"那又该怎么办呢？"我说，"难道应该让女人求婚吗？"

"我也不知道该怎么办。如果讲平等，那就应该彻底平等。如果人们认为说媒求亲有损女性尊严的话，那么这种做法更是千百倍地有损尊严。过去，权利和机会是均等的；

可现在，女人就像一个陈列在市场上的女奴，或是陷阱中的一块诱饵。您试试对随便哪一位母亲或姑娘本人说句真话，说她孜孜以求就是想逮住一个未婚夫。上帝啊，这是多么大的侮辱啊！可是要知道，她们所做的一切不就是为了这个吗？而且除此以外，她们也无事可做。要知道，当你看到做着这种事情的有时是非常年轻、可怜、纯洁无瑕的姑娘的时候，多么叫人不寒而栗啊！再者，如果公开地这样做倒也罢了，可实际上一切都是骗局。'哎呀，物种起源，这多么有意思啊！哎呀，丽莎可喜欢绘画啦！您要去参观画展吗？太有教育意义啦！坐马车去，去看戏，去听交响乐吗？哎呀，这太好啦！我的丽莎对音乐可着迷啦。您为什么不同意这个观点呢？坐船去吧！……'而脑子里想的却只是：'你就要了吧，要了我吧，要我的丽莎吧！不，要我！哎呀，你哪怕试一试呢！……'哦，多么卑鄙无耻啊！虚伪透了！"他说道，他把最后一点茶喝完，接着便开始收拾茶具。

九

"您是知道那种所谓女人统治的，"他把茶具和白糖放进提包，又开始说道，"世界吃尽了女人统治的苦头，这一切也是由于女人统治而产生的。"

"怎么是女人统治呢？"我说，"权利、优先权不都在男人一边吗？"

"是的，是的，正是这个问题。"他打断了我的话，"我要对您说的也正是这个问题，就是要对这种不寻常的现象加以解释。一方面，这是完全正确的，妇女被贬低到最屈辱的地位上；另一方面，她又统治着一切。这和犹太人的情况一模一样，他们用自己的金钱势力来报复自己所受到的压迫，女人的情况也是如此。'啊，你们只许我们做买卖。好啊，我们这些做买卖的就来控制你们。'犹太人说。'啊，你们只许我们做你们发泄肉欲的对象，好啊，我们这些发泄肉欲的对象就来奴役你们。'女人们说。女人的无权并不在于她不能在议会中表决或者不能当法官——做这些事并不表明具有任何权利——而在于必须在性关系上与男子平等，有权按照自己的意愿来利用男人或者不理会男人，有权随心所欲地挑选男人，而不是被他们所挑选。您会说这太不像话了吧。好吧，那么男人也不应该有这样的权利。现在是男人有的权利女人却没有。于是为了获得补偿，女人就在男人的肉欲上下工夫，通过肉欲来征服男人，使男人仅仅在形式上挑选女人，而实际上则是女人在挑选男人。而女人一旦掌握了这种手段，就滥用起来，取得了驾驭人们的可怕的权力。"

"可是这种特殊的权力表现在哪儿呢？"我问。

　　"这种权力表现在哪儿吗？到处可见，无处不在。您到每个大城市的商店里去走一走。那里有数以百万计的财富，人们为此而付出的劳动简直无法计算。可是您再看一看，在百分之九十的商店里有什么可供男人使用的东西？生活中的一切奢侈品都是女人所需要的，是为她们而制造的。您再计算一下所有的工厂，这些工厂的绝大部分都是为女人制造毫无用处的装饰品、马车、家具和消遣品的。数以百万计的人，一代又一代的奴隶，都在工厂里这类苦役般的劳动中被毁灭了，而这仅仅是为了满足女人们的任性的要求。女人们像女王一样，把百分之九十的人类都束缚在受奴役和繁重劳动的罗网里。而这一切是由于人们使她们受到了屈辱，剥夺了她们与男子平等的权利。于是她们就利用对我们的肉欲所具有的影响，把我们捕捉到她们的罗网中来实行报复。是的，一切都是因为这个道理。女人把自己变成了一种对男人的肉欲具有影响的工具，以致使男人不能平静地与女人相处。男人只要一走近女人，就会被她麻醉，失去理智。过去，每当我看到一位太太穿着跳舞服，打扮得花枝招展，我就感到别扭，感到可怕，可现在我简直感到恐惧，因为我看到的简直是某种对人们有危险的东西，我真想把警察喊来，请求他们保护人们免受这种危险，要求他们取缔和消灭这类危险品。

　　"瞧，您在笑，"他对我嚷道，"可是这根本不是开玩笑。我坚信，有朝一日，也许很快，人们就会明白这个道理，并且感到惊讶：一个容忍这类破坏社会安定的行为的社会居然能够存在，在我们这个社会里居然会容忍妇女穿戴着直接引起肉欲的服饰。要知道，这无异于在游园会的各条小路上设置形形色色的陷阱，甚至比这还要糟糕！为什么赌博要禁止，而女人们穿戴各种妓女一般，引起肉欲的服饰就不加以禁止呢？它们比赌博可要危险一千倍呀！"

十

"我就这样被逮住了，我真是所谓堕入了情网。我不仅把她看作一个十全十美的女子，而且在我当未婚夫的那段时期，我把自己也看成一个完美无缺的男人。要知道，任何一个坏蛋，只要他去找，总能找到一些在某个方面比他还要坏的坏蛋，因此他总能找到一些自满自足的理由。我也是这样。我结婚并不是为了钱——完全无利可图。我结婚并不像我的大多数朋友那样，是为了钱或为了建立某种关系——因为我富有而她贫穷。这是第一。其次，我引以为豪的是，别人结婚是打算婚后仍像婚前那样继续过一夫多妻制的生活，而我却决心在婚后实行真正的一夫一妻制。为此，我的那份自豪啊，简直无边无际。是的，我是一头奇蠢无比的猪，可是我却自以为是天使。

"我的未婚夫生涯并不长。现在，每当我想起我当未婚夫的那段时期，就不能不感到羞耻！多么讨厌啊！要知道，爱情意味着精神，而不是肉欲。好吧，如果爱情是精神的，是一种精神上的交往，那么这种交往就应当表现在言谈之中。可是我们却完全不是这样。每当我们单独相处的时候，谈话简直困难极了。就像是西西弗斯的苦役①。挖空心思想说些什么，可是话说出来以后，又是相对无言，又要去搜肠刮肚，简直无话可说。可以说的一切，关于未来的生活，关于各种安排和计划，都已经说完了，再说什么呢？如果我们俩是动物，那我们就会知道，我们根本无须说话。可眼下恰好相反，必须说话，却又无话可说，因为我们感兴趣的事情，并不是用谈话可以解决的。可与此同时，还有那些岂有此理的风俗：糖果啦、甜食啦、大吃大喝啦，还有那一切讨厌的婚礼准备工作：讨论住宅、卧室、被褥、便服、睡衣、衬衣、梳妆台，等等。您要明白，如果像那个老头儿所说的那样，按照《治家格言》去结婚的话，那么羽绒垫被啦、嫁妆啦、床单啦——这一切不过是伴随圣礼的一些细节罢了。可是我们，十个结婚的人中未必会有

---

① 西西弗斯是古希腊神话中的科林斯王，因得罪诸神，被宙斯贬往地狱，在那儿服永久的苦役：他必须将一块巨石推上山顶，但快到山顶时巨石就滚落到山脚下，他又必须重新把巨石往山顶上推，如此重复不已。后来西西弗斯的苦役被用来指永无休止的、徒劳无益的工作。

一个是过去没有结过婚的，五十个人中未必会有一个人事先不准备一有适当的机会就对自己的妻子不忠诚。大多数人都把到教堂去只看成占有某个女人的特殊条件。您想一想，在这种情况下，这一切烦琐的事情具有多么可怕的意义啊。事情的全部本质就在这里。这就像在做买卖。把一位纯洁无瑕的姑娘卖给一个淫棍，并为这笔买卖履行某种正式的手续。"

<h2 style="text-align:center">十一</h2>

"大家都是这么结婚的，我也这么结婚了，接着便开始了闹哄哄的所谓蜜月。要知道，光是这个名字就显得多么下流啊！"他恶狠狠地嘀咕道，"有一次，我在巴黎观光，观看各种游艺杂耍，我在广告牌上看到一个长胡子的女人和一只水狗，进去一看，原来只不过是一个穿着袒胸露臂的女人服装的男人，和一只裹着海象皮在浴缸里游泳的狗而已。真是一点意思也没有。但是当我走出来时，马戏团的老板却恭恭敬敬地把我送了出来，并且指着我对入口处的观众说：'你们问问这位先生，是不是值得一看？请进吧，请进吧，每人一个法郎！'我不好意思说不值得一看，马戏团的老板大概也估计到这一点。那些体验到蜜月的下流肮脏，但又不忍心使别人扫兴的人，大概也是这样。我

也不忍心去扫任何人的兴，但是现在我真不明白，我当时为什么不说真话。我现在甚至认为，必须把这个真相说出来。别扭、羞耻、恶心、惋惜，而主要是无聊，无聊透顶！这就与我刚学抽烟时的感觉一样——当时我真想吐，唾沫都流出来了，但我把唾沫咽了下去，装作很快乐的样子。抽烟的乐趣，就同夫妻间的乐趣一样。如果真有什么乐趣，那也是以后的事：夫妻双方必须都使自己养成这种放荡的品行，才能得到其中的乐趣。"

"怎么是放荡呢？"我说，"要知道，您讲的可是人类最自然的属性呀。"

"自然的？"他说，"自然的？不，我的意见与您完全相反，我坚信，这不是自然的。是的，完全不是……自然的。您不妨去问问孩子们，问问那些还没有变得放荡的姑娘。我妹妹在非常年轻的时候就嫁给了一个年纪比她大一倍的男人，一个淫棍。我记得，在新婚之夜，我们简直诧异极了，看见她脸色发白，流着眼泪，从他那儿逃出来，浑身发抖，她说，她无论如何，无论如何，她甚至说不出口他要求她干什么。

"您还说：这是自然的！吃是自然的。吃是快乐、轻松、愉快的，而且从一开始就不使人感到羞耻；可是这件事却是使人厌恶，可耻和痛苦的。不，这是不自然的！我坚信，一个还没有学坏的姑娘从来都是憎恶这种行为的。"

"那么，人类怎么传宗接代呢？"

"是啊，人类可别绝种啊！"他带着一种恶毒、嘲讽的口吻说道，好像早就料到我会提出这个他所熟悉的、言不由衷的反对意见似的，"为了英国的勋爵们能够大吃大喝而宣传节制生育，这是可以的。为了能够更多地寻欢作乐而宣传节制生育，这也是可以的。可是你稍一提到为了道德而节制生育，我的天哪，就一片大呼小叫：可不能因为一二十个人不愿像猪一样下崽，就使人类绝种呀。不过——对不起，我不喜欢这灯光，可以把它挡住吗？"他指着过道里的那盏灯说道。我说，我无所谓，于是他就像做其他事情那样，急急忙忙地站到座椅上，用呢窗帘把灯光挡住了。

"反正，"我说，"如果大家都把您所说的当成行为准则，那人类是要绝种的。"

他没有立刻回答。

"您倒说说，人类要怎样传宗接代呢？"他说，又坐到我的对面，叉开两腿，弯下腰，把胳膊肘撑在大腿上。"人类又干吗要传宗接代呢？"他说。

"什么干吗？否则，我们不是也就不存在了吗？"

"我们干吗要存在？"

"什么干吗？就为了活着呀。"

"活着又干吗呢？如果没有任何目的，如果只是为了活而活，那就用不着活。这样的话，那叔本华①呀，哈特曼②呀，以及所有的佛教徒呀，就是完全正确的了。好吧，假定活着是有目的的，那么目的达到以后，生命就应该结束，这是很清楚的。结论就是这样。"他带着明显的激动说道，分明十分重视自己的这个想法，"结论就是这样。请注意：如果人类的目的是幸福、善良和爱，您爱说什么都成；如果人类的目的就是像神启所说的那样，所有的人将被爱合而为一，他们将化干戈为玉帛，等等，可是到底是什么东西阻碍我们达到这个目的呢？是情欲在阻碍我们，而各种情欲中最强烈、最凶恶、最顽固的一种，就是性欲，肉体的爱。因此，如果灭绝了各种情欲，也灭绝了它们之中最坏和最强烈的一种性欲，那么神启就会实现，人类就将大同，人类的目的就将达到，而人类也就无须再活下去了。只要人类还活着，人类的面前就会有理想，当然不是兔子或者猪那种尽可能多地繁殖后代的理想，也不是猴子或者巴黎人那种尽可能精巧地享受性快感的理想，而是一种通过节欲和贞节而达到的善的理想。人们过去和现在一直在追求这个理想。请看，结果是什么呢？

"其结果是，肉体的爱成了一个救急阀。现在活着的这

---

① 叔本华（1788—1860），德国哲学家，他认为人的欲望无限，在现实世界中永远不可能得到完全的满足，因而人生就是无穷的痛苦。

② 哈特曼（1842—1906），德国哲学家，他的观点与叔本华相似。

一代人没有达到目的，之所以没有达到目的，就是因为身上有各种情欲，而其中最强烈的一种就是性欲。而有性欲就有新的一代，因此也就有可能在下一代达到这个目的。如果在下一代还达不到，还有再下一代，这样一代又一代，直到目的达到了，神启实现了，人类大同了为止。否则，结果又会怎样呢？如果我们假定上帝造人是为了达到某种目的，把他们造成为一种或是会死而没有性欲的人，或是长生不老的人。如果他们会死，而且没有性欲，那么结果是什么呢？他们活了一阵，没有达到目的，就死了；因此为了达到目的，上帝就必须创造另一种新的人。如果他们是长生不老的，那么我们可以假定（虽然由同一批人，而不是新的一代人来改正错误，并臻于完善，要困难些），经过几千年几万年的努力之后，他们终于达到了目的，但那时还要他们干吗呢？把他们放到哪儿去呢？还是像现在这样最好……但是，也许您不喜欢这种表达方式吧，也许您是一位进化论者吧？即便如此，结论也是这样。最高等的动物——人类，为了在与其他动物的斗争中不至于失败，就必须像一群蜜蜂那样团结起来，而不是无休止地生育繁殖；必须像蜜蜂那样，培育出一些无性的成员，也就是必须节欲，无论如何也不应该煽动情欲——而现在我们的整个生活制度却是倾向于此的。"他沉默了一会儿，"人类绝种？难道有什么人（不管他是怎样看待世界的）会怀疑这一点吗？要知道，这就像死亡一样是毫无疑义的。要知道，根据教会的教义，世界末日终将来临，而根据各种科学的学说，同样的情形也不可避免。那么，根据道德的学说得出同样的结论，又有什么可奇怪的呢？"

说完这一席话以后，他沉默了好久，又喝了一杯茶，抽完了一支烟，接着从提包里取出几支烟，把它们放进他那又旧又脏的烟盒里。

"我理解您的意思，"我说，"震颤派①教徒也有某种类似的观点。"

"是的，是的，他们是对的。"他说，"性欲，不管它怎样乔装打扮，也是一种可怕的恶，必须与之斗争，而不是像我们现在这样去鼓励它。《福音书》上说，看见妇女就动淫念的人，他心里已经跟她犯奸淫了，这话不仅是对别人的妻子而言，实际上，这话主要是对自己的妻子说的。"

十二

"在我们现在的这个世界里，情况恰好相反：如果说一个人在结婚以前还想到节欲，那么在结婚以后，任何人都

---

① 震颤派是美国的一个基督教派别，教徒们在行宗教仪式时边唱边跳，四肢颤动，他们相信这样能与上帝直接沟通，因而得名。他们主张财产公有，人人必须劳动，而且不许结婚。

认为，现在节欲已经不必要了。要知道，婚后的蜜月旅行，年轻夫妻得到父母同意单独居住，这不过是一种获得认可的纵欲而已。但是如果你破坏了道德的法则，它是要报复的。不管我如何费尽心机替自己安排这个蜜月，结果仍然一无所获。我自始至终都感到厌恶、羞耻和无聊。但是我很快就开始感到痛苦和难受。这种心情很快就开始了，好像是第三天或者第四天吧，我发现妻子百无聊赖，我就问她为什么，并且拥抱她，我以为她想要我做的无非就是这些罢了，可是她却推开我的手，哭了起来。为什么呢？她又说不出来。可是她觉得忧郁、难受。大概是她那备受折磨的神经告诉了她，我们的性关系的卑劣本质，但是她又说不出来。我开始刨根问底地问她，她说什么离开了母亲心里觉得难受，等等。我觉得，这不是她的真心话。于是我就开始劝她，但是没有提到她的母亲。当时我不明白，她只是觉得难受，至于想母亲不过是一种借口而已。但是，她立刻就生气了，因为我没有提到她的母亲，好像不相信她的话似的。她对我说，她看出来了，我不爱她。我责备她任性，她的脸色一下子就全变了，忧郁的表情不见了，脸上充满了怒气。她用最恶毒的语言责备我自私和残忍。我瞧了她一眼，她的脸冷若冰霜，充满了最大的敌意和几乎是对我的仇恨。我记得，我看到这种情形以后，简直大吃一惊。'怎么啦？这是怎么回事？'我想，'爱情是两个心

灵的结合，可是现在却变成这副模样。这绝不可能，这绝
不是她！'我试着软化她，可是却撞上了一堵冷冰冰的、充
满了恶毒的敌意的坚不可摧的高墙，因此我立刻怒火中烧，
接着我们便互相说了一大堆难听的话。这第一次争吵留下
的影响是可怕的。我称它为争吵，其实这不是争吵，这只
是实际上存在于我们俩之间的那个深渊的一次大暴露。我
们俩之间的相互爱恋已被肉欲的满足消耗殆尽，剩下来的
就只有实际关系中的互相敌对，也就是两个完全陌生的利
己主义者，都希望对方使自己获得尽可能多的满足。我把
我们俩之间发生的这些事称为争吵，其实这不是争吵，这
只不过是由于肉欲的暂时中止而暴露出来的真实关系罢了。
当时我还不懂，这种冷冰冰的敌对态度正是我们之间的正
常关系。我之所以不明白这个道理，还因为这种敌对态度，
在初期很快又被重新激起的经过升华的肉欲，也就是相互
爱恋掩盖了。

　　"我原以为，我们俩吵了架又重归于好了，今后这类事
情再也不会发生了。但是就在这个蜜月中，很快，又一个
彼此腻烦的时期来临了，我们又不再需要对方了，于是又
发生了争吵。这次争吵比上一次更使我感到震惊。由此可
见，第一次争吵并不是偶然的，我想这是必然的，而且今
后一定还会争吵。这次争吵是由一个最不应该的原因引起
的，因此格外使我感到震惊——因为钱。我对钱从来不小

气，妻子用钱更不会小气。我只记得，她胡搅蛮缠，硬说我的某句话表明我想用钱来管住她，硬说我想利用钱来确立一种似乎是自己的什么特权，确立某种叫人受不了的、愚蠢的、卑鄙的、无论是我还是她都不应该有的东西。我被激怒了，我开始责备她说话太伤人，她也同样地责备我，于是又吵了起来。在她的言语以及脸部和眼睛的表情中，我又看到了曾使我大吃一惊的那种深深的、冷冰冰的敌意。我记得，我也曾跟我的兄弟、朋友、父亲争吵过，但是我与他们之间从来没有产生过像现在这种特别的、恶毒的怨恨。但是过了几天，这种彼此憎恨又被相互爱恋，也就是肉欲掩盖了。我还用这样一种想法来安慰自己：这两次争吵只不过是一种误会，是可以纠正的。但是紧接着又发生了第三次、第四次，于是我明白了，这不是偶然的，而是必然的，而且今后将经常如此，我想到我将面临的未来，真是不寒而栗。与此同时，还有一个可怕的思想在折磨着我：只有我过得这样糟，而不像我从前所期望的那样，在别人的生活中是绝不会有这种情形的。我当时还不知道，这是共同的命运，但是大家也都像我一样认为，这是他们特有的不幸，于是也就自欺欺人地将这种特有的、羞于启齿的不幸掩盖起来。

"这种争吵从结婚初期就开始了，后来就一直继续下去，而且愈演愈烈。从最初几个星期起，我就在心灵深处感到，我上当了，事情的结果完全出乎我的意料，结婚不仅不是幸福，而且还是某种很痛苦的事。但是我也像大家一样，不肯承认这一点（要不是最后发生那样的事，恐怕我到现在也不会对自己承认这一点），不仅瞒着别人，也瞒着自己。现在我真感到奇怪，当时我怎么会看不出自己的真正处境呢？这种处境本来是不难看出来的，因为争吵就是由它引起的，可是常常是吵完架以后，连事由都想不起来了。理性都来不及为常存于我们之间的敌意造出足够的理由。但更叫人吃惊的是，连重归于好也找不出借口。有时候还有言语、解释，甚至眼泪，但是有时候……唉！现在想起来都恶心，在互相说了那么多最难听的话以后，会突然无言地相视而笑，然后便接吻、拥抱……呸，多么恶心啊！我当时怎么就看不出这有多么肮脏呢？……"

十三

这时有两个旅客上车，他们在远处的座位上坐了下来。在他们就座的时候，他不讲话，但是当他们刚一坐定，他又继续讲起来，显然一分钟也没有失去自己思维的线索。

"要知道，最可恶的主要是，"他开始说道，"在理论上规定，爱情是某种理想、崇高的事，而实际上却是某种使人厌恶的、猪狗不如的事，连说起它、想起它，都叫人觉得厌恶和可耻。要知道，自然之所以要把这件事造得使人厌恶和可耻，并不是没有道理的。既然这是使人厌恶和可耻的，那就应当这样去理解它。可现在，恰恰相反，人们装腔作势地把使人厌恶和可耻的事当作美好的和崇高的。我的爱情的最初的标志究竟是什么呢？那就是兽性大发，不仅不感到羞耻，反而因自己的精力如此充沛而感到自豪。而且我不仅丝毫没有考虑到她的精神生活，甚至连她的身体状况也丝毫没有注意。我感到惊异，我们之间的怨恨究竟是从哪里来的呢？其实，事情是一清二楚的：这种彼此怨恨不是别的，正是人性对于压抑其兽性的一种抗议。

"我对我们彼此的憎恨感到惊讶。要知道，这也不可能有别的结果。这种憎恨不过是两个同谋犯的互相憎恨而已——既恨对方的教唆，又恨自己的参与犯罪。她，这个可怜的人，在我们婚后的第一个月就怀孕了，可是我们那种猪狗般的关系还在继续着，这怎么不是犯罪呢？您以为我说话离题了吗？丝毫没有离题！我是在把我怎样杀死妻子的过程原原本本地告诉您。在法庭上，他们问我，我是怎么杀死妻子的，用的是什么凶器。这帮傻瓜！他们还以为我是在那时候杀死她的，用刀，在十月五日。我不是在那时候杀死她的，要早得多。正如现在他们还在杀人一样，一直在杀……"

"那他们用什么凶器呢？"我问。

"这也是使人感到惊讶的，居然没有一个人愿意知道如此清楚明白的事，医生是一定知道并且应当加以宣传的，可是他们却讳莫如深。要知道，这事是非常简单的。男人和女人被造得像动物一样，在性爱之后便怀孕，接着是哺乳。在这种情况下，性爱对于女人以及婴儿都是同样有害的。女人和男人的数量相等。由此将得出什么结论呢？似乎，是很清楚的。并不需要什么大智慧便可以得出这样的结论，连动物也都是这么办的，那就是节欲。但是不然。科学已经发达到在血液里发现某种奔跑着的白血球，以及各种各样毫无用处的蠢东西，可是它却不懂得这个道理。至少我没有听到它说过这样的话。

"因此，女人只有两条出路：一条是把自己弄成畸形，根据需要的程度把自己身体中作为一个女人亦即母亲的机能暂时地消灭掉，或者不断地消灭掉，以便男人能够放心地、经常地享受。另一条出路甚至不能叫作出路，而是一种简单、粗暴、直接破坏自然法则的做法，而在一切所谓规规矩矩的家庭中都是这么做的。就是说，女人应该违反自己的天性，既怀孕，又哺乳，又做她的丈夫的情妇，也就是做一个连牲畜都不如的人。况且她的体力也不够，因此在我们的圈子里就出现了歇斯底里症和神经衰弱，而在老百姓中就有所谓'中邪'。请注意，纯洁的姑娘是不会中邪的，只有娘儿们，而且是跟丈夫生活在一起的娘儿们，才会中邪。我国的情况是这样，欧洲也是如此。所有治疗歇斯底里症的患者的医院都住满了破坏自然法则的女人。要知道，这些所谓中了邪的女人，以及沙尔科①的女病人，都是完全残废了的人；至于半残废的女人，更是充斥全世界。您只要想一想，一个女人十月怀胎，或者喂养一个刚生下来的婴儿，在她的身体内进行着一种多么伟大的工作啊。一个延续我们的生命、接替我们的东西在成长。而这种神圣的工作却被破坏了——被什么破坏了呢？想起来都觉得可怕！人们居然还在侈谈什么女性的自由和权利。这无异于食人生番在喂肥一些人以供他们食用，同时却硬说，他们所关心的是这些人的权利和自由。"

这些话都是我从没听过的，它们使我感到十分震惊。

"那又该怎么办呢？如果是这样的话，那么，"我说，"跟自己的妻子就只能两年亲热一次了，而男人……"

"男人是需要女人的，"他接上我的话，"那些可爱的科学祭司又在让人们相信这一点了。换了我，就要命令这些术士去完成那些（按照他们的说法）男人所需要的女人的职责，看他们那时还有什么可说的！您让一个人相信，说他需要伏特加、烟和鸦片，于是这些东西就真的变得必要了。如此说来，上帝不明白到底需要什么，他又没有向术

---

① 沙尔科（1825—1893），法国精神病理学家。

士们请教，于是便把世界安排得很糟糕。请看，这件事就安排得不好。他们认定，一个男人需要满足而且必须满足自己的肉欲，可是这里却夹进了什么生育和哺乳，妨碍了这种需要的满足。那怎么办呢？去求教那些术士吧，他们会安排妥当的。他们也果真想出了办法。唉，什么时候才能把这些术士连同他们的骗术揭露出来，使他们声誉扫地呢？是时候了！事情已经发展到这种地步，人们在发疯，在开枪自杀，而这一切都是由此而产生的。否则又怎么办呢？似乎牲畜都知道，它们的幼崽是为它们传宗接代的，因而在这方面遵循一定的规则。只有人不知道，也不想知道这个道理。他所关心的只是尽情享乐。人是什么呢？人是万物灵长。请注意，牲畜只有在繁殖后代的时候才交配，可是这个下流的万物的灵长——却只要愿意随时都能行乐。不仅如此，他还把这种丑恶行为吹嘘为造化的瑰宝，并美其名曰爱情。于是他就以这个爱情（实际上是无耻兽行）的名义毁坏着——难道不是吗？——人类的一半。女人本来应该是人类迈向真理与幸福的参与者，可是男人却为了自己的享乐把所有的女人都变成了仇敌，而不是助手。您再看，到底是什么东西在处处阻碍着人类的前进？是女人。她们怎么会变成这种样子的呢？无非是因为这个原因罢了。是的，是的。"他重复了好几遍，接着便开始动弹，掏出卷烟抽了起来，显然希望使自己能够稍许平静些。

十四

"我就这样过着猪狗般的生活,"他又用先前那种声调继续说道,"最糟糕的是,我一面过着卑鄙下流的生活,一面还认为:因为我并不迷恋别的女人,因此我过的是一种诚实的家庭生活,我是个正人君子,如果说我们经常发生争吵的话,我毫无过错,那是她的过错,她的脾气不好。

"不用说,错并不在她。她跟所有的人,跟大多数人都是一样的。她受过教育,正如我们这种阶级的女性的地位所要求的那样,因此她也像富有阶级的所有女性那样被教育成人,她们也不可能不受这样的教育。现在有人在侈谈什么新的女性教育,这一切都是空谈:按照现有的、不是虚假的,而是真正普遍的对待女性的观点,现在的女性教育正好符合需要。

"女性教育永远必须符合男人对于女性的观点。我们大家都知道,男人是怎么看待女人的:Wein, Weiber und Gesang。① 诗人在诗歌中就是这么说的。请看所有的诗歌、所有的绘画和雕塑,从情诗以及裸体的维纳斯和弗林娜② 这类雕塑开始,您可以看到,女人不过是供男人享乐的工

---

① 德语:美酒、女人和歌唱。
② 弗林娜,公元前 4 世纪雅典的一位著名妓女,曾做过普拉克西特利斯(Praxiteles)等著名雕刻家的模特。

具罢了；她在特鲁巴是如此，在格拉乔夫卡是如此①，在宫廷舞会上也是如此。请注意魔鬼的狡猾：好吧，你们去享乐吧，但你们就应该明确，这是享乐，女人不过是一块甜点罢了。可是不然，先是骑士们硬说，他们非常崇拜女人（非常崇拜，但是仍旧把女人看成享乐的工具）。现在又有人硬说，他们尊重女人。有些人给女人让座，给女人拾手帕；另一些人则承认她有担任一切职务、参与管理国家的权利，等等。所有这一切，他们都做了，而他们对女人的看法却依旧没变：她不过是一件供男人享乐的工具罢了，她的肉体是供男人享乐的手段。而且她也知道这一点。这无异于一种奴隶制。要知道，奴隶制无非是一些人占有许多人的被迫的劳动成果而已，因此，为了消灭奴隶制，就必须使人们不想占有他人的被迫的劳动，并认为这是一种罪恶和耻辱。然而人们取消了奴隶制的形式，规定从此不许买卖奴隶，于是他们便认为，并且也竭力使自己相信，奴隶制已经不存在了，他们看不见也不愿意看见奴隶制仍旧存在，因为人们同过去一样认为占有他人的劳动成果是好的和合理的。既然他们认为这是好的，就总是能找到一些人，他们比别人强，也比别人狡猾，并且擅长于做这类事。女性解放问题也是如此。要知道，女人之所以被奴役，

---

① 特鲁巴和格拉乔夫卡是沙俄时代莫斯科的两条妓院最多的街道。

仅仅是因为人们希望占有她，把她当作享乐的工具，而且认为这样做很好。他们解放了女性，给了她与男子平等的一切权利，但是却继续把她看成享乐的工具，而且无论在童年时代，还是在社会舆论中，都是这样教育她的。于是她就仍旧是一个柔顺的、被人糟蹋的女奴，而男人也依然故我，仍旧是一个淫荡的奴隶主。

"人们只是在大学里和议会里大谈女性解放，可是实际上却把女人看成享乐的对象。你们去教她吧，就像她在我们这儿所受过的教育那样，教她这样来看待自己吧，于是她就将永远是一个低等动物。要么她在那些混蛋医生的帮助下实行避孕，也就是说，成了一个地地道道的娼妓，堕落到了连牲畜都不如的程度，堕落到成了一件东西的程度；要么她就像大多数女人那样，变成一个精神病患者，一个歇斯底里、不幸的女人，就像现在的女人们一样，失去在精神上发展的可能。

"中学和大学是不可能改变这一点的，要改变这一点，只有先改变男人对女人的看法，以及女人对自己的看法。只有当女人把处女的地位看作最高的地位，才能改变现状，而不是像现在这样，把一个人最美好的状态看成耻辱。如果做不到这一点，不管每个少女所受的教育如何，她的理想就仍将是把尽可能多的男人、尽可能多的好色之徒吸引到自己身边来，以便从中挑选。

"至于某个女人对数学懂得多一点，另一个女人会弹竖琴，这都没用。一个女人只有把一个男人迷住了，她才能幸福，才能实现她所能希望的一切。因此，一个女人最主要的任务是要会迷住男人，过去是这样，将来也是这样。在我们这个世界上，这种状况在少女时代是这样，出嫁以后也仍然是这样。在少女时代，这是为了挑选未来的丈夫，而出嫁以后则是为了控制住自己的丈夫。

"唯一能够中止或者哪怕暂时遏制这种状况的就是孩子，那也必须是在这个女人尚未成为畸形，也就是说在她亲自喂奶的时候才是这样。但是这时候医生又来了。

"我的妻子是愿意亲自喂奶的，而且以后的五个孩子也都是她喂的奶，可是在给第一个孩子喂奶的时候，她的身体不好。于是这些医生就恬不知耻地让她脱掉衣服，摸遍她的全身，为此，我还得感谢他们，付钱给他们，这些可爱的医生认为她不应该喂奶，于是她在这个最初的阶段就被剥夺了可以使她避免卖弄风情的唯一手段。我们的第一个孩子是奶妈喂奶的，也就是说，我们利用了一个无知女人的贫穷，诱骗她撒下自己的孩子来给我们的孩子喂奶，而作为报酬，我们给她戴上一个镶有金银花边的盾形头饰。但是问题并不在这儿。问题在于，正在这时候，当她摆脱了怀孕和喂奶之后，过去沉睡在她心中的那种女性的卖弄风情就特别强烈地表现了出来。与此相应的是，在我身上，妒忌的痛苦也特别强烈地表现了出来，在我婚后生活的全部时间里，这种妒忌的痛苦不断地折磨着我，而这种痛苦也不能不折磨着那些像我这样不道德地和妻子生活在一起的丈夫。"

<h2 style="text-align:center">十五</h2>

"在我婚后生活的全部时间里，我一直不停地体验到这种妒忌的痛苦。但是有若干时期我的这种痛苦特别尖锐。其中有一个时期是第一个孩子出生以后，医生禁止她喂奶的那段时间。在那个时期，我的妒忌心特别重，首先是因为我的妻子正经历着一种作为一个母亲所特有的烦躁不安，这是她的生活的正常轨道遭到毫无理由的破坏必然会引起的；其次是因为我看到她轻易地就抛弃了做一个母亲应尽的道德责任，我虽然是无意识地，但却是正确地得出了结论：如果要她抛弃夫妻之间的责任，想必也是同样轻而易举的。何况她十分健康，尽管那些可爱的医生一再禁止，她还是亲自给以后的几个孩子喂了奶，而且喂得很好。"

"看来您是不喜欢医生的。"我发现每次只要一提到医生，他就流露出一种深恶痛绝的语气，便说道。

"这不是喜欢不喜欢的问题。他们毁了我的生活，正像他们过去毁了，现在还在毁坏千千万万人的生活一样，因此我不能不把结果和原因联系起来。我明白，医生和律师以及其他人一样想赚钱，可是我情愿把我的收入的一半送给他们，每一个明白他们在干什么的人，也都会情愿把自己收入的一半送给他们的，只要他们不干预你们的家庭生活，从此不再接近你们。我没有去搜集材料，但是我知道几十个这样的事例（这样的事例真是比比皆是），在这些事例中，他们把婴儿杀死在母腹之中，硬说母亲不能分娩，可是这位母亲后来却顺利地生了好几个孩子；要不，他们就借口施行什么手术，干脆把母亲杀死。要知道，谁也没有去统计过这些凶杀案，正像没有人会去统计中世纪的宗教裁判所到底杀死了多少人一样，因为据说，这是为了人类的幸福。他们所犯的罪行简直数不清。但是，所有这些罪行与他们带到这个世界上来的（特别是通过女人）现实主义的道德沦丧相比，是微不足道的。我且不说如果照他们指点的去做，人类将不是走向大同，而是走向分裂——因为根据他们的学说，由于到处都有传染病，大家就应该分开坐，不应当把嘴里的喷雾器取下来（不过，他们已经发现连苯酚也无济于事了）。这还不算什么，最主要的毒害在于他们使人们，特别是女人变得淫荡。

"现在已经不能说："如果你过得不好，那你就应该好好地生活。"现在既不能对自己，也不能对别人说这种话了。如果你过得不好，那原因就在于你的神经功能不正常，或者诸如此类的原因。这就需要去看病，于是他们给您开一帖在药房要付三十五戈比的药，那您就吃下去吧。您的病情恶化了，您就再吃药，再去看病。真是绝妙的把戏！

"但是问题不在这儿。我想说的仅仅是她亲自给孩子们喂奶喂得很好，正是她的怀孕和喂奶拯救了我，使我免受妒忌之苦。如果不是这些，一切还会发生得更早些。孩子们救了我和她。在八年中，她生了五个孩子，而且后来生的所有孩子都是她亲自喂奶的。"

"那么他们现在在哪儿呢，您的孩子们？"我问。

"孩子们？"他惊恐地反问道。

"请原谅我，您想起他们也许感到痛苦吧？"

"不，没有什么。我的孩子被她的姐姐和哥哥领走了。他们不肯把孩子给我。我把田产交给了他们，他们还是不肯把孩子给我。要知道，我简直像个疯子。我现在就是从他们那儿回来的。我看到了孩子们，但是他们就是不肯把孩子给我。否则，我会教育孩子，使他们长大了不会像他们的父母那样。可是他们硬要这些孩子长大了跟他们的父母一样。唉，有什么办法呢！他们不肯把孩子给我，他们不相信我，这是可以理解的，因为我自己也不知道能不能教育好他们。我想我不能。我已是一具行尸走肉，一个废物。我身上只剩下一样东西：我知道的。是啊，这是确实的，我懂得了一些大家还不会很快懂得的道理。

"不错，孩子们还活着，而且正在成长为一些野蛮人，就像他们周围所有的人那样。我看到了他们，去看过三次。我对他们已经无能为力。无能为力。我现在回南方老家去，我在那儿有一所小房子和一座小花园。

"是的，人们还不会很快明白我所懂得的道理。在太阳和其他星球上是否有很多铁，以及有何种金属这是可以很快弄清楚的；而要弄明白那些能够揭穿我们猪狗似的生活的道理，那就难了，太难了……

"您居然一直在听我讲这些话，真是不胜感激。"

十六

"您刚才提到了孩子。关于孩子，眼下又流行着一种多么可怕的谎言啊。孩子——是上帝的祝福，孩子——是快乐。要知道，这一切全是谎言。这一切从前有过，但现在这样的事根本就没有了。孩子是受罪，别无其他。大多数母亲都直接感到了这一点，有时她们在无意中也直言不讳地把这话说出来。您不妨去问一问我们这个不愁衣食的圈子里的大多数母亲，她们会告诉您，她们因为害怕她们的孩子生病和夭折，宁可不要孩子。如果孩子已经出生，为了不被他们拴住，不受罪，她们都不愿意喂奶。孩子的可爱所带给她们的快乐，抵不上她们所受的痛苦——且不说孩子生病或夭折，光是担心孩子生病和夭折，就已经够受的了。权衡利弊，还是得不偿失，所以她们不愿意有孩子。她们直言不讳、大胆地说出了这一点，还自以为这是出于对孩子们的爱，是出于一种好的、值得称赞的，她们甚至引以为自豪的感情。她们没有看到，她们的这种论调直接否定了爱，而仅仅肯定了她们的自私。对于她们来说，由于孩子的可爱而产生的快乐，抵不上为其担惊受怕而带来的痛苦，因此她们不要孩子，即使她们可能会很喜欢这些孩子。她们不是为了可爱的小东西而牺牲自己，而是为了自己而牺牲那些可爱的小东西。

"很清楚，这不是爱，而是自私。但是如果为这种自私而谴责她们，谴责这些富裕人家的母亲——不免要想起她们为了孩子们的健康而受的种种痛苦（这又得感谢我们这种老爷式的生活中的那些医生了），又于心不忍。甚至现在，只要我一想起最初那个阶段的生活状况，那时我们已经有了三四个孩子，孩子们的事把妻子整个儿淹没了，一想起这些，我就不寒而栗。我们简直不是在过日子。这是一种持续不断的危险，刚从危险中得救，又面临危险，又死命挣扎，又得救——一直处于这种情况中，就像坐在一条沉船上似的。我有时候觉得，她这样做是故意的，故意装作为孩子们寝食不安，目的是制服我。这是多么诱人啊，一切问题迎刃而解，并且对她有利。我有时候觉得，她在

这种情况下所做所说的一切，都是她故意为之。实则不然，
她自己也非常痛苦，她经常为了孩子们，为了他们的健康
和疾病受尽折磨。这对于她是一种酷刑，对于我也是如此。
她不可能不痛苦。要知道，这种对于孩子的爱恋、哺育、
爱抚和保护孩子们的动物性的本能，她是有的，正如大多
数妇女都有这种动物性的本能一样，但是她却不像动物那
样——动物是不会想象和思考的。一只母鸡不会担心它的
小鸡会出什么事情，它也不知道小鸡可能得的所有疾病，
更不知道人们自以为可以避免疾病和死亡的各种手段。对
于母鸡来说，孩子并不是痛苦。它为自己的小鸡做着它所
能够做的事，并且很快乐。孩子对它来说是快乐。当小鸡
生病的时候，它需要做的事是明确的——它温暖它，喂养
它。当它做这些事的时候，它知道它所做的一切都是必须
做的。如果小鸡死了，它也不会问自己，它为什么死，它
到哪儿去了，它咕咕咕地叫一阵，然后就不叫了，像过去
一样继续生活下去。可是，对于我们这些不幸的女人以及
我的妻子来说，就不是这么回事了。姑且不谈疾病应该怎
样治疗，就说怎么教育孩子和抚养孩子吧，她从各种不同
的地方听到和读到形形色色、变化无常的章法。应当这样
来喂，喂这个；不，不是这样，也不是喂这个，而是应当
照这个样子；穿衣呀，喝水呀，洗澡呀，让孩子睡觉呀，
散步呀，新鲜空气呀，对于这一切，我们，主要是她，每

星期都会了解到一些新的章法。好像人们从昨天起才开始生儿育女似的。结果因为没有这样喂奶，没有这样洗澡，做得不及时，于是孩子生病了。到头来，都是她的错，她没有做到她应该做的事。

"孩子健康的时候，就已经在受罪了。要是一生病，那就完蛋了，简直痛苦极了。据说，病是可以医治的，有这样的科学和这样的人——医生，他们知道怎样治病。但是并不是所有的医生都知道，只有最高明的医生才知道。于是，孩子病了，就必须去找那位最高明的、能够救人性命的医生，这样孩子才能得救。如果没有抓住那位医生，或者你不住在那位医生所住的地方，孩子就算完了。这并不是她一个人特有的信仰，而是她那个圈子里所有女人共同的信仰，她从四面八方所听到的就只有这么一类话：叶卡杰琳娜·谢苗诺夫娜的两个孩子死了，就因为没有及时去请伊凡·扎哈雷奇，可伊凡·扎哈雷奇却救活了玛丽亚·伊凡诺夫娜的大女儿；瞧彼得洛夫家，因为听从了医生的劝告，把孩子们及时分散到各个旅馆去住，孩子们就都活下来了，而那些没有分散居住的家庭呢，孩子就死了；还有一位太太，她的孩子身体弱，他们听从了医生的劝告，到南方去住，这才救了孩子的命。她对自己的孩子有一种动物般的爱恋，而这些孩子的性命又取决于她能否及时得知伊凡·扎哈雷奇对这个问题说些什么，在这种情况下，她怎能不始终提心吊胆，备受煎熬呢？至于伊凡·扎哈雷奇究竟会说些什么，谁也不知道，他自己更不知道。因为他心里一清二楚，他其实什么也不知道，什么忙也帮不了，他只不过是信口雌黄，闪烁其词，只要人们一直相信他知道些什么就行了。要知道，如果她完全是个动物，她也就不会痛苦了；如果她完全是个人，她就会相信上帝，她就会像那些相信上帝的乡下婆娘那样说、那样想了：'上帝给的，上帝又拿走了，天命难违啊。'她就会想，她的孩子的生与死，也同所有的人一样，人是无能为力的，只有听命于上帝，那样她就不会痛苦了，不会由于自以为自己能防止孩子们的病与死，却没能做到这一点而感到痛苦了。否则，对于她来说，情况就是这样的：给了她一些最脆弱的、多灾多难的小东西，而她对这些小东西又感到一种热烈的、动物般的爱恋。此外，这些小东西又都托付给她了，可是与此同时，保全这些小东西的方法我们却一无所知，倒是那些与此毫不相干的人知道得一清二楚，而要得到这些人的帮助和劝告，就必须付很多钱，而且还不一定有效。

"有了孩子以后的整个生活，对于妻子，而且对于我也是，并不是快乐，而是痛苦。怎么能不痛苦呢？她就经常处在痛苦之中。常常，我们在一次因妒忌引起的风波或是普通的争吵之后刚刚平静下来，刚想过几天安静日子，读点书，想些问题，刚抓起了一件什么事情，突然又听说——瓦夏呕吐了，或是玛莎便血了，或是安德留沙出疹子了，于是一切都完了，没法过日子。赶快乘马车出去，可是上哪儿去呢？去请什么医生呢？又送到哪儿去隔离呢？于是又开始灌肠呀，量体温呀，喝药水呀，请医生呀。这件事还没完，另一件事又开始了。从来就不曾有过正常、安定的家庭生活。有的只是——正如我刚才告诉您的——经常从想象的和真正的危险中被拯救出来。要知道，现在大多数家庭的情形都是这样。在我家则特别严重。我的妻子是一个特别疼爱孩子的人，而且别人说什么她都相信。

"因此，有了孩子以后，不仅没有使我们的生活变得融洽，反而把我们的生活毒害了。此外，孩子还成了我们发生争吵的新理由。自从有了孩子以后，随着他们越长越大，孩子们成为我们争吵不休的原因和对象。孩子不仅是我们争吵的对象，也是我们争斗的武器。我们似乎都利用孩子来相互进行争斗。我们每人都有一个自己喜欢利用的孩子，把他作为争斗的武器。我多半利用大儿子瓦夏与她争吵，而她则利用丽莎。此外，孩子们逐渐长大以后，他们的性格也定型了，我们各自拉拢一两个，他们就成了我们各自的同盟军。这些可怜的孩子为此曾受到极大的痛苦，但是我们在不停的战斗中根本无心去考虑他们。女孩是我的同盟军，而那个大男孩则像他的母亲，是她的宠儿，因此经常惹我憎恨。"

十七

"您瞧，我们过的就是这样的生活。我们的关系越来越敌对。最后竟发展到不是分歧产生敌对，而是敌对产生分歧了——不管她说什么，我事先就认定了不赞成，她对我也是这样。

"在婚后的第四年，双方似乎都已认定，我们不可能相互了解，彼此也不可能取得一致，于是我们也就不再指望能谈得拢了。对于一些最简单的事情，特别是关于孩子们的事，我们总是各执己见。我现在回想起来，我当时坚持的那些意见，对我来说其实并不重要，根本不到不能放弃的地步。但是因为她的意见与我的相反，如果我妥协，就意味着对她让步，这正是我做不到的。她也是这样。她大概认为她在我面前从来都是绝对正确的，而我内心也认为我在她面前一向是神圣不可侵犯的。我们两人单独相处的时候，几乎必定是相对无言，或者说一些我相信连动物彼此之间也会说的话：'几点啦？该睡觉了。今天午饭吃什么？坐车去哪儿？报纸上有什么新闻？去请医生吧。玛莎嗓子疼。'只要稍微超出这个小得不能再小的谈话范围，就会爆发冲突。为了咖啡、桌布、马车、打牌时出的一张牌，都会爆发冲突，恶语伤人，而这些小事，无论对哪一方都不可能有任何重要性。至少在我的身上经常翻滚着对她的强烈的憎恨！有时候，我看着她怎样倒茶、晃腿，或者把汤匙举到嘴边，吧嗒着嘴唇喝汤，就恨她，因为这种举动太难看了。那时我没有发现，这些互相憎恨的时期在我身上，是与我们称之为相亲相爱的时期非常有规律地交替出现的，紧接着相亲相爱的时期就是互相憎恨的时期。相亲相爱的时期越热烈，互相憎恨的时期就越长久；相亲相爱的表现越微弱，互相憎恨的时期就越短。那时候我们不懂，这种相亲相爱和互相憎恨不过是同一种动物感情的两个极端罢了。如果我们当时明白自己的状况，这样生活是很可怕的。但是我们既不明白，也看不到这种状况。如果一个人生活得不对头，他可以欺骗自己，对自己充满灾难的处境视而不见——这对于那个人来说既是一条出路，也是一种惩罚。我们就是这样做的。她极力想借紧张的、永远忙碌的家务来忘掉自己，布置房间呀，准备自己和孩子们的衣服呀，关心孩子们的学业和健康呀，等等。我也有自我陶醉的办法——沉湎于公务、打猎和打牌。我们两人经常很忙。我们都感觉到，我们越忙，相互之间就越抱有敌意。‘你倒好，还做鬼脸，’我心里想，‘可你的无理取闹却折磨了我一夜，我还要去开会呢。’‘你倒好，’她不仅这样想，而且说了出来，‘可是我却守着孩子一夜都没合眼。’

　　“我们就这样过着日子，总是处在一团迷雾之中，看不清我们自己的处境。要不是发生了那件事，我也许会这样一直过到老，到死的时候还会认为这一辈子过得不错，即使不特别好，但也不算太坏，跟大家一样。我也许至今都不会明白我当时挣扎于其中的那种极端的不幸和使人恶心的虚伪。

"我们是拴在一根锁链上的两个彼此仇恨的囚犯，我们互相毒害对方的生活，而又极力对此视而不见。那时我还不知道，百分之九十九的夫妻都像我们一样过着这种精神上极端痛苦的生活，而且也不可能是另一种样子。但是那时候，无论是关于别人，还是关于自己，对这一点我都不了解。

"说起来也怪，在正确的，甚至不正确的生活中，有着多少巧合啊！正当生活对于父母双方变得不堪忍受的时候，为了孩子们的教育，却必须搬到城里去居住，于是就出现了搬到城里去的需要。"说到这儿他停住了，发出一两下他特有的那种怪声。这种声音现在听起来简直就像一种强压下去的哭声。火车进站了。

"几点了？"他问。

我看了看表，已是半夜两点。

"您不累吗？"他问。

"不，倒是您累了吧。"

"我憋得慌。对不起，我出去走走，喝点水。"

于是他便跌跌撞撞地穿过车厢出去了。我独自坐着，反复琢磨着他对我说的一切，因为想得出了神，没有发觉他已经从车厢另一头回来了。

十八

"是的，我说话常常说个没完。"他又开始说道，"我反复地想了很多，现在我对许多事情的看法不同了，这一切我都想说一说。于是我们就在城里住了下来。不幸的人还是住在城里好些。在城里，一个人可以活到一百岁而没有发现自己早已死了，烂掉了。简直没有时间去考虑自己的事情，总是在忙。事务呀，社交活动呀，健康呀，艺术呀，孩子的健康呀，教育呀，等等。一会儿必须接待这个人和那个人，去拜访某某人和某某人；一会儿又必须去看看这位太太，听听这位先生或者这位太太的高论。要知道，在城里，任何时候都会有一位，甚至一下子就有两三位无论如何也不能失之交臂的社会名流。一会儿必须给自己、给这个或者给那个看病，一会儿又是教师、家庭补习教师、家庭女教师，而生活却空虚得不能再空虚。您瞧，我们就这样生活着，由两个人共同生活而产生的痛苦也感觉到少了些。此外，在最初一个阶段，事情特别多——在一个新城市里安顿下来，要布置新居，还有就是从城里到乡下、从乡下到城里来回奔波。

"我们过了一个冬天，可是在第二年冬天却发生了下面这样一件事，起先谁都没有注意它，这事看来微不足道，可是它却导致后来发生的一切。她身体不好，于是那些混蛋医生就让她不要生育，并且教给了她方法。我对这事十分反感，我极力反对，可是她却轻率而又顽固地坚持这样做，我只好屈服。为我们过的那种猪狗似的生活辩护的最后的理由——生儿育女——不存在了，于是生活就变得更加令人作呕了。

"一个农民，一个干活的人是需要孩子的，虽然抚养一个孩子很吃力，但他还是需要孩子。因此他保持夫妻关系还有道理可言。可是我们这些人，已经有了孩子，也不需要再有孩子了，他们只会使我们多操一份心，多添一笔开销，多一个遗产继承人，他们不过是累赘。因此，保持这种猪狗似的生活，对于我们来说，已经毫无道理可言。要不就是我们故意不要孩子，要不就是把孩子看成一种不幸，看成一种疏忽所造成的后果，这就更加丑恶了。这是毫无道理可言的。但是我们在道德上已经如此堕落，我们甚至看不到有为自己辩解的必要。如今受过教育的人大多数都沉湎于这种淫乱的生活而丝毫不受到良心的谴责。

"有什么好谴责的呢，在我们的日常生活中已经根本没有良心了，除非是社会舆论和刑法的良心，如果可以这样说的话。但是在这里两种良心都没有违背——丝毫也不需要对社会感到羞愧，大家都如此，玛丽亚·巴夫洛芙娜如此，伊凡·扎哈雷奇也如此。何苦生下一群叫花子，或者剥夺自己参加社交生活的可能性呢？在刑法面前无须感到羞愧，也没有什么可害怕的。只有那些不成体统的丑姑娘和大兵的老婆才把婴儿扔到池塘里和井里。这种女人应当坐牢，可是我们这里一切都做得又及时又干净。

"我们就这样又生活了两年。那些混蛋医生的方法显然开始奏效了，她的身体发胖了，人也变漂亮了，就像夏天最后开放的花朵。她感觉到了这一点，于是便开始着意打扮。她身上出现了一种挑逗性的美，令人心荡神移。她才三十岁，已不再生育，身体丰腴，正是最富有魅力的时候。她的模样使男人想入非非。每当她从男人中间走过，她就把他们的目光吸引到自己身上来。她就像一匹久不拉车、膘肥体壮的牝马，笼头又被卸掉了。哪有什么笼头呀，就像我们百分之九十九的女人没有任何笼头一样。我感觉到了这一点，我觉得害怕。"

十九

突然，他站了起来，坐到紧挨着窗口的座位上。"对不起。"他两眼凝视着窗外说道，然后就这样默默地坐了两三分钟。接着，他长叹了一声，又坐到我的对面。他的脸完全变了样，目光凄楚，他的嘴唇微微翘起，露出一种奇怪的、近乎微笑的神情。"我有点累了，但我要讲下去。时间还很多，还没天亮，是的。"他点起了一支烟，又开始说道，"自从她停止生育以后，她的体态变得丰满了，她的病——为了孩子的无休止的痛苦——也开始逐渐好转。不仅是逐渐好转，而且她仿佛从醉酒中清醒过来，醒过来以后看到了那充满欢乐的，她曾一度忘记了的大千世界。但是她过去不善于在这个世界中生活，她也根本不了解它。'可别虚度光阴！流光易逝，时不再来！'在我的想象中她就是这么想的，或者不如说，她是这么感觉的，而且她也不可能有别的想法和别的感觉：因为她受的教育是，世界上只有一样东西值得关注——那就是爱情。她出嫁了，从这种爱情中得到了一点东西，但是这种东西不仅远不是别人曾许诺和她所期望的，而且还充满了失望和痛苦，接着又立刻来了一种她没有料到的磨难——孩子！这种磨难把她弄得筋疲力尽。幸亏那些热心帮忙的医生，她才懂得女人也可以不怀孩子。她高兴极了，尝试了一下那种方法，于是她又复活了，为了她所知道的唯一的东西——爱情。但是跟丈夫已经不可能有爱情了，因为他已经被妒忌和形形色色的怨恨折磨得对一切都厌烦了。她开始憧憬另一种纯洁而新鲜的爱情，至少我认为她是这样的。她开始左顾右盼，仿佛在期待什么似的。我看到了这种情形，不能不深感忧虑。常常发生这样的事——她大胆地（她总是借着与别人说话的机会把话说给我听）、半开玩笑地说，根本不顾她在一小时以前还说了完全相反的话。她说，母爱不过是一场骗局，当一个人还年轻，还可以享受生活的时候，把自己的生命完全奉献给孩子真是太不值得了。她照看孩子的时间变少了，也不像从前那样绝望了，她越来越多地关注起自己和自己的外表来了（虽然她极力掩饰这一点），关心自己的快乐，甚至关心自我完善，她又入迷地练起了她早就荒废了的钢琴。于是一切便由此开始了。"

他把疲惫的目光转向窗外，但看来他立刻就克制住了自己的感情，便又接下去说道：

"于是那个人就出现了。"他犹豫起来，用鼻子发出一两声他特有的那种声音。

我注意到，提起那个人，回忆起他，谈到他，都使他十分痛苦。但是他克制住了自己，仿佛冲破了阻拦他的障碍，又毅然地继续说道：

"在我的眼里，照我的评价，他是一个非常坏的人。倒不是因为他对我的生活造成了多么大的影响，而是因为他的确很坏。话又说回来，他的坏只是一个证明，证明我的妻子多么缺乏自制力。没有他也会有别人，这事早晚会发生。"他又沉默了一会儿，"是的，这是一个音乐家，一个小提琴手。他并不是一个职业音乐家，而是一个半职业、半客串型的小提琴手。

"他父亲是地主，是家父的邻居。他父亲家道败落以后，三个男孩都得到了安置，只有这个最小的被送到巴黎，交给他的教母抚养。他在那里被送进了音乐学院，因为他有音乐才能，毕业后他成了一名小提琴手，常常在音乐会上演奏。他为人——"显然，他想说一些关于他的坏话，但是他克制住了自己，只是很快地说了一句，"哦，至于他过去是怎样生活的，我就不知道了，我只知道，那一年他回到了俄国，并且来看望了我。

"他有一双水汪汪的桃仁般的眼睛，红红的带笑的嘴唇，抹了发蜡的小胡子，最新、最时髦的发式，一张俗气而又漂亮的脸，他就是女人们称之为'并不难看'的那种人。他的体格单薄，可是并不丑，他的臀部很发达，像女人，或者像戈吞托特人①。据说，戈吞托特人的臀部很发达，也都有音乐天赋。他喜欢对人故作亲热，但他又很敏感，别人稍有抵触，他就立刻止住。他总是保持着外表的尊严，他穿一双有纽扣的皮鞋，系一条颜色鲜艳的领带，穿戴一些外国人在巴黎都能学会穿戴的东西——这一切都带有一种别致的巴黎气派。这些东西由于其别致和新颖，对女人一向都有效。在他的言谈举止中有一种做作的、表面的风

---

①　非洲西南部的一个民族。

趣。您知道，他还有一种习惯，无论说什么都用暗示的方法，欲言又止，仿佛在说：'这一切您都是知道的，也是记得的，您自己去补充吧。'

"于是他和他的音乐就成了一切的祸根。要知道，在法庭上这个案子却被说成都是由妒忌引起的。完全不是那么回事，或者说，不'完全是那么回事'，而是似是而非。法庭是这么裁定的——一个被欺骗了的丈夫，为了捍卫自己被玷污了的名誉（要知道，他们就是这么说的）才杀人，因此我被无罪释放。我在法庭上极力想把这个案子的意义说清楚，可是他们却把它理解成我想为我的妻子恢复名誉。

"她和那个音乐家的关系，不管它究竟是什么样的，对于我毫无意义，对于她也是一样。对于我有意义的是刚才我告诉您的，也就是我的猪狗似的生活。发生这一切都是因为我们两人之间存在着那个可怕的深渊，刚才我已经对您谈到过这一点。我们之间的仇恨已经紧张到了可怕的程度，任何一个理由都足以导致危机。我们的争吵在最后那个阶段正在变成一种可怕的东西，它与那同样强烈的兽欲交替出现，就变得更加可怕。

"如果出现的不是他，也会出现别的人；如果不是以妒忌作借口，也会有别的东西作借口。我坚持认为，一切像我这样生活的丈夫，要不是纵欲无度，就是分居，要不就干脆自杀，或者像我那样杀死自己的妻子。如果没有发生这样的事，那就是极其罕见的例外。要知道，我在用那种方法结束这种状况以前，曾有好几次差点自杀，她也服过好几次毒。"

二十

"是啊，在那件事发生以前不久，情况就是这样。我们仿佛处在停战状态中，并且没有任何理由要破坏它。突然，在一次闲谈中，我谈到有那么一条狗在展览会上获得了奖牌。她说：'不是获得奖牌，而是得到好评。'于是争论就开始了。我们开始互相指摘，从一件事说到另一件事：'哼，这事早就老掉牙了，一向都是这样的：你说……''不，我没有说过。''那么，是我瞎说喽！……'我感到那种可怕的争吵马上就要爆发，我恨不得自杀或者把她杀死。我知道争吵立刻就会爆发，我也害怕争吵，就像害怕火一样，因此我想忍下这口气算了，可是怒火却攫住了我的全身。她也处在同样的状况下，也许还更糟。她故意歪曲我的每一句话，给它添加上原来没有的意思。她的每一句话都浸透了毒汁，只要她知道我哪儿最疼，她就对准这个地方刺我。话越说越多。我大喝一声'住嘴！'或者这一类的话。她猛地冲出房间，朝育儿室跑去。我拼命想要拦住她，以便把话说完，证明我的道理。我抓住了她的胳膊，她就假

装我把她抓疼了，大叫：'孩子们，你们的爸爸打我啦！'
我喝道：'不许胡说！''你们看，这已经不是头一回啦！'
她大声嚷着这一类的话。孩子们扑到她的身边去，她就安
慰他们。我说：'你别装了！'她就说：'对你来说，什么都
是装；哪怕你把人杀了，你也会说，他在装死。现在我看
透了你。你就想这么干！''哼，你死了倒好！'我大声嚷
道。我记得，这些可怕的话把我吓了一跳。我怎么也没有
想到，我会说出这么可怕、粗暴的话来，这些话居然能从
我的嘴里说出来，使我感到吃惊。我大声喊着这些可怕的
话，向书房跑去，接着便坐下来抽烟。我听见她走进了前
厅，准备出去。我问她上哪儿去，她不回答我。'哼，让她
见鬼去吧。'我对自己说，我回到书房，又躺下来抽烟。我
脑子里生出了成千上万个计划——怎么报复她，怎么甩掉
她，怎么挽救这一切，怎么才能做得像什么事也没发生似
的。我想着这一切，一面不断地抽烟、抽烟、抽烟。我想
干脆离开她，躲起来，跑到美国去。想到后来，我甚至幻
想把她甩了，这该多好啊，再去跟另一个漂亮的，完全是
新认识的女人相好。要甩掉她，除非她死了或者与她离婚，
于是我开始设想，怎样才能做到这一点。我发现自己的头
脑混乱了，想的都不是应该想的东西。为了不使自己发现
我想的东西都不是我所应该想的，我就拼命抽烟。

　　"可是家里的生活还在照常进行。家庭女教师来问：

'Madame^① 在哪儿？什么时候回来？'仆人也来问要不要用茶。我走进餐厅，孩子们，特别是已经懂事的大女儿丽莎，都用询问的、仇视的目光瞧着我。我们默默地喝着茶。她一直没有回来。整个晚上都过去了，她还是没有回来，两种感情在我心里此起彼伏：一种是恨她，恨她老不回来，使我和所有的孩子都很痛苦，而结局无非是她终于回来了；另一种是害怕她不回来，做出什么伤害自己的事来。我本想去找她。但是到哪儿去找她呢？到她姐姐那儿吗？但是登门去找未免太愚蠢了。那就由她去吧。如果她想折磨别人，那就让她自己也受折磨好了。否则，这倒称了她的心，下次她会闹得更凶。如果她不在她姐姐那儿，正在自寻短见或者已经自寻短见了，那该怎么办呢？……十一点、十二点、一点。我没有到卧室里去，一个人躺在房间里等她太愚蠢了，可是躺在这儿也不行。我想找点事做，写几封信，看点书，但是我做什么事都做不成。我独自坐在书房里，痛哭，恼怒，同时留神听着外面的动静。三点、四点，她还是没有回来。天快亮的时候，我睡着了。醒来一看，她仍然没有回来。

"家里的一切照旧进行，但是大家都感到困惑，大家都用疑问和责备的目光看着我。他们推测，这一切都是我造

---

① 法语：太太。

成的。可是我同样也在进行着内心的斗争，一方面恨她用这种办法折磨我，一方面却又替她担心。

"十一点左右，她姐姐来了，是来替她当说客的。于是便开始了老套的谈话：'她的心情非常不好。这到底是怎么回事呢？''说到底，什么事也没有。'于是我就说她的性格真叫人受不了，我说我根本没做什么伤害她的事。

"'可是，总不能老是这样下去呀。'她姐姐说。

"'一切取决于她，而不是取决于我。'我说，'反正我决不走第一步，要离婚就离婚。'

"她姐姐毫无收获地走了。我跟她谈话的时候坚定地说，我决不走第一步，可是她姐姐一走，我出去看见孩子们那种可怜的、受到惊吓的样子，我就准备迈出第一步了。这时候我已经乐于这样做了，但是还不知道从何做起。我来回踱步，不断地抽烟，吃饭的时候还喝了点伏特加和葡萄酒，终于达到了我无意识中想要达到的境界——我已经看不到自己处境的愚蠢和卑劣了。

"三点左右，她回来了。她看到我的时候一句话也没有说。我还以为她屈服了，我就说我的火气是被她的横加指责惹出来的。可是她却脸上带着十分痛苦的表情冷冷地说，她不是来讲和的，而是来接孩子的，因为我们已经没法生活在一起了。我便说，错不在我，是她逼得我发火的。她板起面孔，郑重其事地望着我，然后说道：

"'你别说了，你会后悔的。'

"我说我最受不了装腔作势，于是她嚷嚷了一句什么话，我没听清楚，她就跑进了自己的房间。她进去以后，只听见钥匙响了一下，她把房门锁上了。我推了推房门，她不理我。于是我就怒气冲冲地走开了。过了半个小时，丽莎流着眼泪跑了进来。

"'怎么啦？出什么事了？'

"'听不见妈妈的声音了。'

"我们跑过去。我使劲拉门。门闩没有插牢，门被拉开了。我走近床前。她穿着裙子和高筒皮靴歪躺在床上，已经失去了知觉。床前的小桌子上有一只放鸦片的空瓶子。我们把她救醒了，接着是泪流满面，最后我们终于和解了。其实也不是和解，彼此之间旧的怨恨依然积留在心中，再加上这次争吵引起的痛苦，而且每人都把这痛苦全部归咎于对方。但是这一切总得收场呀，于是生活又照老样子过下去了。就这样吵来吵去，越吵越凶，接连不断，有时一星期一次，有时一个月一次，有时每天都吵，周而复始，没完没了。有一次，我甚至已经领了出国护照（争吵持续了两天），到后来又是虚假的解释、虚假的和解，于是我又留了下来。"

二十一

"那个人出现的时候，我们就处在这样的关系中。此人一到莫斯科（他姓特鲁哈切夫斯基），就来拜访我。这事发生在上午。我接待了他。过去我们曾一度以'你'来互相称呼。他企图用一种含糊其辞的介于'你'和'您'之间的口吻来与我互相称呼，可是我却直截了当地定下调子，使用'您'这个称呼，他也就立刻依从了。我第一眼看见他就很不喜欢他，但是说来也怪，仿佛命中注定有一种奇怪的力量使我没有把他拒之门外，没有请他走，而是相反，请他登堂入室。如果我只跟他冷冷地寒暄几句，也不介绍他跟我的妻子认识，便跟他分手，那事情就简单多了。但是事情偏偏不是这样，好像故意要给自己制造麻烦似的，我谈起了他的演奏。我说，人家告诉我，他已经不拉小提琴了。他说，恰恰相反，他现在拉得比从前要多。他又想起我从前也爱弹弹钢琴。我说，我早就不弹了，倒是我的妻子钢琴弹得很好。

"说来也怪！在我与他相见的第一天和第一个小时，我与他之间的关系就好像只有在那件事发生以后才可能有的那种样子。我与他的关系似乎有点紧张——我注意他或我所说的每一句话、每一个措辞，并认为它们很重要。

"我把他介绍给我妻子，于是我们就谈起了音乐，他表示愿意陪她弹琴。那段时间，我妻子显得娴雅动人，富有诱惑力，漂亮得使人神魂颠倒。看来，她从看到他的第一眼起就喜欢上他了。此外，她也很高兴，因为她喜欢有人用小提琴与她一同演奏，这样弹琴就更有意思，为此她还特意从剧院里雇来一位小提琴师，她的脸上也表现出了这种喜悦。但是她一看我的脸色，立刻懂得了我的心情，于是便改变了脸上的表情。接着，那种互相欺骗的游戏就开始了。我愉快地笑着，装作我很高兴似的。他就像任何一个看着漂亮女人的色鬼那样看着我的妻子，装作感兴趣的只是我们所谈的话题，其实，他对此已经毫无兴趣。她极力装作兴趣不大的样子，可是我那假装在微笑，但实际上充满妒忌的表情（这是她所熟悉的），以及他那色眯眯的眼神，显然使她感到激动。我看到，从他们第一次见面开始，她的眼神就焕发出一种特别的光彩，而且，大概是出于我的醋意吧，我看到，他俩之间好像通了电似的，总是出现相同的表情、眼神和微笑。她脸红，他也脸红；她微笑，他也微笑。我们谈了一阵子音乐、巴黎和各种各样的琐事。他站起身来告辞，满脸微笑，一只手拿着礼帽贴在他那微微抖动的大腿上，一会儿瞧瞧她，一会儿瞧瞧我，仿佛在等待我们下面将怎么办似的。我之所以对这一刻牢记不忘，就是因为在这一刻我完全可以不再邀请他，那就什么事也没了。但是我看了他一眼，又看了她一眼，'你别以为我会吃醋。'我在心中对她说。'你别以为我怕你。'我在心中又对他说。接着我便邀请他晚上无论如何把小提琴带来，陪我的妻子一起弹琴。她吃惊地瞧了我一眼，顿时满脸通红，接着便仿佛害怕似的开始拒绝，说什么她的琴弹得还不够好。她的这个拒绝使我更加恼怒，也就更加坚持我的邀请。我还记得，当他像小鸟似的迈着跳跃式的步子往外走去，我望着他的后脑勺，望着他那朝两边分梳的黑头发衬托着的白脖子时的那种奇怪的感情。我不能不向自己承认，这个人的到来使我感到痛苦。'一切都取决于我，'我想，'就这么办——从此永远不再见他。'但是，这样不就等于承认我怕他吗？不，我才不怕他呢！这样做太丢人了，我对自己说。我知道妻子听得见我说话，于是我就在前厅里坚持请他当晚带着小提琴到我家来。他答应了我的请求，便告辞了。

"晚上，他果然带着小提琴来了，于是他们就在一起演奏。但是到底演奏什么却好久没有商量妥，因为他们想弹的乐谱偏偏没有，而手边有的那些乐谱，我的妻子没做准备又弹不好。我非常喜欢音乐，赞成他们在一起弹奏，又是给他支乐谱架，又是翻乐谱。他俩弹奏了一些曲子，几支无词歌和莫扎特的一首小奏鸣曲。他的琴拉得好极了，他有一种高超的，人们称之为情调的东西，此外，他还有一种细腻、高雅的审美，这与他的人品完全不相称。

"不用说，他比我的妻子高明得多，他帮助她，同时又彬彬有礼地夸奖她的弹奏。他的举止很得体。妻子也好像只对音乐感兴趣，表现得十分随便和自然。我虽然也装出一副对音乐感兴趣的样子，但整个晚上都不断地为妒忌所折磨。

"自从他的眼神与我的妻子相遇的第一分钟起，我就看到藏匿在他们两人身上的野兽，不顾他们的社会地位和周围的环境，彼此在一问一答：'可以吗？''哦，当然，完全可以。'我看到，他怎么也没料到会遇见我的妻子，一位如此迷人的莫斯科太太，这使他感到非常高兴。因为他毫不怀疑她是同意的。全部问题在于，只要这个讨厌的丈夫不妨碍他们就行。倘若我是一个正人君子，我也许不会懂得这一点。但我也像大多数男人一样，在结婚之前也是这样来揣测女人的，因此我对于他心中在想什么一清二楚。我感到特别痛苦的是，我确凿无疑地看到，她对我除了经常的愤恨以外，没有任何其他的感情，只是间或掺杂着习惯性的肉欲而已。可是这个人却凭着他外表的优雅和新颖，而主要是凭着他那无疑是出色的音乐才能，凭着由于共同演奏而产生的亲近，凭着音乐，特别是小提琴对于敏感的天性所产生的影响，不仅肯定会赢得她的欢心，而且还无疑会战胜她，征服她，随意摆布她，玩弄她，想把她变成什么样就把她变成什么样。我不可能不看到这一点，因此我觉得非常痛苦。但是尽管如此，或者正是由于这个缘故，有一种力量却迫使我违背自己的意愿，不仅对他彬彬有礼，而且还对他很亲切。我这样做，是为了表示我不怕他，这是做给妻子看的呢，还是做给他看的？抑或是为了欺骗自己，做给我自己看的？这我不知道，我只知道，从我与他第一次交往开始，我就无法以一种普通的态度来对待他。为了不至于马上产生杀死他的念头，我就必须对他表示亲切。晚餐时我请他喝昂贵的葡萄酒，对他的演奏表示赞赏，带着特别亲切的微笑同他说话，并且请他下个星期天来吃午饭，再同我妻子一起演奏。我说，我将邀请我的朋友，一些音乐爱好者，来听他拉琴。我们就这样结束了这次会面。"

波兹德内舍夫十分激动，他变换了一下坐姿，又发出他特有的那种声音：

"说来也怪，这个人的出现对我产生了多么大的影响啊。"他又开始说道，分明做了很大的努力才使自己保持平静，"那次见面以后的第二天或第三天，我在参观了一个展览会以后回家，一走进前厅，我就突然感到有一件沉重的东西像一块石头一样压在我的心上，我搞不清这到底是怎么回事。可能是当我穿过前厅的时候，我发现了什么使我联想起他的东西。直到我走进书房，我才弄清楚了这到底是怎么回事，为了确认这一点，我又回到前厅。是的，我没有弄错，是他的大衣。

"您知道，这是一件时髦的大衣。（尽管我不清楚这是怎么回事，我却会以不寻常的注意力发现与他有关的一切。）我一问，他果真在这儿。我没有穿过客厅，而是穿过学习室向大厅走去。大女儿丽莎正在读书，保姆和小女儿坐在桌旁正在转一个什么盖子。大厅的门关着，我听见里面传出了不快不慢的arpeggio①，以及他们两人说话的声音。我仔细听，但是听不清他们在说什么。显然，这些钢琴声是故意用来掩盖他们的谈话声的，也许还有接吻声。我的上帝！我的心中升起了一种什么样的感觉啊！现在，我一想到隐藏在我心中的那股兽性，就不寒而栗。心突然紧缩起来，停止了跳动，然后又像打鼓似的猛烈地跳动起来。在任何恼怒中，一向有一种主要的感情，这就是自我怜悯。'居然当着孩子的面，当着保姆的面！'我想。也许我的样子很可怕，因为丽莎用奇怪的眼光看着我。'我该怎么办呢？'我问自己，'进去吗？我不能进去，天知道我会干出什么事来。'但我也不能走开。保姆用这样的眼光看着我，仿佛她理解我的处境似的。'可是又不能不进去。'我对自己说。接着便迅速地推开了门。他坐在钢琴旁，正用他那向上弯曲的大而白皙的手指弹奏着arpeggio。她站在钢琴

---

①　意大利语：琶音（音乐术语）。

的一角，俯身看着那本打开的乐谱。她第一个看到我或是听到我走进来的声音，抬起头来看了我一眼。她是大吃一惊而又装作并不感到吃惊呢，还是她确实并不感到吃惊，我不清楚，反正她没有被吓一跳，也没有动弹，只是脸红了，而且也是后来才脸红的。

"'你来了我真高兴，我们正决定不了星期天演奏什么呢。'她说，那声调是我们俩单独在一起说话时她从来没有用过的。这件事，以及她把自己与他称作'我们'，使我感到恼怒。我只向他问了个好，没说任何话。

"他握了握我的手，接着便立刻微笑着（我觉得这简直是嘲笑）向我解释，他带了一些准备星期天演奏用的乐谱来，但是到底演奏什么，他们俩的意见不一致——演奏难度较大的古典作品，即贝多芬的小提琴奏鸣曲呢，还是演奏一些小品？一切是如此自然和简单，简直无可怀疑，然而我还是坚信，这一切都是假的，是他们商量好了来欺骗我的。

"对于那些爱吃醋的人来说（在我们的社会生活中，大家都是爱吃醋的人），最令人痛苦的事情就是上流社会的某种规矩，即男人和女人之间可以有最大限度的危险的接近。如果阻止男女之间在舞会上互相接近，或者不许医生接近自己的女病人，不许那些从事艺术、绘画，尤其是音乐的人互相接近，这必定会遭人嘲笑。人们在成双成对地从事最高尚的艺术——音乐，这就需要有某种程度的接近。这种接近是无可非议的，只有那种粗鲁的、爱妒忌的丈夫才会从中看到什么不好的东西。其实，大家都知道，我们上流社会中的大部分通奸都是通过这样一些活动，尤其是通过音乐发生的。我脸上的表情很尴尬，很久都说不出一句话来，我的尴尬显然也使他们尴尬起来。我就像一只翻倒的瓶子，因为水装得太满了，反而流不出来。我真想痛骂他一顿，把他赶出去，但是我感到，我必须仍旧对他客气而殷勤。于是我也就这么办了。我假装不管演奏什么我都赞成。当时我有一种奇怪的感情，他的在场越使我感到痛苦，这种感情就越迫使我更加亲切地对待他；正是由于这种奇怪的感情，我对他说，我相信他的审美，并且劝她也应该相信。他又待了一段必要的时间，为了消除因我神色紧张地突然走进来而又一言不发所产生的不愉快的印象，然后便告辞了，并装出一副现在终于决定了明天演奏什么的样子。可是我完全相信，与他们所关心的事相比，演奏什么的问题对于他们来说是完全无所谓的。

　　"我特别恭敬地把他送到了前厅（对于一个前来破坏你全家的安宁，毁坏你全家幸福的人，怎能不送呢！），还特别亲切地握了握他那白皙而柔软的手。"

二十二

"我一整天都没跟她说话,我说不出来。她一走近我,就在我心里激起对她的恨,恨得连我自己都感到害怕。在吃午饭的时候,她当着孩子们的面问我什么时候动身。下星期我要到县里去参加一个会议①。我告诉了她什么时候动身。她问我路上还需要不需要什么东西。我什么也没说,默默地坐在桌边吃完了饭,又默默地走进了书房。最近一段时间她从来不到我的房间里来,尤其是在午后。我正躺在书房里生闷气。突然,我听见了一阵熟悉的脚步声。我脑子里出现了一个可怕、丑恶的想法:她就像乌利亚的妻子②,想掩盖她已经犯下的罪孽,因此在这个不合适的时机到我这里来。'难道她是到我这里来吗?'我听着她越来越近的脚步声,想道。如果她是来找我的,那就说明我想得对。于是我心里升起了对她说不出的恨。脚步声越来越近了。难道她只是从这儿经过到大厅里去?不,门吱呀一声被推开了,门口出现了她那修长漂亮的身影。她的脸上和眼睛里有一种胆怯和讨好的神情,她想掩饰这种神情,但

---

① 指到县里参加贵族会议。
② 乌利亚是以色列国王大卫的名将,大卫看中了他的妻子拔示巴,占有了她。大卫为了永远占有拔示巴,后来设计将乌利亚害死。事见《旧约·撒母耳记下》第 11 章。

是我还是看见了，并且知道她之所以如此的原因。刚才我长时间地屏住呼吸，差点憋死。我一面望着她，一面抓起烟盒，点上了一支烟。

"'这是怎么回事，人家到你这儿来坐一会儿，你倒抽起烟来了。'她说着便挨近我坐到长沙发上，靠在我身上。

"我挪开身子，以免碰着她。

"'我看得出来，我要在星期天演奏，你是不满意的。'她说。

"'我丝毫没有不满意。'我说。

"'难道我看不出来吗？'

"'哦，既然你看出来了，那就恭喜你了。除了你的所作所为像个娼妓以外，我什么也没看见……'

"'如果你打算像马车夫似的骂街，我就走。'

"'你走吧，不过，你要明白，如果你不珍惜家庭的名誉，那我也不珍惜你（见你的鬼去吧），但我要珍惜家庭的名誉。'

"'什么，什么？'

"'滚，看在上帝的面上，快滚！'

"她假装没有听懂我说的话，或者她真的没有听懂，但是她觉得受了委屈，而且生气了。她站起身来，但是并没有走开，而是停在房间中央。

"'你这人的脾气简直坏透了，'她开口道，'你这种性格就是天使也没法同你合得来。'像往常一样，她为了尽可能刺痛我，便提到了我对待我妹妹的行为——是这么回事，有一次，我因为发怒，对我的妹妹说了许多无礼的话，她知道这件事使我很痛苦，就专刺我这个痛处。'自从发生了那件事以后，你的行为就不使我感到奇怪了。'她说。

"'好啊，侮辱我，贬低我，糟蹋我，把罪责统统加到我头上。'我对自己说道，突然间，我对她怀有一种从未有过的可怕的敌意。

"我第一次想要在肉体上来表达这种愤怒。我跳起身来，向她逼近。但是在我跳起身来的那一瞬间，我记得，我意识到了自己的愤怒，我问自己，听任这种感情发作好吗？但我立刻又回答自己：'这才好呢，这可以吓唬她一下。'当时，我本来应该压住自己的怒火，可是我却促使自己的怒火上升，怒火在我心中越烧越旺，我反而觉得高兴。

"'滚，要不我就打死你！'我走到她的身边，抓住她的胳膊，大声叫道。我说这话的时候，故意使自己的声音显得恶狠狠的。我的样子大概很可怕，因为她吓得甚至走不动了，只是说：

"'瓦夏，你怎么啦，你到底怎么啦？'

"'走开！'我更大声地咆哮起来，'只有你才会把我逼疯。我可是不顾一切了！'

"我任凭自己的怒火发作，发火使我感到痛快，我真想做出点不同寻常的事，以示我的愤怒已经达到极点。我非常想打她，把她打死，但是这样做不行。因此，为了出气，我从桌上顺手抓起一个镇纸，又一次大叫：'走开！'然后就把它摔到她脚边的地板上。我瞄得很准，镇纸正好落在她的脚边。这时，她才从房间里走出去，但是，走到门口又停了下来。于是我就立刻（趁她还看得见，因为我是故意做给她看的）从桌上拿起各种东西——烛台呀、墨水瓶呀，把它们统统摔到地上，并继续大喊大叫：

"'走开！滚！我可是不顾一切了！'

"她走了我立刻就不再叫喊了。

"过了一个小时，保姆来找我，她说我妻子的歇斯底里症又发作了。我去一看，她一会儿哭，一会儿笑，一句话也说不出来，全身发抖。她没有装病，是真的病了。

"天快亮的时候，她安静了下来，于是在我们称之为爱情的那种感情的影响下，我们又和好了。

"早晨，当我们和好以后，我向她承认，我妒忌她跟特鲁哈切夫斯基的接近，她听了这话一点也不觉得尴尬，反而非常自然地笑了起来。据她说，她甚至觉得奇怪，她怎么可能被这种人迷住呢？

"'一个正派的女人，除了音乐带来的快乐以外，对于这种人难道还能有什么别的念头吗？如果你介意，我准备从此不再见他。甚至在这个星期天，尽管你已经请了所有的朋友。请你写封信给他，说我不舒服，事情就完了。只有一点有些讨厌，有人可能会想，他是一个危险人物。我的自尊心是不允许别人这样想的。'

"要知道，她并没有撒谎，她相信自己所说的话；她希望用这些话来激起自己对他的蔑视，保护自己不受他的侵犯，但是她没有能够做到这一点。一切都跟她作对，特别是这该死的音乐。一切就这么收场了。结果，星期天客人们来了，他们又在一起演奏了。"

二十三

"我想，说这话是多余的，我这人很爱虚荣——如果在我们的日常生活中，一个人不爱虚荣，那活着就没有什么意思了。于是，星期天，我就兴致勃勃地安排起晚宴和音乐晚会来了。我亲自去选购晚宴要用的物品和邀请客人。

"六点以前，客人们到齐了，他也来了，身穿燕尾服，衬衣上装饰着俗不可耐的钻石纽扣。他的举止十分随便，对一切都匆匆地报以赞同和理解的微笑。您知道，他那种特别的表情似乎在说，您所做和所说的一切，正是他所期望的。他身上一切不登大雅之堂的东西，我都发现了，我感到特别满意，因为这一切使我放心了，并且也表明，对于我的妻子来说，他的层次太低了，正如她所说的，她是决不会自轻自贱到这个地步的。我现在已经不允许自己再吃醋了。第一，我已经饱受妒忌之苦，应该休息一下；第二，我愿意相信并且确实相信妻子的保证。尽管我不再吃醋了，但是无论在吃饭的时候，还是在晚会的前半部分，当音乐还没有开始的时候，我见到他和她时还是很不自然。我依旧监视着他们俩的举动和目光。

"这顿晚宴也同其他的宴会一样，无聊而做作。音乐会开始得相当早。唉，那个晚会的一切细节我记得多么清楚啊！我记得他怎样把小提琴拿出来，打开琴盒，取下某太太给他绣的盖布，拿出小提琴，开始调弦。我记得妻子怎样装作若无其事的样子，我看出，在这种表面上的若无其事下，她掩盖着很大的胆怯——主要是对自己的演技的胆怯——她装模作样地坐到钢琴旁，于是便开始了由钢琴奏出的通常的 A 音、小提琴的拨弦以及定音。然后我记得他们怎样互相看了一眼，接着又回头看了看已经就座的宾客，又互相说了一句什么话，便开始了演奏。他先拉了第一个和弦。他的面容变得庄重、严肃而又使人感动，他倾听着自己的琴声，小心翼翼地用手指揉着琴弦，钢琴应和了上来。演奏便开始了……"

他说到这里停了下来，接连好几次发出他特有的那种怪声。他想继续说下去，但是他的鼻子里发出一声抽泣，又停了下来。

"他们俩演奏的是贝多芬的《克洛采奏鸣曲》。您知道第一乐章的急板吗？您知道吗？！"他叫道，"唉！……这个奏鸣曲太可怕了，特别是这一部分。一般说来，音乐是一种可怕的东西。这到底是怎么回事？我不明白。音乐是什么？音乐起什么作用？它为什么能产生那种作用？据说，音乐会使人的心灵变得高尚，胡说，一派胡言！它的确会起作用，起一种可怕的作用，我说的是对我自己，但它起的根本不是使人的心灵变得高尚的作用。它既不能使人的心灵变得高尚，也不能使人的心灵变得卑下，它只刺激人的心。我怎么对您说呢？音乐能迫使我忘掉自己，忘掉自己的真正处境，它能把我带进另一种不是我自己的处境中去——在音乐的影响下，我似乎觉得，我感觉到了，说实在的，我本来感觉不到的东西，懂得了我本来不懂的东西，能做到我本来做不到的事情。对此，我的看法是这样的：音乐对人的作用就像打哈欠和笑一样，本来我并不想睡，但是我看见别人打哈欠，自己也就打起哈欠来了；我并不觉得好笑，但是我听见别人笑，自己也就笑了。

"它，音乐，能一下子把我带进写音乐的人当时所处的心境之中。我的心和他的心融合了，并同他一起从一种心境转移到另一种心境，但是我为什么会这样，我也不知道。就拿那个写《克洛采奏鸣曲》的人——贝多芬来说吧，他为什么处在这样的心境中，他肯定知道。这种心境使他采取某种行动，因此这种心境对他是有意义的，但对于我却毫无意义。因此，音乐只会不停地刺激人。例如，一奏起军队进行曲，士兵们就会跟着进行曲的拍子前进，音乐就达到了目的；奏起了舞曲，我就翩翩起舞，音乐也达到了目的；唱起了弥撒曲，我就领圣餐，音乐也达到了目的；否则就只有激动，而在这种激动之中应该做些什么，却不知道。正因为这个缘故，音乐是很可怕的，它的作用有时是十分吓人的。在中国，礼乐是由国家管的事。本来就应该这样嘛。难道可以允许任何人任意地、单独地对一个人或许多人施行催眠术，然后对他们为所欲为吗？尤其是，如果这个施行催眠术的人是一个偶遇的、没有道德的人，那就更不能允许了。

"否则的话，这种可怕的手段就会落到随便什么人的手里。就拿这个《克洛采奏鸣曲》第一乐章的急板来说吧。难道可以在客厅里，在这群袒胸露臂的太太中间演奏这段急板吗？演奏完了，鼓鼓掌，然后吃吃冰激凌，谈谈最近的传言？这类作品只能在某种重要、具有重大意义的场合演奏，而且只有在要求做出某种与这支乐曲相适应的重大行动的时候才能演奏。演奏完毕就应当去做这支乐曲激励你去做的事。否则，在不适当的地点和时间激起无处发泄的能量和感情，就不可能不产生破坏作用。至少这支乐曲对我所起的作用是可怕的。我觉得，仿佛有一种在此之前我所不知道的完全新的感情、新的可能性展现在我面前。仿佛有人在我心中对我说，我过去所想的东西和所过的生活都不对头，而应当像这样。我知道的这个新东西到底是什么呢？我也说不清，但是意识到这个新的境界使我十分高兴。还是那样的一些人，其中包括我的妻子和他，但是现在看起来就与过去完全不同了。

"在这段急板之后，他们俩又演奏了一段绝妙的，但却是平常、毫无新意的 andante①，变奏部分也很俗气，至于终曲，那简直差劲极了。然后，他们又应客人的请求演奏了恩斯特②的《悲歌》和各种各样的小品。这一切都很好，但是这一切使我产生的印象还不及第一段急板的百分之一。而且这一切都是在第一段急板使我产生深刻印象的背景下发生的。整个晚会我的心情都十分轻松愉快。我从来没有看见我的妻子像那天晚上那样。当她演奏的时候，那神采飞扬的眼睛，那严峻、意味深长的表情，当他们演奏完毕以后，那种如释重负的神情，那种无力、楚楚可怜、幸福的微笑。这一切我都看见了，但是我并不认为这有任何其他意义，她无非是感受到了我所感受到的那同一种东西罢了，无非是一种新的、从未体验过的感情被唤醒，同时展现在她和我的面前罢了。晚会圆满结束以后，大家也就各

①　意大利语：行板（音乐术语）。
②　恩斯特（1814—1865），捷克小提琴家和作曲家。

自回家去了。

"特鲁哈切夫斯基知道我过两天要出门，因此在告辞的时候说，希望他下次来的时候能重复今晚的愉快。从这个建议里我只能得出这样的结论：他认为我不在家的时候，他是不应该到我家里来的，这使我觉得很高兴。事情是这样的，因为在他离开莫斯科以前我是不会回来的，所以我跟他不会再见面了。

"我第一次以一种真正愉快的心情握了握他的手，感谢他给予我的快乐。他也和我的妻子告了别，我觉得他们的告别也是十分自然和得体的，一切都很好。我们夫妻俩对这次晚会都很满意。"

二十四

"两天以后，我在最好、最平静的心情中告别了妻子，到县里去了。在县城里，我一直陷在各种各样的事务里，这是一种完全特殊的生活和完全特殊的小天地。头两天我每天办公十小时。第二天，在我办公的时候，有人给我带来一封妻子的信，我立刻读了这封信。她谈到孩子，谈到叔叔，谈到保姆，谈到买东西，接着又像谈一件最平常的事情似的顺便谈到特鲁哈切夫斯基的来访，他带来了他答应带来的乐谱，他还许诺再来拉一次琴，但是她谢绝了。

我不记得他答应过要带乐谱来，我觉得他告辞的时候表示过暂时不再来了，因此这使我感到很不愉快。但是我是如此之忙，简直没有时间去想这件事，直到晚上，我回到寓所以后，才把这封信重读了几遍。除了特鲁哈切夫斯基趁我不在家的时候又来过一趟以外，我觉得这封信的整个调子也都是不自然的。于是妒忌这头疯狂的野兽又在它的巢穴里咆哮起来，而且想要冲出去，但是我害怕这头野兽，就赶紧把它锁了起来。'这种妒忌是多么卑劣的感情啊！'我对自己说，'还有什么比她写的更自然的呢？'

"于是我躺到床上，开始想明天要办的事。外出旅行，在一个新的地方，我通常很久都睡不着，可是这次我却很快就睡着了。您知道，常有这种情况，你会像触电似的突然惊醒。我就是这样醒过来的，而且一醒过来就想到了她，想到我对她的肉欲的爱，同时又想到特鲁哈切夫斯基，想到她与他之间也许什么都干过了。恐惧和恼恨攫住了我的心。但是我又开始劝解自己。'真是荒唐，'我对自己说，'毫无根据，什么事也没有，现在没有，过去也没有。我怎么能设想出这种可怕的事来，这不贬低了她，也贬低了我自己吗？一个类似以卖艺为生的拉小提琴的，一个出了名的小白脸，而突然之间，一位可敬的女人，一位受人尊敬的一家之母，我的妻子，却……多么荒谬啊！'我一方面这样想。'这又怎么不可能呢？'另一方面我又这样想。那件最简单明了的事又怎么不可能发生呢？我就是为了这事才同她结婚的，我也是为了这事与她共同生活的，我需要在她身上得到的唯一的东西就是这个，因此其他人以及这位音乐家想要从她身上得到的也必定是这个。他是一个未婚的男子，身体健康（我记得他在吃肉饼的时候怎样把脆骨嚼得咯嗒咯嗒地响，以及他怎样用他那鲜红的嘴唇贪婪地含住酒杯），皮肤光滑，精神饱满，他不仅放荡，而且看来还是以'及时行乐'作为信条的。此外他们之间还有音乐上的联系，一种最细致入微的情欲的联系。什么东西能阻挡他呢？什么也没有。相反，一切都在引诱他。而她呢？她又是什么人呢？她过去是，现在仍然是一个谜。我不了解她。我只知道她是一个动物，而动物是任何东西也阻挡不了的，而且也不应该去阻挡它。

"直到现在我才想起了那天晚上他们俩的面容，他们俩在演奏完《克洛采奏鸣曲》后又演奏了一支热情奔放的小品，我不记得是谁的作品了，一支饱含情欲到了下流猥亵的地步的短曲。'我怎么能离家外出呢？'我对自己说，一面回想着他们的面容，'他们两人之间的一切都是在那天晚上完成的，这难道还不清楚吗？那天晚上，他们两人之间已经没有了任何障碍，但是他们俩，尤其是她，在发生了这一切以后，却感到了某种羞耻，这难道还看不出来吗？'我记得，当我走到钢琴旁边去的时候，她怎样擦着汗，脸上变得绯红，露出淡淡的、楚楚可怜的、幸福的微笑。他们俩当时已经避免互相对视了，只在晚宴上，他给她倒一杯水的时候，他们才互相看了一眼，微微一笑。我怀着恐惧回想起这个被我看见的他们俩之间的相互一瞥，以及那隐约可辨的微微一笑。'是的，一切都完了。'一个声音对我说，可是另一个声音又立刻说了完全相反的话。'你大概犯毛病了，这是不可能的。'这另一个声音对我说道。我在黑暗中躺着，感到害怕，我划着了火柴，不知为什么，我觉得睡在这个糊着黄色壁纸的小房间里很可怕。我点着了一支烟，像平常一样，每当我在无法解决的矛盾中绕圈子的时候，我就抽烟，于是我就一支接一支地抽烟，以便麻醉自己，使自己看不见这些矛盾。

"我整夜没有睡着，到五点钟我做了决定，我不能再处于这种紧张状态之中了，必须立刻动身，于是我就起床叫醒了侍候我的守门人，吩咐他套马。我叫人送了一张便条给贵族会议，说我有急事回莫斯科去了，请安排一位委员代行我的职务。早上八点，我便坐上四轮马车出发了。"

二十五

列车员走了进来，他发现我们的蜡烛已经快燃尽，便把蜡烛吹灭了，也没有换上一支新的。窗外，天开始亮了。

当列车员还待在我们这节车厢里的时候，波兹德内舍夫一直长叹着，一言不发。可是列车员一出去，他就继续讲起他的故事来，在半明半暗的车厢里，只听见火车前进时车窗玻璃的震动声和那个伙计均匀的鼾声。在朦胧的晨曦中，我完全看不清他的脸。只听得见他那越来越激动、越来越痛苦的说话声。

"路上得坐马车走三十五俄里，再坐八小时的火车。坐着马车赶路，真是美极了。深秋时节，太阳非常明亮。您知道吗，这个时节，马蹄钉会在油亮亮的道路上留下一串串痕迹。道路平整，阳光灿烂，空气清新。坐着四轮马车一路奔驰，真是畅快极了。当天色大亮时，我已经在路上了。我觉得轻松了些。望着马匹、田野和行人，我简直忘了我要到哪儿去。有时我觉得我不过是乘兴出游罢了，并没有什么事情要求我回去，这类事情完全没有。能这样忘怀一切，我觉得特别愉快。当我想起我要到哪儿去的时候，我对自己说：'到时候再说吧，现在别去想它。'再加上半路上出了点事，使我在路上耽搁了，也分了我的心——四轮马车坏了，必须修理。这次损坏具有重大的影响，它使我不能像原先估计的那样在五点钟到达莫斯科，而是在半夜十二点才到，将近一点时才回到家里。因为我没能坐上快车，只好坐慢车。重新找马车啦，修理啦，付钱啦，在旅店里喝茶啦，跟掌柜的聊天啦——这一切使我的心思更加分散了。直到暮色降临时一切才准备好，我又重新上路。夜里坐车比白天还要好。一钩新月，微微有点寒意，马好，路更好，车夫也和气。我乘车向前，感到心旷神怡，几乎完全忘了等待着我的那件事——或者正因为我知道等待着我的是什么，我才尽情享受，准备与生活的欢乐告别。但是我的这种平静的心绪，压制自己感情冲动的能力，随着乘坐马车的行程结束也就结束了。我一走进火车车厢，就开始进入了完全不同的另一种状态。坐在火车上的这八小时，对我来说简直太可怕了，我一辈子都忘不了。是因为我坐进车厢以后，就觉得仿佛已经到了家呢，还是因为铁路对人有一种刺激作用，我不知道。反正我一坐进车厢，就再也控制不住自己的想象了，它开始一刻不停地、栩栩如生地向我描绘激起我的妒忌心的那一幅幅画面，而且一幅比一幅下流，都是关于我不在家时家里发生的事情，以及她怎样对我不忠实的情景。我注视着这些画面，被愤恨、恼怒以及因被人侮辱而感到的一种特别狂躁的感情煎熬着。我摆脱不了它们。我不能不看它们，我抹不掉它们，也不能不一再想象到它们。而且，我越是注视这些想象出来的画面，就越是相信它们的真实性。这些画面之逼真似乎在证明我想象出来的东西确有其事。有一个魔鬼，仿佛故意与我作对似的，使我产生了一些最可怕的想法。我想起了很久以前跟特鲁哈切夫斯基的哥哥的一次谈话。我把这次谈话同特鲁哈切夫斯基和我的妻子联系起来，我带着一种狂喜的心情用这次谈话来把我的心撕碎。

"这是很久以前的事了，但是我还是记起了这件事。我记得，有一次，有人问特鲁哈切夫斯基的哥哥，他是不是常去逛妓院，他说既然一个规规矩矩的男人总能找到一个规规矩矩的女人，他是不会到那种地方去的，因为很可能染病，而且那种地方又脏又恶心——于是，他的弟弟就找到了我的妻子。'不错，她已经不是一个妙龄少女了，还缺了一颗牙，也稍许胖了些。'我替他想道。'但是有什么办法呢，只能有什么就将就一点享受什么啊。''是啊，他找她做自己的情妇，还是对她的俯就呢。'我对自己说。'而且她是没有任何危险的。''不，这是不可能的！我在瞎想些什么呀！'我怀着恐惧对自己说，'是莫须有的，没有的。甚至没有任何根据去假定这样的事情会发生。她不是对我说过，连想到我可能吃他的醋都是对她的侮辱吗？不过，她是在撒谎，一直都在撒谎！'我叫道。于是一切又周而复始……我坐的这节车厢里只有三个旅客——一对老年夫妻，他们俩都不爱说话，而且还在中途下了车，于是就只剩下我一个人了。我就像一头关在笼子里的野兽，一会儿跳起来走到窗口，一会儿又踉踉跄跄地在车厢里打转，想极力催促火车走快些。但是火车仍旧慢吞吞地行进着，就像我们这列火车一样，所有的座位和玻璃窗都在颤动……"

波兹德内舍夫站起身来，走了几步，然后又坐了下来。

"哦，我真怕，真怕坐火车，一想到坐火车我就不寒而栗。是的，太可怕了！"他继续说道，"我对自己说：'想点别的事吧。嗯，比如说，想想我喝过茶的那家旅店的老板吧。'于是我的眼前立刻就浮现出那位留着一把大胡子的旅店老板和他的孙子——一个和我的瓦夏一样大的男孩。我可怜的瓦夏呀！他一定看到那个音乐家怎样吻他的母亲了。他那可怜的心里将怎样想呢？她不会在乎的！她爱那个人……于是那些想法又在我的心中升起。不，不……那么，我就来想想视察医院的事吧。是的，想想昨天那个病人怎么控告医生的。那个医生也蓄着两撇小胡子，就跟特鲁哈切夫斯基一样，他多么无耻……他们俩欺骗了我，说什么他要离开莫斯科。于是一切又周而复始，我所想的一切都与他有关，我痛苦极了。我的主要痛苦在于我不了解真实情况，疑神疑鬼，充满矛盾，不知道应该爱她呢，还是应该恨她。我的痛苦如此强烈，我记得，我当时突然产生了一个想法，一个我十分喜欢的想法：干脆走到铁路上卧轨自杀算了。那样至少可以不再犹豫和疑神疑鬼了。只有一样东西妨碍我去这样做，那就是我对自己的怜悯，这种怜悯又立刻激起我对她的恨。而对于他，我则抱着一种奇怪的感情，一方面是恨，另一方面是意识到自己的屈辱和他的胜利。但是对她，我只有可怕的恨！'决不能自寻短见而让她活着，应当让她也多少吃点苦头，至少也得让她明白我所受的痛苦。'我对自己说。为了使自己少一些胡思乱想，每到一站我都下车。在一个车站上，我看见小店铺里有人在喝酒，于是我也立刻进去喝了一杯伏特加。有一个犹太人站在我身边，他也在喝酒。他正在讲什么讲得很起劲，我不想一个人待在车厢里，就跟着他一起走进了肮脏的三等车厢，那里烟雾弥漫，到处是瓜子壳儿。我挨着他坐下，他唠叨了许多话，还讲了一些奇闻逸事。我听着他说话，但是不明白他在说什么，因为我还在继续想着自己的心事。他发现了这一点，就开始要求我注意听他讲。这时，我就站起身来，回到了自己的车厢。'应当好好考虑考虑，'我对自己说，'我想的那些东西到底对不对，我的痛苦有没有根据。'我坐下来，想心平气和地考虑一下，但没能心平气和地思考，相反，又开始想原先想的那些东西，代替思考的是一幅幅图画和一幕幕戏。'我曾多少次这样痛苦过，'我对自己说（我想起了过去的这类因吃醋而引发的争吵），'结果都是没有根据，不了了之。这次大概也是这样，也许，甚至肯定是这样。我将发现她正在安静地睡觉。她醒来后看到我，一定很高兴，而我根据她的言谈和神色将会感觉到什么事情也没有，一切都是无稽之谈。哦，那该多好啊！''但是，不，这种情况发生得太多了，这回就不是这样了。'一个声音对我说道，于是一切又重新开始。

是啊，精神上的折磨也就在这里！为了使一个年轻人不再好色，我不用带他到花柳病院去，只消让他钻进我的内心去看看就行了，让他看看那些魔鬼在怎样撕裂我的心！要知道，这是很可怕的，我居然认为自己对她的身体拥有无可置疑的、绝对的权力，就好像这是我的身体似的。与此同时，我又感到我控制不住这具身体，这具身体不是我的，她可以任意处置它，而且她并不想按照我所希望的那样来处置它。但我却既无可奈何，也拿她毫无办法。他将像管家万卡①那样在被绞死前唱起一支小曲，说他如何吻了她那甜甜的小嘴唇儿，等等。得胜的还是他。而对于她，我就更加无可奈何了。如果她没有做，但是想做，而我也知道她想做，那就更糟——我宁可她做了，让我知道，也不要这样整天疑神疑鬼。我说不清我到底想要什么。我只要她不要想去做她必然会想去做的那种事。这简直是完完全全的疯了！"

二十六

"在到达终点的前一站，列车员进来收了票，我也收拾起自己的东西，走到刹车平台上，想到离家已经很近，这

①　俄国民间诗歌中说到有一个名叫万卡的管家诱奸了女主人，到处炫耀，后来被主人绞死。

事即将分晓，我更加激动了。我觉得冷，牙齿在打战，下巴也哆嗦起来。我随着人群机械地走出车站，雇了一辆马车，便坐车回家去了。我坐在车上，一路上望见稀稀落落的行人和守门人。路灯杆和马车的影子一会儿在前面，一会儿在后面，我什么也不想。走了大约半俄里，我觉得冷，于是我想起我曾在车厢里脱下了毛袜，把它放进了提包。提包在哪儿呢？在这儿吗？在这儿。那么柳条箱在哪儿呢？我想起我把行李完全忘了，但是我又想起了行李票，把它掏了出来，决定不转回去拿行李了，不值得，于是我就乘着马车继续向前。

"尽管我现在极力回想，可是却怎么也想不起我当时的心情。我那时在想什么？我想要干什么？一点都不记得了。我只记得，我当时意识到我的生活中一件非常可怕、非常重大的事就要发生了。这件重大的事是由于我这么想才发生的呢，还是因为我预感到要发生才发生的呢？我不知道。也可能是在那件事发生以后，我在此以前的所有经历都在记忆中被冲淡了。马车到了台阶前，已经十二点多了。还有几辆出租马车停在我家的台阶旁候客，因为他们看到窗户里还有灯光（还亮着灯的是大厅和客厅的窗户）。我不明白为什么这么晚了我家的窗户还有灯光，我就怀着等待发生什么可怕事情的忐忑心情走上台阶，拉响门铃。一个善良、卖力，但很愚蠢的听差叶戈尔出来开了门。我第一眼看到的就是，前厅里的衣帽架上，在其他的衣服旁边，挂着他的一件外套。我本来应该，但是我并没有感到惊奇，好像我就在等着这个结果似的。'果然不出所料。'我对自己说。我问叶戈尔谁在这儿，他告诉我是特鲁哈切夫斯基，我又问还有没有什么别的人。他说：

"'没有了，老爷。'

"我记得，他回答我这话时的口气似乎是想让我高兴一下，让我消除疑虑，别以为还有什么别的人在这儿。'没有了，老爷。是的，是的。'我仿佛对自己说。

"'孩子们呢？'

"'谢谢上帝，都很健康。早睡了，老爷。'

"我连气都喘不过来了，下巴颏儿也止不住地哆嗦。'是的，由此可见，并不像我想的那样——我过去以为将要发生不幸，结果却平安无事，一切照常。这次可不会照常了，你瞧，这一切都是我曾经想象过的，我还以为只不过是想象罢了，可现在，你瞧，一切都是真实的。这就是一切……'

"我差点失声痛哭，但立刻就有一个魔鬼悄悄地对我说：'你哭吧，伤感吧，他们就会镇静地分开，罪证就没有了，这样，你就会一辈子疑神疑鬼，受尽折磨了。'于是那种为自己伤感的心情立刻消失了，出现了一种奇怪的感情——说来您也不信——一种快感，这回我的痛苦可以结束了，这回我可以惩罚她、甩掉她、痛快地出一出我这口气了。于是我就痛快地出了这口气——变成了一头野兽，一头又凶恶又狡猾的野兽。

"'别进去，别进去,'我对叶戈尔说，他想走进客厅，'你这就去办一件事，马上去雇一辆马车。这是行李票，去把行李取回来。去吧。'

"他要经过走廊去取自己的大衣。我担心他会惊动他们，于是一直把他送到他的小屋，并且等他把衣服穿好。从客厅里（中间还隔着另一个房间）传来了说话声、刀叉和碗碟声。他们在吃东西，没有听到门铃的声音。'只要他们现在不出来就行。'我想。叶戈尔穿上他的那件阿斯特拉罕①产的羊皮大衣，出去了。我放他出去以后就锁上了门，当我意识到现在只剩下我一个人，而且必须立刻采取行动的时候，我却感到恐惧了。怎么行动我还不知道。我只知道现在一切都完了，关于她是否无辜的一切怀疑都已不复存在了，我要立刻惩罚她，与她一刀两断。

"从前我还有点犹豫，我曾对自己说:'也许这不是真的，也许是我弄错了。'现在这种怀疑已经不存在了。一切都已无可挽回地成为定局。偷偷地瞒着我，深更半夜独自跟他在一起！这简直太肆无忌惮了。或者还更糟糕——在

---

① 俄国南部里海边的一个城市。

犯罪中故意表现出一种大胆和放肆，以便这种坦荡能够表明他们的清白。一切都清清楚楚，毫无疑问。我担心的只有一点——千万别让他们跑了，别让他们又编出一套新的谎话，使我缺乏明显的罪证，无法惩罚他们。为了能尽快地逮住他们，我便蹑手蹑脚地向大厅（他们正坐在那儿）走去，不是穿过客厅，而是穿过走廊和育儿室。

"在第一间育儿室里，男孩子们都已经睡了。在第二间育儿室里，保姆动弹了一下，像要醒过来的样子，我想象她知道了一切以后会怎么想。想到这一点，对自己的怜悯又攫住了我，我控制不住自己的眼泪。为了不把孩子们吵醒，我赶紧蹑手蹑脚地跑进走廊，走进自己的房间，躺倒在沙发上，失声痛哭起来。

"'我是一个正派的人，我也是父母所生，我一辈子都在幻想家庭生活的幸福，我是一个男子汉，从来没有对她不忠实过……可是你瞧！她已经有五个孩子了，却把一个什么音乐家搂在怀里，就因为他的嘴唇红艳！不，她不是人！她是一条母狗，一条下贱的母狗！就紧靠着孩子们的房间，还假装说什么一辈子都爱他们。还给我写那封信！居然会这么无耻地吊住别人的脖子！我又知道些什么呢？也许，她一向就是这样。也许她早就跟仆人们私通，生下一大堆孩子，还说这些孩子是我的。如果我明天回来，她就会梳妆打扮，婀娜多姿，以一种慵懒而优雅的动作（我仿佛看到了她那又妩媚又可恨的整个面孔）来迎接我，于是这头妒忌的野兽就会永远盘踞在我心中，撕裂着我的心。保姆会怎么想呢？还有叶戈尔呢？还有我那可怜的小丽莎！她已经有点懂事了。居然这般无耻！居然这般虚伪！其实，她的这种兽欲我是一清二楚的。'我对自己说。

"我想站起身来，但是站不起来。心跳得那么厉害，使我无法站稳脚跟。是的，我会中风而死的。她会把我气死，她想要的就是这个。怎么办，就让她把我气死吗？不，这样她就称心如意了，我决不能让她这样称心如意。是的，我坐在这儿痛苦，他们却在那儿边吃边笑，而且……是的，尽管她已经不是一个妙龄少女了，可是他并不嫌弃她——她毕竟长得还不难看，更主要的是，至少她对他那宝贵的健康是没有威胁的。'那天我为什么不掐死她呢？'我对自己说，我想起了一星期前我把她推出书房，然后砸东西的情景。我清楚地回想起了我当时的心境。不仅回想起了，而且感觉到了当时我的那种要打人、要毁坏一切的愿望。我记得，我那时多么想采取行动啊，于是一切考虑，除了采取行动所必需的考虑以外，都从我的头脑里被甩开了。我进入了这样一种状态，就像一头野兽或一个人在危险时刻保持全身紧张，行动准确，从容不迫，但是又不浪费一分钟，直奔那唯一、确定的目标。"

二十七

"我的第一个行动就是脱掉靴子,只穿着袜子走到沙发跟前,沙发上方的墙壁上挂着我的枪和匕首,我取下一把一次也没有用过的、非常锋利的大马士革弯刀。我把弯刀从刀鞘里抽出来。我记得,刀鞘掉到沙发后面去了,我还记得,我自言自语道:'以后得把它找出来,免得丢了。'然后我脱掉了一直没脱的大衣,只穿着袜子就轻手轻脚地朝那边走去。

"我悄悄地走过去,猛地把门打开。我现在还记得他们脸上的表情。我之所以记得,是因为那种表情给了我一种使人感到痛心的快乐。这是一种恐惧的表情,我要的就是这个。我永远也忘不了他们突然看见我的那一瞬间脸上显露出来的绝望和恐惧。他好像坐在桌子旁边,但是他一看到我或是一听到我的声音以后,就立刻站起身来,背靠橱柜站着不动。他脸上只有恐惧,那是确凿无疑的。她脸上也是一样的恐惧,不过同时还有一点别的什么。如果她的表情只有一种,也许就不会发生后来发生的那件事了。但是在她的表情中还有一种伤心和不满——至少在最初的一瞬间我是这么觉得的—— 好像别人破坏了她的爱的缠绵,破坏了她跟他在一起的幸福似的。那会儿她似乎什么也不需要,只要别人不来妨碍她眼下的幸福就行。两个人的两种表情只在脸上停留了一刹那。他脸上的恐惧立刻就换成了一种疑问的表情：可不可以扯个谎呢？如果可以，那就应该开始了；如果不可以，那就应该另做打算。但是打算什么呢？他探询地看了她一眼。她也看了他一眼，她脸上的懊恼与伤心的表情就换成了一种（依我看来）对他表示关切的神情。

"我在门口站立了片刻，握着弯刀的手藏在身后。在这一瞬间，他微微一笑，以一种若无其事到可笑程度的声调说道：

"'我们在弹琴玩儿……'

"'真没想到。'她也学着他的腔调同时说道。

"但是他们两人还没把话说完，我在一个星期前所体验到的那种疯狂的感情就控制了我。我又感到自己需要破坏，需要暴力，需要疯狂的喜悦，我听凭这种疯狂的感情左右我的行动。

"他们两人还没把话说完……他害怕的那另一件事就开始了，一下子打断了他们的话。我向她扑去，仍旧把刀藏在身后，以免他上来阻挡我，我要把刀插入她左胸。我一开始就选中了这块地方。当我向她扑去的时候，他看见了，我完全没料到他会这样，他抓住了我的胳膊，喊道：

"'您冷静点，您怎么啦！来人哪！'

"我把胳膊挣脱出来，又一言不发地向他扑去。他的目光和我的目光相遇了，他的脸和嘴唇突然变得煞白，两眼似乎很特别地闪了一下。我万万没有想到，他竟突然从钢琴底下钻过去，向门口跑去。我想冲过去追他，但是在我的左胳膊上吊住了一件沉重的东西。是她，我甩开了她。可是她又更沉重地吊住了我，不放我走。这个意想不到的阻碍和重压，以及她那使我感到十分厌恶的接触，更加激怒了我。我感到我完全疯了，而且样子一定很可怕，可对此我反而感到高兴。我使出全身力气挥动左臂，胳膊肘正好撞到她的脸。她喊叫了一声，放开了我的胳膊。我想跑去追他，但是又想到，我只穿着袜子去追赶我妻子的情人也未免太可笑了，我不愿意成为别人的笑柄，我希望让别人觉得我可怕。当时尽管我处在可怕的疯狂中，可是我却记得事情的全过程，我对别人产生了什么印象，甚至这个印象还部分地支配着我。我向她转过身来。她摔倒在沙发上，用一只手捂住被我碰伤的眼睛，瞧着我。她的脸上充满了对我这个仇人的恐惧和憎恨，就像人们拎起夹住一只大老鼠的捕鼠器时，那只大老鼠的神色一样。除了这种恐惧和憎恨以外，至少我在她脸上什么也没看到。这正是爱上了别人以后必然会引起的那种对我的恐惧和憎恨。不过，如果她一声不吭，我倒也可能克制自己，不致做出我后来做出的那件事来。但是她忽然说起话来，并且用一只手抓住我握着刀的手。

"'你冷静点！你怎么啦？你到底怎么啦？什么事情也没有，什么也没有，什么也没有呀……我敢发誓！'

"我本来还不至于立刻动手，但是她最后的那句话我从中得出了相反的结论，就是说一切都已经发生了——要求我立刻做出回答。而这回答又与我当时的情绪相适应，我的怒火越来越 crescendo①，而且还会不断上升。狂怒也有它自己的规律。

"'撒谎，臭婊子！'我大喊一声，伸出左手一把抓住她的胳膊，但是她挣脱了。这时我没有放下刀，又伸出左手掐住她的脖子，将她仰面摔倒，并开始掐她的脖子。她的脖子可真硬呀……她用两手抓住我的手，把我的手从她的脖子上掰开，我好像正等着这个似的，便使尽全身的力气把刀向她的肋下捅去。

"人们常说，在狂怒发作的时候，往往不记得自己干了些什么，这是胡说，是不正确的。我全都记得，而且连一秒钟也没有失去过记忆。我越是对自己的狂怒火上浇油，我心中的意识之光就燃烧得越亮，在这种情况下，我不可能看不到我所做的一切，每一秒钟我都知道我在干什么。我不能说我预先知道我要干什么，但是我正在做的那一瞬间，甚至还似乎略早一些，我知道我在做什么，似乎就为

①　意大利语：增强（音乐术语）。

的是我将来有可能后悔，就为的是我以后能够对自己说我本来是可以住手的。我知道，我戳的是肋下，刀能戳进去的。在我干这件事的一瞬间，我知道我正在做一件可怕的事，这事是从来没有做过的，而且将会产生可怕的后果。但是这个想法只像闪电似的一掠而过，而在这个想法之后紧接着的就是行动。这个行动我记得特别清楚。我当时听到了，而且现在还记得，我的刀被她的胸衣和还有什么别的东西阻挡了一下，然后就捅进了一块柔软的地方。她用双手抓住刀，手被划破了，但是没有能够抓住。后来，在监狱里，当我发生了精神上的转变以后，我很长时间都在想着那个片刻，尽力回忆和在脑海里再现那个片刻。我记得有那么一瞬间，仅仅是一瞬间，在我把刀捅进去之前，我可怕地意识到，我正在杀害并且就要杀死一个女人，一个手无寸铁的女人，我的妻子。我记得我认识到这一点以后的恐惧，因此，甚至现在我还模糊地记得，把刀捅进去以后，我立刻又把它拔了出来，希望能够挽回我所做的事，并且就此罢手。我一动也不动地站了片刻，等待着将要发生的事，看看能不能设法挽回。这时她突然跳起身来，大叫：

"'保姆，杀人啦！'

"保姆循声跑来，站在门口。这时，我一直站着，等待着，不敢相信这是真的。但是就在这时候，一股鲜血从她的胸衣下面涌了出来。直到这时我才明白事情已经无法挽回了，于是我立刻认定本来就无须挽回。我要的就是这个，我应该做的就是这件事。我一直等到她倒了下去，保姆喊了一声'天哪！'向她跑去以后，我才扔掉刀，走出房间。

"'不必慌张，要知道我现在在做什么。'我对自己说，既不看她，也不看保姆。保姆大声喊叫使女。我穿过走廊，派了一个使女前去，然后就回到我的房间里。'现在该做什么呢？'我问自己，马上就明白了该做什么。我走进书房，径直走到墙壁跟前，从墙上取下手枪，检查了一遍——手枪已经装了子弹——把它放在桌子上。然后我又从沙发后面取出刀鞘，接着便坐到沙发上。

"我就这样坐了很久。我什么都不想，什么也不回忆。我听见外面闹哄哄的。我听见有人坐车来了，后来又有什么人来了。然后我又听见，而且看到叶戈尔把我带回来的柳条箱拿进了书房——好像有谁还需要这东西似的！

"'你听说出了什么事吗？'我说，'告诉看门的，叫他们去报告一下警察局。'

"他什么话也没说就走了。我站起身来，锁上了门，接着拿出香烟和火柴，开始抽烟。我一支烟还没抽完，就迷糊起来，然后就睡着了。我大概睡了两小时。我记得，我在梦中看见她和我很和睦，虽然吵过架，但又和好了；虽然彼此心里有些疙瘩，但我们还是和和睦睦的。突然，一阵敲门声把我惊醒了。'是警察,'醒来时我想道,'我好像杀了人。不过,也许是她,而且什么事也没有。'外面又敲了一下门。我没搭理,还在思考那个问题:到底有没有发生那件事呢?是的,发生过。我想起了胸衣的阻挡,锐器的扎入,我背上仿佛浇了一盆冷水。'是的,发生过。是的,现在应该打死我自己了。'我对自己说。但是我一面说这话,一面又知道我不会自杀。然而,我还是站起身来,重新把手枪拿在手里。但是事情也怪——我记得,从前有许多次我都差点自杀,甚至那天在火车上,我也觉得这是轻而易举的事。之所以轻而易举,是因为我想,我这样做一定会使她大吃一惊。现在我不仅绝不会自杀,甚至连想都不会去想它了。'我干吗要这样做呢?'我问自己,可是没有答案。又有人在敲门。'对,应当先了解一下是谁在敲门。反正还来得及。'我放下手枪,用报纸把它盖上。我走到门边,拉开插销。是我妻子的姐姐,一个好心肠的、愚蠢的寡妇。

"'瓦夏!这是怎么回事?'她说着,她那现成的眼泪就扑簌簌地掉了下来。'你要干什么?'我粗暴地问。我知道对她语气粗暴不仅不合适,而且没有必要,但是我又想不出任何其他的语气。

"'瓦夏,她快要死了!伊凡·费多洛维奇说的。'伊凡·费多洛维奇是一位医生,是她的医生和健康顾问。

"'难道他在这儿吗?'我问,对她的满腔愤恨又涌上了心头,'那又怎么样呢?'

"'瓦夏,你去看看她吧。哎呀,太可怕了。'她说。

"'要不要去看看她呢?'我向自己提出了这个问题。我立刻答道,应当去看看她,大概向来都是这样的——当一个丈夫像我这样杀死了妻子以后,必定要去看看她的。'既然向来如此,那就应当去。'我对自己说,'如果有这个必要,任何时候都来得及的。'我考虑了一下开枪自杀的事,然后就跟着她去了。'现在就要遇到各种怪话和各种鬼脸了,但我决不向他们屈服。'我对自己说。

"'等一下,'我对她的姐姐说,'不穿靴子多难看,至少让我把靴子穿上。'"

二十八

"说来也怪!当我走出房间,经过那些熟悉的房间的时候,我心中又出现了那种但愿什么事情也没有发生的想法,但是医生使用的这类讨厌的东西的气味——碘仿呀,苯酚呀,使我猛地清醒了。不,一切都发生过了。我穿过走廊,经过育儿室门口时,看见了小丽莎,她用惊恐的眼神望着我。我甚至觉得五个孩子都在里面,而且大家都在望着我。我走到门口,女仆在里面给我开了门以后就出去了。首先映入我眼帘的是放在椅子上的她那件银灰色的衣服，整个衣服都被血染黑了。她朝上屈着双腿，躺在我们的双人床上，甚至是躺在平时我睡的这一边，大概这样走近她比较方便。她枕着一个很高的枕头，解开了上衣。伤口上似乎已经敷上了什么东西。屋子里满是浓重的碘仿的气味。首先而且最使我感到吃惊的是她满脸青肿，她的鼻子的一部分和眼睛下面都肿了。这是她想拽住我时，被我的胳膊碰伤的痕迹。我觉得，她的身上已经没有任何一点美，有的只是使我感到厌恶的东西。我在门边站住了。

"'靠近些呀，到她身边来呀。'她的姐姐说。

"'对，大概她想忏悔了。'我想。'饶恕她吗？对，她快要死了，可以饶恕她。'我想，极力做出宽宏大量的样子。我走到她的身边。她吃力地向我抬起了眼睛（其中的一只被我打伤了），又吃力地、断断续续地说道：

"'你达到目的了，杀了……'在她的脸上，透过肉体的痛苦，甚至死亡的逼近，现出了与从前一模一样的、我所熟悉的那种冷酷的兽性的憎恨，'孩子们……我还是不能……交给你……给她（她的姐姐）带走……'

"至于我认为最重要的那件事，就是她的罪孽，她的背叛，她却似乎认为不值得一提。

"'对，欣赏一下你干的好事吧。'她说，望着门口抽泣起来，门口站着她的姐姐和孩子们，'瞧你干了什么事

情啊！'

"我转过头去望了一眼孩子们，又望了一眼她那被打伤的青肿的脸，我才第一次忘掉了我自己，忘掉了我的夫权和我的骄傲，我这才第一次发现她也是个人。我这才感到，那使我受到侮辱的一切——我那整个的妒忌心，是如此渺小；而我所干下的事情是如此重大，我恨不得把脸贴到她的手上说：'饶恕我吧！'但是我不敢。

"她闭上了眼睛，不说话了，显然是没有力气再说下去了。后来，她那被碰伤了的脸颤抖起来，皱紧了。她无力地推开了我。

"'这一切是为什么呢？为什么呢？'

"'饶恕我吧。'我说。

"'饶恕？这一切都是废话！……要能不死就好了！……'她叫道，微微支起身子，两只眼睛狂热地闪亮着，直盯着我。'对，你达到目的了！……我恨你！……哎呀！哎哟！'她分明在说胡话了，她仿佛害怕什么似的叫道，'来吧，你杀死我吧，你杀死我吧，我不怕……不过把大家，把大家都杀了，把他也杀了。他走啦，走啦！'

"她一直不断地说着胡话。她已经不认识任何人了。就在那天将近中午的时候，她死了。在此以前，在八点钟的时候，我被带到了警察分局，又从那儿被送进了监狱。我在监狱里候审，待了十一个月，我对自己和自己的过去反复琢磨，终于想明白了。我是到第三天才开始明白过来的，在第三天他们把我带到那儿去了……"他还想说什么，但是他禁不住想要哭，于是便停了下来。他鼓足了劲才继续说道："直到我看到她躺在棺材里的时候，我才开始明白过来……"他抽泣了一下，但立刻又匆匆地说下去，"直到我看到她死后的脸时，我才明白我所做的一切。我终于明白了，是我，是我杀死了她。我的行为，使得她，一个本来活生生的、温暖的活人，变成了一具一动不动的、蜡黄的、冰冷的尸体，这是无论何时何地，使用何种方法都不可能挽回的了。没有经历过这种事的人就不可能明白……呜！呜！呜！……"他叫了几下，就不出声了。

我们俩默默地坐了很久。他坐在我对面抽泣着，一言不发，浑身发抖。

"哦，请原谅……"

他转过身去，在座位上躺下，盖上了毯子，背对着我。当火车开到我要下车的那一站时（已是早上八点），我走到他的身边想跟他告别。不知他是睡着了，还是假装睡着了，反正他没有动弹。我用手碰了他一下。他掀开毯子，看得出来，他并没有睡着。

"再见。"我说，向他伸出了手。

他也向我伸出手来，微微一笑，但是笑得如此凄楚，使我不禁想哭。

　　"哦，请原谅。"他重复了一遍他在结束整个故事时所说的那句话。

1889 年

魔鬼

只是我告诉你们，凡看见妇女就动淫念的，这人心里已经与她犯奸淫了。

若是你的右眼叫你跌倒，就剜出来丢掉。宁可失去百体中的一体，不叫全身丢在地狱里。

若是右手叫你跌倒，就砍下来丢掉。宁可失去百体中的一体，不叫全身下入地狱。

——《《马太福音》第 5 章第 28—30 节）

一

锦绣前程正在等着叶甫根尼·伊尔捷涅夫。实现这种前程的一切条件他都具备：良好的家庭教育、彼得堡大学法律系毕业的优异成绩、不久前去世的父亲与最上层社会的关系，而且，他又刚在部长的关照下在部里获得了一个职位。此外，他还有一份很大的产业，不过这产业却有一点问题。父亲生前住在国外和彼得堡，除了给两个儿子——叶甫根尼和在近卫重骑兵团服役的大儿子安德烈——每人每年六千卢布以外，他自己和母亲的开销也很大。他只在夏天到乡下的庄园去住两个月，但是并不过问产业。他把一切都交给一个好吃懒做的管家去照管，但这位管家也并不照管田产，主人却对他绝对信任。

父亲去世后，弟兄俩分家时才发现，父亲欠下了那么多的债，事务代理人甚至劝他们，不如只继承祖母那份价值十万卢布的田产，而拒绝继承父亲那份遗产。可是，和他家庄园相邻的一个地主，与老伊尔捷涅夫有过债务往来，持有他的借据，为此特地到彼得堡来。他说，虽然债务累累，但事情还是可以挽救的，只要卖掉一片森林和几块零星的荒地，守住那个重要的聚宝盆——谢苗诺夫斯科耶的四千俄亩黑土地、一座糖厂和二百俄亩河边的牧场，自己再搬到乡下去住，苦心经营，精打细算，仍然可以保住这一大笔产业。

于是，春天的时候（父亲是在大斋期[①]去世的），叶甫根尼就到庄园去把一切都查看了一下，决定辞去职务，和母亲搬到乡下去住。他想亲自经营，希望能保住这块主要的产业。叶甫根尼和哥哥的感情并不太好，他是这样来处理的——由他每年付给哥哥四千卢布，或者一次性支付八万卢布，哥哥就放弃他应得的那份遗产。

他果真这样做了。他跟母亲搬进乡下的一座大屋子里住下来以后，便满腔热情、兢兢业业地经营起产业来。

人们通常以为最保守的都是老年人，而最勇于创新的都是年轻人。其实这种看法不完全对，有时最因循守旧的倒是年轻人。年轻人想要生活，可是他们却不去考虑，也没有时间考虑应该怎样生活，因此，他们往往选择自己过去的生活来作为自己现在生活的样板。

叶甫根尼就是这样。现在，搬到乡下来住以后，他心

---

① 东正教的习俗，大斋期是复活节前的第七个星期。

心念念要恢复的不是他父亲在世时的生活方式（他父亲是个败家子），而是他祖父在世时的生活方式。因此，现在无论在家里、花园里还是在庄园的管理上，他都极力恢复他祖父时代的生活气派（当然，适应时代发展做了一些改变）——事事讲究排场，到处都必须有秩序，必须设备完善，使人满意。而要安排这样的生活，事情就很多：必须满足债主和银行的要求，这就得卖地和设法延期付款；为了继续经营谢苗诺夫斯科耶的四千俄亩耕地和一座糖厂的偌大产业，就必须这儿雇些工人，那儿雇些长工，就得去弄钱。此外，还得把家里和花园里照料得没有一点荒废破落的样子。

工作很多，但叶甫根尼的力量（体力和精力）也很充沛。他今年二十六岁，中等身材，体格健壮，由于经常做体操因而肌肉发达，血气旺盛，双颊红润，牙齿亮泽雪白，嘴唇鲜红，有一头不太浓密的柔软的卷发。他唯一的生理缺陷就是近视，因为戴眼镜又加重了近视，现在他不戴夹鼻眼镜出门就不行，鼻梁上已被眼镜夹出了印痕。他的外貌就是如此，至于他的精神面貌，则是你越了解他，就会越喜欢他。他母亲一向最宠爱他，如今，在丈夫去世以后，她不但把她的全部温情，而且把她的整个生命都集中到他一个人身上。其实还不止她母亲一个人这么爱他，他中学时代和大学时代的同学们，不仅特别喜欢他，而且还特别尊敬他。即便对不熟悉的人，他也总会给人以同样的印象。只要看到他那张坦率、诚实的脸，特别是他那双眼睛，就不能不相信他所说的话，不能设想他会说谎和欺骗。

总之，他的相貌，他的个性对他的事业大有帮助。放债的不肯借钱给别人，却信任他；管家、村长、农夫可以干坏事，欺骗别人，然而和一个善良纯朴的人，特别是和一个胸怀坦荡的人交往，心里有一种美好的感觉，也就忘了欺骗了。五月底，叶甫根尼在城里设法赎回了押出去的荒地，把它卖给一个商人，然后又从这个商人那儿借来一笔钱，用来更新牲口和农具，就是添置一些牛马和大车，更主要的是在农庄里搞一些必需的修建。事情总算办妥了。木材运来了，木匠开始动工了，厩肥也运来了八十大车，可是在此以前，一切还毫无着落。

二

就在这百般忙碌中，却有一件事，虽说不太重要，但在当时却使叶甫根尼颇为烦恼。叶甫根尼正值青春年华，和所有年轻未婚的男子一样，他也和各种各样的女人发生关系。他并不是个好色之徒，但正如他对自己所说的，他也不是个修道士。他对此是适可而止。正如他自己所说，只有在对健康和心智必要的时候，他才干这种事。他从十六岁起便开始干这种事，至今一直平安无事。所谓平安无事，是指他没有纵欲过度，也没有一次染病。在彼得堡，起初有一个女裁缝与他相好，后来她变心了，于是他就另外搞了一个。好在这方面是有保证的，并不使他伤脑筋。

可是现在，在乡下住了一个多月，他简直不知道该怎么办好了。不得已的禁欲生活开始使他烦躁。难道就为这件事进趟城吗？而且上哪儿去找呢？这件事弄得叶甫根尼烦躁不安，因为他坚信，这是必需的，他需要这个。需求确实越来越强烈了，他觉得无法摆脱，于是便不由自主地两眼紧盯着每一个年轻女人。

叶甫根尼认为和本村的女人或姑娘有瓜葛是不合适的。他听别人讲，他的父亲和祖父在这方面与当时别的地主完全不同，他们在自己家里从来不和女农奴们勾勾搭搭，因此他决定也不干这种事。可是到后来，他越来越觉得被这件事纠缠住了，一想起如果他到小城市里可能发生些什么，就更觉得可怕。他想到，如今她们已经不是农奴了，于是他打定主意：在这里可以干这种事。他对自己说，只要没人知道就行，这并不是淫荡，只是为了有益于健康。主意打定以后，他更加心神不定了。他和村长、农夫、木匠谈话时，不由自主地就扯到女人身上，而一谈到女人，他就说个没完。而对女人呢，他则越来越经常地盯住看个不停。

三

不过打定主意是一回事，付诸实践又是另一回事。自己直接去找女人可不行。再说，找什么样的女人呢？到哪儿去找？必须有人牵线，可是又去找谁牵线呢？

有一天，他到守林人的小屋里去找水喝，这个守林人从前是他父亲的猎人。叶甫根尼同他聊起天来，守林人便讲了一些从前打猎时怎样纵酒狂欢的事。叶甫根尼忽然想到，要是在这儿，在守林人的小屋里，或者在树林里干这种事，倒是挺合适的。不过他不知道怎么开口，也不知道丹尼拉老头是否肯帮忙。"他听到这样的要求也许会大吃一惊，那我就没面子了。不过，也可能他会一口答应。"他一边听着丹尼拉讲故事，一边心里这么盘算着。丹尼拉在讲那时他们怎样住在猎场上的诵经士的老婆家里，他怎样给普里亚尼奇科夫弄来一个娘儿们。

"成啦。"叶甫根尼心里想。

"您的父亲——愿他在天安宁——就不干这种荒唐事。"

"看来不行。"叶甫根尼想。可是他还是试探性地问道："你怎么能干这种不好的事呢？"

"这有什么不好的？女的心甘情愿，那位费多尔·扎哈雷奇也高兴得不得了，给我一个卢布。要知道，他有什么办法呢？他也是个大活人嘛。大概还喜欢喝点儿酒。"

"看来，可以讲。"叶甫根尼心里想，于是立刻开口道：

"你可知道，"他感到自己的脸涨得通红，"丹尼拉，你可知道，我简直难受极了。"丹尼拉笑了笑。"我毕竟不是个修道士——我习惯了。"他觉得自己说的全是蠢话，可是他很高兴，因为丹尼拉表示赞成：

"瞧您，干吗不早说呢？这好办。"丹尼拉说，"您只要告诉我，要找个什么样儿的。"

"说实在的，我无所谓。哦，当然，不要太丑的，而且要健康。"

"懂了！"丹尼拉很果断地说。他想了一会儿："哦，有一个漂亮的小娘儿们。"他说道，叶甫根尼的脸又红了，"这小娘儿们还真漂亮。您瞧，去年秋天刚出嫁。"丹尼拉压低了声音，"她男的没用。对打猎的人来说，可真值得干啊。"

叶甫根尼甚至羞得皱起了眉头。

"不，不，"他说，"我根本不需要那样的。我嘛，恰恰相反（怎么会恰恰相反呢？），只要人健康，再就是麻烦少些——大兵的老婆或者什么的就成……"

"我知道了。那么，把斯捷潘妮达介绍给您就成了。她的男人在城里，就跟大兵的老婆差不多。这小娘儿们长得挺漂亮，又没有病。您肯定满意。我只要对她说，你来吧，她……"

"好吧，那么什么时候呢？"

"就明天也行。等会儿我去买烟叶的时候，顺便去一趟。明天中午您到这儿来，或者您从菜园后面绕到澡堂子那儿去。那儿一个人也没有。再说吃过午饭大家都在睡觉。"

"嗯，好吧。"

回家时，叶甫根尼激动极了。"会怎么样呢？乡下娘儿们会是什么样子呢？可别是个丑八怪，叫人见了害怕。不会的，她们都很漂亮。"他想起他平日经常盯着看的那些女人，自言自语道，"可是我该说些什么呢？我该干什么呢？"

他一整天都心神不定。第二天中午十二点，他到守林人的小屋去了。丹尼拉站在门口，一言不发而又意味深长地朝树林那边点了点头。血涌进了叶甫根尼的心房，他感到心在怦怦地跳，接着就朝菜园那边走去。一个人也没有。他走到澡堂跟前，也没有人。他走进澡堂看了看，出来时忽然听见树枝折断的声音。他回头一看，原来她站在山沟那边的树丛中。他越过山沟向那边跑去，他没有注意到山沟里长着荨麻。他被荨麻刺得火辣辣的，鼻梁上的夹鼻眼镜也弄丢了，一口气跑到了对面的山坡上。她系着一条白色的绣花围裙，穿一条红褐色的方格裙子，头上扎一块鲜艳的红头巾，光着脚站在那儿，怯生生地微笑着，显得那么明艳、健康、美丽。

"那边有小路，应该绕过来。"她说，"我们早就来了，一丝不挂。"

他走到她身边，向四面张望了一下，便抱住了她。

一刻钟以后，他们就分手了，他找到了他的夹鼻眼镜，顺便到丹尼拉那儿去了一下。丹尼拉问他："老爷，您满意吗？"他给了丹尼拉一个卢布就回家去了。

他感到很满意，只是开头有点害臊。但是后来也就无所谓了，一切都很好。主要的是，现在他觉得浑身轻松，心情平静，精神饱满。他甚至都没有好好地看清楚她。只记得她很干净，很清新，不难看，挺大方，一点儿也不扭扭捏捏。"她到底是谁家的媳妇呢？"他自言自语道，"他说是别奇尼科夫家的，到底是哪一个别奇尼科夫[①]呢？村里有两家人姓这个姓。也许是米哈伊拉老头的媳妇。对，大概是他家的，他不是有个儿子在莫斯科吗？什么时候去问问丹尼拉。"

先前乡村生活中那种最不愉快的感觉——被迫的禁欲生活——从此消除了。叶甫根尼活跃的思维不再受到破坏，他能够自由自在地从事自己的工作了。

但是叶甫根尼肩负的事业很艰巨——有时他觉得他简直支撑不住了，到头来恐怕还是不得不变卖田产，所有的

---

① 下文里托翁又把别奇尼科夫这个姓都写成了普切里尼科夫。

辛劳都将付诸东流。主要的是，这将证明他不能干，没有能力把他所从事的事业进行到底。这是最使他感到不安的。常常是，一个漏洞他还没补好，又出现了一个新的、意想不到的窟窿。

在这段时间里，以前不知道的父亲的债务，不断地被发现。看来，父亲晚年是到处借债。五月里分家时，叶甫根尼以为一切情况他全摸清了，不料到了盛夏时节，他突然接到一封信，这才知道还欠寡妇叶西波娃一万二千卢布的债务。债主拿不出正式的借据，只有一张普通的收据，据代理人说，对这张收据是可以提出异议的。可是叶甫根尼连想也不曾想过，仅仅因为可以对这张收据提出异议，就能够拒付父亲确实借过的债。他只是想弄清是否确实欠这笔债。

"妈妈，叶西波娃·卡列里娅·弗拉基米罗夫娜是什么人？"当他们像平时一样坐下来吃午饭时，他问母亲。

"叶西波娃？她是你爷爷的养女。有什么事吗？"叶甫根尼把来信的事告诉了母亲。

"奇怪，她怎么不知道害臊呢！你爸爸给过她多少钱啊！"

"可是我们欠她钱吗？"

"怎么跟你说呢？钱是不欠她的，你爸爸呀，就是心地太善良……"

"对，但是爸爸认为这是一笔债。""我没法跟你讲，我不知道，我知道你有很多困难。"

叶甫根尼看出，玛丽亚·帕夫洛夫娜自己也不知道怎么说才好，而且她似乎在试探他的口气。

"从这一点上我看得出，应该还这笔债。"儿子说道，"明天我就上她家去跟她商量，是否能缓缓。"

"唉，我多么心疼你。不过，你知道，这样更好些。你去告诉她，她必须等。"玛丽亚·帕夫洛夫娜说，显然，儿子的决定使她宽慰，也使她感到自豪。

叶甫根尼的处境之所以特别困难，还因为妈妈虽然同她住在一起，却一点也不了解他的处境。她一辈子习惯于过阔绰的生活，甚至想象不出儿子目前的处境是什么样子——说不定今天还是明天他们就会变得一无所有，儿子将不得不变卖一切，找一个像他这样的人所能找到的职位，年薪最多只有两千卢布，以此来维持自己和母亲的生活。她不明白，摆脱这种困境的唯一办法，就是紧缩各种开销，因此她也无法理解，为什么在许多小事上，在雇用园丁、马车夫和仆人方面，甚至在饮食方面，叶甫根尼竟那么小气。此外，她也跟大多数的寡妇一样，对亡夫怀着崇敬的心情，而这种心情与丈夫活着时她对他的感情完全不同，而且她也无法想象，她丈夫生前所做和所安排的事，也可能是不好的，应该改变。

　　叶甫根尼尽了最大的努力，才勉强雇用了两名园丁照顾花房和暖房，两名马车夫管理车马。而玛丽亚·帕夫洛夫娜却天真地认为，一个为了儿子而自我牺牲的母亲所能做的一切，她都做到了——老厨子做的饭菜不合口味，花园里的小径没有全部打扫干净，只用一个小厮来代替几名听差，这些她统统没有抱怨。对于这一笔新出现的债务也是这样，在叶甫根尼看来，这几乎是对他整个事业的一个致命的打击，但是玛丽亚·帕夫洛夫娜却只把它看成表现叶甫根尼高贵品质的一个好机会。玛丽亚·帕夫洛夫娜之所以对叶甫根尼的经济情况不太担心，还因为她相信儿子会攀上一门好亲事，那就将使一切变得好起来。叶甫根尼是确实能结一门好亲事的，她就知道，有十来个人家都认为把女儿嫁给他是一件莫大的幸事。她希望能尽快把这件事办好。

四

　　叶甫根尼自己也憧憬着结婚，不过与他母亲所幻想的不同——利用婚姻来重振家业的想法使他反感。他想要的是真心诚意、情投意合的婚姻。他仔细地看过他碰到和认识的所有姑娘，并且把自己跟她们逐一估量过一番，但是他的婚姻大事还是没有决定。同时，他无论如何没料到，他跟斯捷潘妮达的关系会继续下去，甚至稳定了下来。叶甫根尼远不是个好色之徒，他干这种偷偷摸摸的，他自己认为是不好的事他觉得很苦恼，也从来不觉得心安理得，甚至在第一次和斯捷潘妮达幽会之后，他就希望从此不再看见她。但过了一段时候，驱使他去干这种事的烦躁不安的心情又出现了。不过这次的烦躁不安已经不像先前那样漫无目的；不断出现在他脑海里的，正是那双乌黑的眼睛，那说着"一丝不挂"的圆浑的胸音，那种清新健康的气息，那在围裙底下高耸的胸脯，而这一切又发生在那浴满明媚阳光的核桃树和槭树丛中……尽管他感到有点羞愧，他还是去找了丹尼拉。又约定了中午在树林中幽会。这一回叶甫根尼把她细看了一番，觉得她身上处处都很迷人。他试着同她谈了几句，问起她的丈夫。果然，她的丈夫就是米哈伊拉的儿子，在莫斯科当马车夫。

"你怎么可以……"叶甫根尼想问她怎么可以对丈夫不忠实。

"那有什么不可以的？"她反问道。看得出，她很聪明，已经猜到了他的心思。

"你怎么可以跟我到这儿来呢？"

"那有什么，"她快活地说道，"我看，他在外面也寻欢作乐。我怎么就不行呢？"

显然，她是故意卖弄风骚，装出一副放荡的样子。而叶甫根尼却觉得这非常可爱。但他始终没有亲自与她订过约会。甚至当她建议不必通过丹尼拉——不知为什么她对丹尼拉并不友好——而直接约会时，叶甫根尼也没有同意。他希望，这是最后一次幽会了。他喜欢她。他认为这种关系对他是必不可少的，这里面没有什么不好。可是在他心灵深处却有一个比较严厉的法官不赞成这种行为，希望这是最后一次，即使没有这样希望，至少是不想参与其事，也不愿意为下次再干这种事预先做准备。

整个夏天就这样度过了，在这期间，他与她幽会了十来次，每次都是通过丹尼拉。有一次，她不能来赴约，因为她丈夫回来了，丹尼拉建议另找一个，叶甫根尼厌恶地拒绝了。后来她丈夫走了，幽会仍旧继续下去，起初是通过丹尼拉，后来他就直接指定时间了，于是，她便跟一个姓普罗霍罗娃的娘儿们一同来，因为女人家不可以单独出门。有一次，正当他要去赴约会的时候，有一家人来拜访玛丽亚·帕夫洛夫娜，还带着一位姑娘。他们是来给叶甫根尼做媒的，叶甫根尼实在无法脱身。等到他终于能够脱身了，他便装作去谷仓，绕小路走进树林，赶到约会的地点。她已经不在了。可是在平时约会的地方，凡是伸手够得到的稠李树和核桃树的树枝全给折断了，甚至一棵像棍子那么粗的小槭树也给折断了。这是她等急了，生气了，使性儿给他留下的纪念。他在那儿站了好一会儿，然后就去找丹尼拉，要他去叫她明天来。她果然来了，而且仍旧像往常一样。

夏天就这样过去了。他们总是在树林里幽会，只有一回，已是夏末时节，是在叶甫根尼家后院的谷仓里。叶甫根尼从没有想过，这种关系对他有什么意义。他也从不想念她，除了给她点钱以外，别无其他。他不知道，也没想到，全村人都知道了这件事，而且都在羡慕她，她家里的人因为能从她那儿得到钱，反而怂恿她这样做，她关于罪恶的观念，在金钱的影响和家里人的怂恿下，已经消失殆尽。她觉得，既然人们羡慕她，那么她所做的事就是好的。

"只不过是为了有益于健康罢了，"叶甫根尼心想，"也许这样做不好，虽然谁也不说，可是大家，或者很多人都知道了。譬如，跟她一起来的那个娘儿们就知道。既然她知道了，就肯定会讲给别人听。可是那有什么办法呢？反正不会长久。"

可是最使叶甫根尼感到不安的还是她的丈夫。不知为什么，起初他总以为她丈夫一定长得很丑，这使他觉得还多少有点理由可以为自己的行为辩解。可是见到了她的丈夫以后，他不禁大吃一惊——原来竟是个穿着漂亮的英俊小伙子，一点也不比他差，可能比他还强。在下一次幽会时，他告诉她见到了她的丈夫，说很欣赏他，他真是个漂亮小伙子。

"村里再也挑不出第二个来了。"她骄傲地说。

这可真使叶甫根尼感到惊诧。从此以后，只要一想到她的丈夫，他就更加苦恼。有一次，他在丹尼拉那里，丹尼拉谈到兴头上，直率地告诉他：

"前些日子，米哈伊拉问我：老爷跟我儿媳妇相好，可是真的？我说我不知道。我又说，话说回来，跟老爷相好总比跟庄稼汉相好要强。"

"哦，他怎么说呢？"

"也没说什么，他说：你瞧着吧，等我弄清楚了，非好好收拾她不可。"

叶甫根尼心想："如果她丈夫回来了，我就跟她断。"可是她丈夫住在城里，所以他们之间的关系暂时还维持着。叶甫根尼又想："一旦需要，就一刀两断，那就什么事也没有了。"

他觉得这是毫无疑问的，因为整个夏季，各种各样的事务忙得他不可开交：新建一个农庄，收割庄稼，修建房屋，而最主要的是偿还债务和出售荒地。所有这些事情耗尽了他的心血，他白天黑夜都在想这些事。这一切才是真正的生活。至于跟斯捷潘妮达的关系（他甚至不把这种关系叫作"相好"），那只是一件微不足道的小事。诚然，他想要见她的时候，冲动非常强烈，别的什么事都置之脑后，可是这种情况持续的时间并不久，幽会以后，他常常接连几个星期把她忘了，有时甚至整个月都不想她。

这年秋天，叶甫根尼常常进城，跟那里的安年斯基一家逐渐熟悉起来。安年斯基家有个女儿，刚从贵族女子中学毕业，名叫丽莎·安年斯卡娅，叶甫根尼爱上了她，并且向她求了婚，这使玛丽亚·帕夫洛夫娜非常伤心，照她的说法，叶甫根尼是在自降身价。

从此，叶甫根尼和斯捷潘妮达的关系就中断了。

五

为什么叶甫根尼会看中丽莎·安年斯卡娅是无法解释清楚的，就如一个男子为什么偏偏看中这一个女人，而不看中另一个一样，是永远无法解释清楚的。他看中丽莎的理由很多，其中有些理由是人人都会肯定的，有些理由则是一般人不会赞同的。这些理由是：丽莎不像他母亲替他介绍的那些姑娘那么富有，她天真无邪，心疼自己的母亲；她不是引人注目的美人，可也长得不难看；但最主要的还是叶甫根尼遇到她的时候，正是他对婚姻问题考虑成熟的时候。他爱上她是因为他知道，他应当结婚了。

起初，叶甫根尼只不过是喜欢丽莎·安年斯卡娅而已，可是当他决定要娶她做妻子时，他觉得自己对她的感情实际上要强烈得多。他感到自己确实是爱上了她。

丽莎的个子很高，苗条而修长。她身上的一切，她的脸、手指和腿都是细长的。她的鼻子也长，不是向前隆起，而是向下延伸。

她的脸颊的颜色白皙，略带黄色，十分细嫩，还泛着娇艳的红晕。她那淡褐色的头发又长又卷，那双温柔、对人充满信赖的眼睛美丽而明亮。这双眼睛特别使叶甫根尼销魂，他一想起丽莎，那双明亮、温柔、对人充满信赖的眼睛便浮现在他的眼前。

她的外貌就是这样，至于她的内心，他还一无所知，他只看见这双眼睛。这双眼睛仿佛告诉了他所要知道的一切，这双眼睛就有这样的魅力。

从十五岁起，还在贵族女子中学读书时，丽莎就经常倾心于一切富有魅力的男子，她只有在爱着别人的时候才容光焕发，感到幸福。从贵族女子学校毕业以后，她还是那样，对于她所遇到的青年男子，她总是一见钟情。自然，她一认识叶甫根尼就爱上了他。正是她的这种钟情，使她的眼睛增添了一种特别的神韵，因而迷住了叶甫根尼。

就在这年冬天，她已经同时爱上了两位青年，不仅当他们走进房间，甚至就是有人提到他们名字，她也会激动得满脸通红。可是后来，她母亲暗示她说，看来叶甫根尼对她真的有意，于是她马上又对叶甫根尼钟情了，而且爱得那样强烈，甚至对先前的那两位变得很冷淡。但是，当叶甫根尼开始经常到他们家来，参加舞会和晚会，跟她跳舞的次数比跟其他姑娘要多，显然，他只不过是想了解她是不是爱他而已。这时，她对叶甫根尼的爱竟变成了一种病态，她夜里梦见他，白天在幽暗的屋子里也仿佛看见他，别的一切对她来说都消失了。当他提出求婚，他们也得到了她父母的祝福的时候，当她和他亲吻，两人成了未婚夫妻的时候，她的脑子里便再也没有别的念头和愿望了。她一心只想着他，只想着跟他在一起，爱他，并且被他所爱。她以他而自豪，她对他、对自己以及这份爱充满柔情，她整个儿陶醉、融化在对叶甫根尼的爱恋之中。叶甫根尼越是了解她，也就越爱她。他怎么也没料到会遇到这样的爱情，而这种爱情又进一步加深了他对她的感情。

六

开春前，叶甫根尼回到谢苗诺夫斯科耶看了看，安排了一下农活，主要是料理了一下家务，家里正在筹办婚事。

玛丽亚·帕夫洛夫娜对儿子的选择感到不满意，但也只是因为这门亲事不如应有的那样美满罢了，此外，她不喜欢那位未来的亲家——瓦尔瓦拉·阿列克谢耶夫娜。那位未来亲家的为人究竟是好还是坏，她既不知道，也不能断定。至于玛丽亚·帕夫洛夫娜认定她不是一个正派人，不 comme il faut[①]，不是一位贵妇人，这在初次见面的时候她就看出来了，这使她很伤心。她之所以伤心，是因为她一向重视这种体面，她知道叶甫根尼对这一点很敏感，因而预见到这将给儿子带来许多烦恼。

那位小姐她倒很喜欢。她所以喜欢，主要是因为叶甫根尼喜欢。因此她就应当喜欢那位小姐。而玛丽亚·帕夫洛夫娜也真心诚意地准备这样做。

叶甫根尼回到家里，发现母亲十分高兴和满意。她在家里忙着安排一切，准备等儿子把新娘接回来，自己就搬出去。叶甫根尼劝她留下来。这个问题暂时没有解决。晚上，喝过茶，玛丽亚·帕夫洛夫娜像往常一样用纸牌占卜玩儿，叶甫根尼坐在旁边给她帮忙。这是最适宜说心里话的时候。算完一卦，下面一卦还没有开始，玛丽亚·帕夫洛夫娜瞧了瞧叶甫根尼，有点犹豫地说道：

"叶尼亚[②]，我想跟你说句话。当然，我并不知道，我只不过是想劝你几句，在结婚以前，你所有那些单身汉的事情一定要结束掉，免得给你自己和上帝保佑你的妻子造成麻烦。你懂我的意思吗？"

叶甫根尼马上就明白了玛丽亚·帕夫洛夫娜是在暗示他和斯捷潘妮达的关系，其实这种关系从秋天开始就中断

---

① 法语：讲究礼节。
② 与下文中的"根尼亚"一样，都是叶甫根尼的小名。

了，可是她跟所有寡居的女人一样，总是把这种关系看得比实际上要严重得多。叶甫根尼的脸红了，与其说是由于羞愧，不如说是为他那好心肠的母亲居然来瞎操这份心而感到遗憾。诚然，她是出于爱子之心，但毕竟是在不该她操心的事情上瞎操心，这种事是她不理解，也不可能理解的。他对母亲说，他没有什么不可告人的事，他的行为一向检点，没有任何事情会妨碍他的婚事。

"那就太好了，亲爱的。根尼亚，你可不要见怪。"玛丽亚·帕夫洛夫娜局促不安地说。

可是叶甫根尼看得出她的话还没有说完，她想说的话还没有说出来。果然不出所料，过了一会儿，她又谈到当他不在家的时候，人家请她去给……普切利尼科夫家的孩子当教母。

叶甫根尼的脸立刻又变得通红，但这一次可不是由于感到遗憾，甚至也不是由于羞愧，而是由于一种奇怪的感觉。这种感觉使他不由自主地意识到（这种意识与他的推断完全不相符合），现在就要对他说出的那件事的重要性。果真不出所料，玛丽亚·帕夫洛夫娜仿佛是在随便说说，没有任何其他目的，她说今年出生的全是男孩，看来是要打仗了，瓦辛家和普切利尼科夫家的小媳妇生的第一个孩子都是男的。玛丽亚·帕夫洛夫娜本想轻描淡写地说几句就算了，可是她看到儿子满脸通红，心神不定地把夹鼻眼镜摘下，咯嗒一声合上，然后又戴上，急匆匆地一口接一口地抽烟的神情，她自己倒觉得不好意思起来。她不作声了。他也不作声，想不出办法来打破这个沉默。母子俩明白了，"妈妈，"叶甫根尼突然说道，"我懂得您说这话的意思了，您不必担心。对我来说，未来的家庭生活是神圣的，我决不会去破坏它。至于之前的事，那一切都已经结束了。而且我也从来没有跟任何人相好过，因此，谁也没有任何权力对我有任何要求。"

"嗯，我很高兴。"母亲说，"我知道你品德高尚。"

叶甫根尼认为，母亲这话是对他应有的赞许，便没有作声。

第二天早晨他动身进城去，脑子里想着他的未婚妻，想着世界上的一切，可就是没有去想斯捷潘妮达。但是，鬼使神差，仿佛是要有意提醒他似的，当叶甫根尼的马车驶近教堂时，他看见教堂那边过来一群人，有的步行，有的坐车。他遇见了马特维老爹和谢苗，一群孩子和几个年轻的姑娘，还有两个女人——一个年纪大些，另一个则打扮得很漂亮，包着一块鲜艳的红头巾，看上去很眼熟。这女人走路轻盈、活泼，还抱着一个婴儿。马车经过她们身边时，年纪稍大的那个女人停住脚步，照老规矩向他鞠了一躬，而那个抱着孩子的年轻女人只低了低头，一双熟悉的、笑吟吟的、快活的眼睛在头巾下面闪了一下。

"不错，果真是她，不过，一切都已经结束了，也就没有必要再去看她了。也许这孩子还是我的呢。"他脑子里闪过这么个念头，"不，真是无稽之谈。她丈夫回来过，她曾经跟他在一起过。"他甚至连日子都没计算一下。他就是这样认为的：他做这事只是为了有益于健康，他每次都给了钱，此外别无其他。他和她之间现在没有任何关系，而且过去也不曾有，不可能有，也绝不会有任何关系。他倒不是故意昧着良心这样说，不，而是良心根本就没有对他说什么。自从那次他和母亲谈话以及在路上和她相遇以后，他一次也没有想起过她。而且后来再也没有遇见过她。

复活节后的第一周，叶甫根尼在城里举行了婚礼，然后立刻和新娘坐车来到乡下。他的房子已经布置一新，与人们通常为新婚夫妇布置的一样。玛丽亚·帕夫洛夫娜想要搬出去，但是叶甫根尼，而主要是丽莎说服她留了下来。不过她还是搬进了厢房。

叶甫根尼的新生活就这样开始了。

七

家庭生活的第一年，对叶甫根尼来说是相当艰难的，因为结婚期间拖延下来的事情，在婚后一下子全向他压了过来。

事实证明，还清全部债务是不可能的。别墅已经卖掉，几笔最紧要的债也已经还了，但债务仍未偿清，钱却没有了。庄园的收入很好，可是给哥哥的钱要寄出，结婚的开销要支付，所以钱也就所剩无几。糖厂运转不下去，只好停产。要摆脱目前的困境，唯一的办法就是动用妻子的钱。丽莎了解到丈夫的处境以后，就主动提出来要帮忙。叶甫根尼同意这样做，不过要写一张卖契，把产业的一半转到妻子名下。虽然这使妻子觉得伤心，但他还是这么做了。当然，这么做不是为了妻子，而是为了岳母。

事业上的成败和变化无常，是使叶甫根尼婚后第一年的生活不快乐的一个方面。另一件不快活的事是妻子身体不好。就在这头一年的秋天，婚后才七个月，丽莎就出了一件不幸的事。有一天，她坐着敞篷马车去迎接从城里回来的丈夫，不料那匹驯良的马突然发起脾气来，丽莎受了惊吓，从车上跳下来。她跳得还算侥幸，不然她很可能被绊在车轮上。可是她当时有孕在身，当夜就感到腹痛，然后就流产了。流产以后，身体很久未能恢复。丢了一个大家期待已久的孩子，妻子的病，以及由此而引起的生活失调，而最主要的还是丽莎得病以后立即前来的岳母——这一切都使得叶甫根尼这一年的日子特别难过。

尽管有这些困难，然而到这一年的年底，叶甫根尼的自我感觉还是很好的。第一，他一心要重振衰败的家业，用新的形式来恢复他祖父时代的生活，虽然困难重重，进展缓慢，但这个愿望毕竟在逐步实现。现在，变卖全部祖产来偿还债务的想法，是没有必要了。主要的产业虽说转到了妻子名下，可总算保住了，只要甜菜收成好，卖到好价钱，到明年这种窘困的状况就会大大好转了。这是其一。

其次，不管他曾对妻子抱有多大的期望，可是他从她身上得到的，却是他无论如何也没有料到的——虽然不是他所期望的东西，但却比他所期望的要好得多。他曾经努力想表现出一般的恩爱夫妻那样的柔情蜜意，可惜怎么也做不好，或者效果很差。但结果却完全出乎他的意料，他的生活不但更愉快，而且也更舒服。他不知道为什么会这样，但事实的确如此。

之所以会产生这样的结果，是因为自从订婚以后，丽莎就认定叶甫根尼·伊尔捷涅夫是世界上所有人中最高尚、最聪明、最纯洁、最善良的，因此，为这位伊尔捷涅夫效劳，做他所喜欢的事，是所有的人应尽的责任。可是因为要强迫所有人都这么做是不可能的，那么她就必须在自己力所能及的范围内率先这么做。她也真的这么做了，所以她总是以自己的全部心智去了解、揣摩他的爱好，然后，不管是什么事情，也不管有多大的困难，她总是尽力去做。

她身上还有一种人们与恋爱中的女人接触时所能感到的那种魅力，由于对丈夫的爱，她具有能洞察他的内心世

界的本领。他觉得她往往比他自己更能透彻地了解他，了
解他的任何心境，了解他的感情的任何细微的变化，并且
以此作为她行动的依据，所以她从来没有刺伤过他的感情，
总是竭力减轻他的痛苦，增加他的快乐。她不仅懂得他的
感情，而且还懂得他的想法。就连她最不熟悉的事情，譬
如有关农业和糖厂的种种事情，以及对人的种种评价，等
等，她都能很快领会到。他不仅可以同她谈这些事，而且
还像他对她所说的那样，她常常是他的一位不可或缺的好
参谋。她对人、对物、对世界上的一切，全都只以她丈夫
的目光去看待。她爱她的母亲，可是当她看出叶甫根尼不
喜欢岳母干预他们的生活时，她马上就站到她丈夫一边，
而且态度非常坚决，以至使他不得不来劝阻她。除此以外，
她的兴趣广泛，言谈举止十分得体，而更主要的是性情贤
淑。无论做什么事情她都做得无声无息，别人只能看到事
情的结果，也就是说，无论哪一方面，总是干干净净、有
条有理、优雅细致。丽莎很快就懂得了她丈夫的生活理想
是什么，于是便极力按照他的心意去安排、布置家里的一
切，使之符合他的希望。遗憾的是他们没有孩子，不过这
也还是有希望的。冬天他们到彼得堡去找过一位妇科医生，
医生请他们放心，他说丽莎完全健康，会有孩子的。

这个愿望果真实现了，到年底，丽莎又怀孕了。

有一件事，倒不是说它破坏了他们的幸福，不过却在

威胁着他们的幸福，那就是她的妒忌。她也曾努力克制这种妒忌，不流露出来，可是却又常常为它感到痛苦。叶甫根尼不可能去爱任何别的女人，因为世界上没有一个女人配得上他（她却从来没有问过自己，是否配得上他），因此，任何一个女人也不得斗胆去爱他。

八

他们的生活是这样的——他平常总是很早就起床，出去料理事务，有时到正在进行生产的糖厂去看看，有时到地里去走走。十点钟以前他回家喝咖啡。在凉台上喝咖啡的还有玛丽亚·帕夫洛夫娜、住在他们家的一位叔叔和丽莎。喝咖啡的时候大家往往聊得十分热闹，喝过咖啡以后便各自散开，直到两点钟吃午饭时才又重新聚在一起。午饭后，或是散步，或是乘车出游。晚上，当他从账房里出来后，他们才用茶，常常已经很晚了。有时候他朗读，她干活，或者大家弹琴消遣，如果有客人，就在一起聊天。他有事出门时，每天都写信给她，他也每天都收到她的信。有时候她陪他一同外出，这就特别愉快。他们俩过命名日的时候，经常有很多客人，他看到她能把一切事情都安排得那么妥帖，真是感到高兴。他看到和听到大家夸她是一位可爱的年轻主妇，就更加爱她了。一切都非常美满。妊娠期间，她也不觉得难受，他们俩虽然都有点担心，却已经在盘算将来怎样教育孩子了。教育孩子的方法和方式，这一切都由叶甫根尼决定，她只希望顺从地执行他的意志。叶甫根尼开始阅读各种医学书籍，准备完全按照科学规则来养育自己的孩子。自然，这一切她都同意，并且也在做准备，缝制厚的和薄的襁褓，预备摇篮。婚后第二年和第二个春天就这样到来了。

九

圣灵降临节即将来临的时候，丽莎怀孕已经五个月了，虽然她很注意保重，可还是快快活活，到处走来走去。双方的母亲都跟他们住在一幢房子里，说起来是为了照顾丽莎，其实她们却总是在互相挖苦，弄得丽莎不得安宁。叶甫根尼则在热情高涨地经营他的产业，大规模地进行甜菜新加工法。

复活节以来，家里一直没有好好打扫过，眼看圣灵降临节就要到了，丽莎决定把家里好好打扫一番。她叫了两个打短工的女人来帮助女仆擦洗地板和门窗，拍打家具和地毯，换椅套和沙发套。这两个女人一早就来了，她们烧了几锅热水，便动手干起活来。两个女人中的一个就是斯捷潘妮达。她最近刚给自己的孩子断了奶，又和账房勾搭上了，硬求他让她来擦地板。她想好好看看那位新太太。斯捷潘妮达还同从前一样，一个人过活，丈夫不在家，她仍旧胡搞——起先她因为偷木柴被丹尼拉老头抓住，就跟老头搞上了，后来跟老爷，现在又跟那个年轻的账房。对于老爷，她根本就没去想。"他现在有老婆了，"她想，"能瞧瞧太太也算一份荣幸，听说她把家里收拾得可好呢。"

斯捷潘妮达因为给孩子喂奶不能出来打短工，叶甫根尼又很少到村子里走动，所以自从那次碰到她抱着孩子以后，他就再也没有见过她。这天是圣灵降临节的前一天，叶甫根尼清早四点多钟就起床到预定要撒磷肥的那块休耕地去了。他走出屋子的时候，这两个女人正在烧水，还没进屋。

叶甫根尼回来吃早饭的时候，快活而满意，他觉得肚子很饿。他在栅栏门前下了马，把马交给正从那儿经过的园丁，用鞭子抽了几下长得很高的青草，嘴里重复着他常常喜欢说的一句话往家里走去。他重复的那句话是："施磷肥，划得来。"什么划得来，对谁划得来，他不知道，也不曾想过。草地上有人在拍打地毯，家具都搬到外面来了。

"天哪！丽莎又在搞大扫除了。施磷肥，划得来。可真是位能干的主妇！可爱的主妇！是的，可爱的主妇！"他自言自语地说着，她那穿着宽大的白色长袍的身影，高兴得容光焕发的脸蛋，已经栩栩如生地出现在他的想象中。每当他朝她看的时候，她总是这副模样。"是的，得换一双靴子，不然的话，施磷肥，划得来，也就是说，会有牛粪的臭味，而可爱的主妇还怀着孕呢。怎么会有孕的呢？是的，一个新的小伊尔捷涅夫正在她的体内发育，"他想道，"对，施磷肥，划得来。"他一面对自己的这些想法发出微笑，一面伸出手去推自己的房门。

可是他还没来得及推门，门就自动开了，一个正往外走的女人差点同他撞个满怀。那女人提了一桶水，裙子的下摆掖在腰里，光脚，袖子挽得高高的。他让到一旁，让她过去；她也让到一旁，同时抬起一只湿淋淋的手整了整滑落下来的头巾。

"走吧，走吧，我不进去，如果您……"叶甫根尼刚开口说，忽然认出是她，便停住了。

她两眼笑盈盈的，快活地望了他一眼，便拉了拉裙子，走了出去。

"多么荒唐啊……这是怎么回事……不可能。"叶甫根尼皱着眉头，好像要赶走一只苍蝇似的摇了摇头，自言自语道。他因为看见了她而感到不快，但又目不转睛地看着她那随着两只光脚有力的步伐而左右摇摆着的身子、她的双手、她的肩膀、她的衬衫上那漂亮的皱褶和高高地掖到小肚腿以上的红裙子。

"我还看什么呢？"他自言自语道，同时垂下眼睛不去看她，"对，还是得进屋去拿另外一双靴子。"于是他转身朝自己的房间走去。可是还没走上五步，他自己也莫名其妙，不知受了什么东西的驱使，又回过头去想看她一眼。这时她正要拐过墙角，恰好也回过头来看他。

"嘿，我这是干什么呀！"他心里喊道，"她可能以为我对她有意呢。甚至，她大概已经这么想了。"

他走进自己的房间，地板上都是水。另外一个又老又瘦的女人还在那里洗地板。叶甫根尼踮着脚跨过一摊污水，走到墙边放靴子的地方，当他正想出去的时候，那个女人走出去了。

"这个出去了，那个就要进来，就只有斯捷潘妮达一个人。"突然，有一个声音在他心里开始盘算起来。

"我的上帝！我这是在想什么呀，我这是在干什么呀！"他抓起靴子跑到过道里，在那儿把靴子穿上，刷干净衣服，然后走到凉台上。两位老夫人正坐在那儿喝咖啡。丽莎显然是在等他，这时，她从另一个门里与他同时走到凉台上来。

"我的上帝，她一向认为我是那么诚实，那么纯洁无瑕，如果让她知道了，那怎么得了！"他心里想。

丽莎像平时一样，笑容满面地迎接他。但他却觉得她今天不知为什么特别苍白、细长和瘦弱。

十

喝咖啡的时候，女士们总要闲聊一阵，不过这种闲聊是女人们特有的。闲聊的内容并没有什么逻辑上的联系，但又似乎有些联系，因为说起来总是没完没了。

两位老夫人在互相挖苦，丽莎只好随机应变地在她们中间打圆场。

"我觉得非常遗憾，没能在你回来以前把你房间的地板洗好。"她对丈夫说，"我真想把所有的东西都整理一遍。"

"你怎么样，我走后你睡着了吗？"

"是的，我睡着了，我觉得很好。"

"太阳照着窗户，热得受不了，一个孕妇怎么会舒服！"丽莎的母亲瓦尔瓦拉·阿列克谢耶夫娜说，"既没有遮阳板，也没有布帘子。我在家里总是用布帘子的。"

"可是这儿从十点钟起就有阴凉儿了。"玛丽亚·帕夫洛夫娜说。

"正因为这样才会发烧呢。太潮湿了。"瓦尔瓦拉·阿列克谢耶夫娜说，她没注意这句话正和她刚才讲的话互相矛盾，"我的医生总是说，不知道病人的体质就永远没法确诊病情。他懂得这个，因为他是一流的医生，所以我们付给他一百卢布。我那过世了的丈夫一向不相信医生，可是为了我，他从来不吝惜任何东西。""在妻子和孩子生命攸关的时刻，为了妻子，一个男人怎么能吝惜呢，也许……"

"但是，如果有钱的话，做妻子的也可以不依靠丈夫。贤惠的妻子对丈夫总是百依百顺的。"瓦尔瓦拉·阿列克谢耶夫娜说，"不过，丽莎自从病后，身体一直非常虚弱。"

"不，妈妈，我觉得身体很好。怎么，炖奶油①还没给你们端来吗？"

"我不用啦。我可以吃干奶酪的。"

"我问过瓦尔瓦拉·阿列克谢耶夫娜，她说她不要。"玛丽亚·帕夫洛夫娜说，仿佛在替自己辩白似的。

"哦，不，现在我不想吃。"瓦尔瓦拉·阿列克谢耶夫娜说，她似乎想结束这场不愉快的谈话，宽宏大量地让了步，一面又对叶甫根尼说道："怎么样，磷肥撒了吗？"丽莎跑去拿炖奶油。

"我不要，真的不要！"

"丽莎！丽莎！慢慢走。"玛丽亚·帕夫洛夫娜说，"走路太快对她是有害的。"

"只要心情平静，什么都没有害处。"瓦尔瓦拉·阿列克谢耶夫娜说，她的话仿佛有所指，其实她自己也知道这话只不过是无的放矢罢了。

---

① 炖奶油（кипяченые сливки，kaymak），在中亚、某些巴尔干国家、高加索国家常见的一种类似于凝脂奶油的乳制品。传统制作方法是将牛奶慢慢煮沸，然后用文火慢炖两小时，再冷却并温和发酵数小时或数天。

丽莎端着炖奶油回来了。叶甫根尼自顾自地喝着咖啡，闷闷不乐地听着。他已经听惯了这类话，可是今天这种无聊的谈话特别使他反感。他本想好好地思考一下刚才发生的事，可是这些无聊的谈话妨碍了他。喝完咖啡，瓦尔瓦拉·阿列克谢耶夫娜满肚子不高兴地走了，凉台上只剩下丽莎、叶甫根尼和玛丽亚·帕夫洛夫娜，于是谈话也就自然而愉快了。因为对丈夫怀着满腔的爱，丽莎立刻敏锐地觉察到有什么事在使叶甫根尼苦恼，便问他是不是有什么不愉快。他没料到她会这么问他，稍微犹豫了一下，才回答说没什么。可是这样的回答倒更引起了丽莎的疑虑。至于是什么事情在使他苦恼，使他非常苦恼，她是看得很清楚的——就像牛奶里掉进了一只苍蝇，她看得非常清楚一样——但是他却不肯说到底发生了什么事。

十一

吃过早饭，大家各自散开了。叶甫根尼照例到自己的书房里去。他既没有开始阅读信件，也没有动笔写信，而是坐下来一根接一根地抽烟，陷入了沉思。他以为自从结婚以来就已经摆脱了的那种肮脏的感情，出乎意料地又在他心里出现了，他觉得非常诧异，非常难过。自从结婚以来，除了对自己的妻子以外，无论是对曾经与他发生过关系的那个女人，还是对任何其他女人，他都没有产生过这种感情，他曾经多次从心底里感到高兴：他已经摆脱了它。可是现在，一个似乎微不足道的偶然事件却告诉他，他并没有摆脱它。现在使他苦恼的，不是他又受到这种感情的支配，又想要她，他并没有想到这个，而是这种感情还存活在他心里，他得小心地提防它。他心中毫不怀疑，他一定能把这种感情压下去。

叶甫根尼要回一封信，还要起草一份文件。他坐到写字台前开始工作。工作完毕，他已经完全忘记了刚才扰乱他心境的那件事，他走出书房，想到马厩去。可是糟糕得很，不知是不幸的巧遇呢，还是命运有意安排，他刚走到台阶上，就看见穿着红裙子、包着红头巾的她从拐角上过来了，摆动着双手，扭着腰肢，从他身边经过。她不是走过去的，而是开玩笑似的从他身边跑了过去，追上了她的女伴。

于是，阳光明媚的中午，荨麻，守林人丹尼拉屋后的那块地方，槭树树荫下她那嘴里咬着树叶、微笑着的脸，又出现在他的脑海里。

"不，不能由它这样下去。"他自言自语道，等到那两个女人看不见了以后，他向账房走去。这时正是吃午饭的时候，他希望能碰见管家。果然碰见了他。管家刚刚睡醒，他正站在账房里伸懒腰打哈欠，一边望着正在与他讲话的那个管牲口的农民。

"瓦西里·尼古拉耶维奇!"

"您有什么吩咐?"

"我要跟您谈谈。"

"谈什么?"

"等您把这事谈完了再说。"

"你难道就不能抱回来吗?"瓦西里·尼古拉耶维奇向管牲口的农民说。

"太重了,瓦西里·尼古拉耶维奇。"

"怎么回事?"叶甫根尼问道。

"母牛在地里下了只牛犊。好吧,我马上吩咐套马。你去叫尼古拉把那匹大骨顶鸡①套上,就套那辆大板车吧。"管牲口的农民走了。

"是这么回事,"叶甫根尼开始说道,他的脸红了,他自己也感觉到了这一点,"是这么回事,瓦西里·尼古拉耶维奇,我还是个单身汉的时候,作过一些罪孽……也许您也听说过……"

瓦西里·尼古拉耶维奇两眼含着微笑,显然很同情老爷,他说:

"是斯捷帕什卡②的事吧?"

---

① 马的名字。

② 斯捷潘妮达的昵称。

"是的。正是这件事。劳您驾，以后别再找她到我家里
来打短工了。您应当明白，我觉得非常别扭……"

"这大概是账房万尼亚① 安排的。"

"那么就劳您驾了……怎么样，剩下的磷肥都撒了吗？"
为了掩饰自己的窘态，叶甫根尼说道。

"您放心吧，我这就去。"

这件事就这么解决了。叶甫根尼的心里也平静了，他
希望，既然一年没有看见她也这么过去了，现在肯定也可
以如此。"再说，瓦西里也会告诉账房伊凡，伊凡再去告诉
她，她也就会明白我不愿意见她。"叶甫根尼自言自语道，
他十分高兴，尽管他觉得这话难以启齿，但终究还是鼓起
勇气对瓦西里说了，"这总比心里有个疙瘩，心怀羞愧要
好。"一想起那桩罪孽，他不禁打了个寒战。

十二

叶甫根尼所做的这次道德上的努力——战胜羞愧，对
瓦西里·尼古拉耶维奇说了那话，使他的心情平静了下来。
他觉得，现在一切都结束了。丽莎也立刻发现，他的心情
已经完全平静了，甚至比平时还要愉快些。

---

① 万尼亚是伊凡的小名。

"大概两位老太太的斗嘴使他不高兴。这也确实叫人难堪，尤其是像他那样敏感、那样高尚的人，老是听那些不友好的、带刺的话，就更加受不了。"丽莎心里想道。

第二天是圣灵降临节。天气好极了，按照惯例，乡下妇女到树林里去编花环之前，先到老爷的住宅前面唱歌、跳舞。玛丽亚·帕夫洛夫娜和瓦尔瓦拉·阿列克谢耶夫娜都穿上盛装，打着阳伞，走到台阶上，走到跳环舞的妇女们跟前。叶甫根尼的叔叔今年夏天住在他家里，他是一个面部皮肉松弛的淫棍和酒鬼，这时也穿着一件中国式的大褂，同她们一起走了出去。

像往常一样，一群穿着各种颜色鲜艳服装的年轻媳妇和姑娘组成了环舞的中心。在这个中心的外围，有如脱离了太阳而又绕着它旋转的行星和卫星，从四面八方拱卫着它们的，一会儿是穿着窸窣作响的新花布坎肩、手拉着手的姑娘们，一会儿是不知叫喊着什么、一个跟着一个前后乱窜的小孩儿们，一会儿又是身穿蓝色或黑色腰间打褶的外衣和红衬衫、头戴便帽、不停地嗑着葵瓜子的年轻小伙子们，此外还有站在远处观看环舞的老爷家的奴仆和一些看热闹的人。两位老夫人一直走到舞圈的跟前，丽莎穿着一件浅蓝色的连衣裙，头上扎着一条同样颜色的缎带，也跟在她们后面，从那宽大的袖口里可以看见她白皙细长的手臂和瘦骨嶙峋的胳膊肘。

叶甫根尼本来不想出来，可是躲着不露面也未免可笑。于是他嘴里衔着一支香烟，也走到台阶上来，跟小伙子和庄稼汉们点头致意，还和他们中的一个人说了几句话。这时候农妇们正放开嗓门高唱着舞曲，弹着手指，拍着手掌，翩翩起舞。

"太太喊你呢。"一个小孩走到他跟前对他说，因为叶甫根尼没听到妻子喊他。丽莎喊他去看跳舞，看一个她特别喜欢的正在跳舞的女人。那女人就是斯捷潘妮达。她身体健壮、精力充沛、脸颊红润、神情快活，穿一件黄色的敞襟坎肩和一件平绒背心，头上包一条红头巾。也许她确实跳得很出色。可是他却什么也看不见。

"好，好，"他说道，一会儿把夹鼻眼镜摘下来，一会儿又戴上，"好，好，"他一边说着，一边心里却在想，"这样看来，我是躲不开她的了。"

他不敢看她，因为害怕她的诱惑力，然而也正因如此，他在她身上匆匆瞥见的东西，在他看来特别富有魅力。此外，从她那闪亮的目光中，他看出她也在看他，并且知道他正在欣赏她。为了表示礼貌，他站了片刻，看到瓦尔瓦拉·阿列克谢耶夫娜把她喊到身边，假装亲切地管她叫可爱的姑娘，没头没尾地跟她说着些什么，这时他就转身走开了。他走开了，回到屋子里。他走开是为了不再看见她。可是他一上楼，自己也不知道是怎么回事和究竟为什么，就走到窗前，在那群女人停留在台阶旁的时候，他一直站在窗口，如痴如醉地望着她。

那群女人离开以后，他趁没人看见，急忙溜下楼去，轻手轻脚地跑到凉台上。他在凉台上点了一支烟，然后仿佛去散步似的走进花园，顺着她走的方向走去。他在林荫小道上没走几步，就看见身穿粉红色敞襟坎肩①和平绒背心、包着红头巾的她，在树后一闪而过。她和另一个女人不知要往哪儿走。他心想："她们要到哪儿去呢？"

突然，情欲在他身上猛烈地燃烧起来，仿佛有人用手揪住了他的心。叶甫根尼回头看了一眼，就鬼使神差似的向她走去。

"叶甫根尼·伊凡内奇！老爷，我有点事找您。"有人在他背后喊他。叶甫根尼回头一看，原来是在他家打井的萨莫辛老头，他才清醒过来，连忙转身向萨莫辛老头走去。他在跟老头讲话的时候侧过身子，看见她和女伴已经走到下面，显然是到井边去，或者到井边去只是个借口，她们在那里略停片刻，便跑去跳环舞了。

---

① 上文写到她穿着黄色敞襟坎肩，此处又说她穿着粉红色敞襟坎肩，疑为作者之谬。

十三

　　和萨莫辛老头说了几句话，叶甫根尼情绪沮丧地回到屋子里，像犯了罪似的。一来，她已经看出他的心事，认为他想见到她，而她也盼望这个；二来，另外那个女人安娜·普罗霍罗娃，显然也知道了这件事。

　　主要的是他觉得他已经被征服了，丧失了自己的意志，有另外一种力量在控制他。今天他的得救纯属侥幸，但不是在今天，就是明天，或者后天，他总是要毁掉的。

　　"是的，一定会毁掉的，"他只能这样来理解这件事，"对自己年轻温情的妻子不忠实，在众目睽睽之下，在村里和一个农家妇女胡搞，这难道不是毁灭，可怕的毁灭吗？我以后怎么还有脸活下去呢？不行，必须，必须马上采取措施。"

　　"我的上帝呀，我的上帝呀！我该怎么办呢？难道我就要这样毁掉吗？"他对自己说，"难道就没办法可想了吗？必须采取某种行动。"他命令自己，"别去想她，别想！"可是他立刻又想起她来了，看见她站在自己面前，看见槭树林的绿荫。

　　他想起从前读过的一段故事：一位长老给一个女人看病，必须把一只手放在她的身上，为了抵御这个女人的诱惑，他把另一只手放到火盆上，让火烧灼他的手指。他想起了这个故事："对，我宁可烧伤手指，也不能让自己毁掉"。他回头望了望，房间里一个人也没有，于是他划着了一根火柴，把一个手指伸到火苗上，"哼，现在我叫你再想她！"他嘲讽地对自己说。他觉得很疼，便缩回被熏黑的手指，扔掉火柴，觉得自己有点可笑。"真荒唐，该做的不是这个，而是应当采取措施不再见到她——要么我自己离开，要么叫她走。对，叫她走！给她丈夫几个钱，让他搬到城里去或者到别的村子去。别人知道了一定会议论纷纷。那有什么，总比现在在面临这样的危险要好。对，就这么办。"他一边自言自语，一边仍旧朝窗外张望着寻找她，"她这是到哪儿去了呢？"他突然问自己。他觉得，她已经看见他站在窗口了，她瞟了他一眼，就跟一个妇女手拉着手，活泼地晃动着手臂朝花园走去。

他心神不定，自己也不知道什么原因，为了什么，就朝账房走去。

瓦西里·尼古拉耶维奇穿着漂亮的常礼服，头发抹得油光滑亮，正和妻子陪着一个裹着厚头巾的女客在喝茶。

"瓦西里·尼古拉耶维奇，我想跟您谈谈。"

"可以，请进吧。我们已经喝完茶了。"

"不，我们还是一起出去走走吧。"

"等一下，让我拿顶帽子就走。塔尼娅，你把茶炊盖上。"瓦西里·尼古拉耶维奇说完就高高兴兴地走了出来。

叶甫根尼觉得瓦西里·尼古拉耶维奇好像喝醉了酒，可是有什么办法呢？也许这样反倒更好，他就会同情主人的处境。

"瓦西里·尼古拉耶维奇，我要谈的还是那件事。"叶甫根尼说，"谈那个女人的事。"

"那有什么，我已经吩咐，以后绝对不要再找她来干活了。"

"不是的，总的说来，我有这样一个想法，想同您商量商量。你能不能把她弄走，把他们全家都弄走？"

"把他们弄到哪儿去呢？"瓦西里说，叶甫根尼觉得他不大乐意，而且还有点嘲笑的意思。

"我是这样想的，给他们一点钱，甚至把科尔托夫斯科耶的那块地给他们，只要她能离开这儿。"

"可是怎么打发他们走呢？他们离开老家，又能上哪儿去呢？再说您这又是干吗呢？她有什么地方妨碍了您吗？"

"唉，瓦西里·尼古拉耶维奇，您知道，如果让太太知道了就糟啦！"

"可是又有谁会去告诉她呢？"

"可是这么提心吊胆的，日子怎么过呢？总而言之，这很难受。"

"说真的，您何必这样担心呢？谁要是提起旧事，就让他的眼珠子掉下来。在上帝面前，谁没有罪孽？在沙皇面前，谁没有过错？”

“我看，还是把她打发走的好。您能不能跟她的丈夫谈谈？”

“没有什么可谈的。唉，叶甫根尼·伊凡诺维奇，您这是何苦呢？事情早就过去了，大家早就忘记了。世界上什么事情没有呢？现在还会有谁说您的不是呢？要知道，您可是个有身份的人呀。”

“不过，您还是去说说吧。”

“好吧，我去说说。”虽然叶甫根尼看得出这不会有什么结果，不过这次谈话多少使他平静了些。主要是他觉得，由于激动他把这种危险过分夸大了。

难道他真的会去和她幽会吗？这是不可能的。他不过是到花园里随便走走，她恰巧也跑到那儿罢了。

十四

就在圣灵降临节那天，吃过早饭，丽莎在花园里散步。叶甫根尼想领她去看看三叶草，她就从花园里出来到牧场去，在越过一条小沟的时候，她失足跌倒了。她斜着身子慢慢地倒了下去，可是她轻轻地叫了一声，这时她丈夫在她脸上看到的不仅是惊慌，而且还有疼痛。他想扶她起来，可是她推开了他的手。

"不，等一会儿，叶甫根尼。"她无力地微笑了一下，说道，他觉得她有点儿抱歉似地从下面望着他，"不过是脚扭了一下。"

"我一向都这么说，"瓦尔瓦拉·阿列克谢耶夫娜说道，"身子不方便怎么能跳沟？"

"不，妈妈，不要紧。我马上就可以站起来。"

她在丈夫的帮助下站了起来，但就在这时候她的脸色突然发白，脸上出现了惊恐的神情。

"是的，我觉得不舒服。"接着她又低声地对母亲说了一句什么话。"哎呀，我的上帝！作了什么孽呀！我说过别出来走动的嘛。"瓦尔瓦拉·阿列克谢耶夫娜嚷道，"你们等一下，我去叫人来。不能让她自己走，得叫人来抬。"

"你害怕吗，丽莎？我抱你回去。"叶甫根尼用左手抱住她说，"搂着我的脖子，就这样。"

于是，他弯下身子，用右手抱住她的双腿，把她抱了起来。以后他永远也不能忘记当时她脸上显露出的那种既痛苦而又幸福的表情。

"你觉得重吗，亲爱的？"她微笑着说，"妈妈跑去叫人了，你喊她一下吧。"

说着，她把身子贴近他，吻了他一下。显然，她希望让她母亲看到他抱着她。

叶甫根尼喊了瓦尔瓦拉·阿列克谢耶夫娜一声，叫她不用着急，他会把她抱回去的。瓦尔瓦拉·阿列克谢耶夫娜停住了脚步，开始更加大声地嚷起来：

"你会把她摔下来的，准会摔的。你是想送她的命呀。你这个没良心的！"

"我这不是抱得好好的嘛。"

"我不想看，也看不下去你怎样折磨我的女儿。"说着，她就跑过了林荫道的拐弯处。

"不要紧，这会过去的。"丽莎笑眯眯地说。

"可不要再搞得像上次那样。"

"不，我说的不是这个。这不要紧，我说的是妈妈。你累了，歇一会儿吧。"

叶甫根尼虽然感到吃力，但他怀着骄傲的喜悦把自己的妻子抱到了家，他没有把她交给瓦尔瓦拉·阿列克谢耶夫娜找来接他们的女仆和厨子。他把她一直抱进卧室，放到床上。

"好了，你去吧。"她说，把他的手拉过来吻了一下，"我有阿努什卡①就行了。"

玛丽亚·帕夫洛夫娜也从厢房里跑过来。他们给丽莎脱掉衣服，把她安顿到床上。叶甫根尼手里拿了一本书，坐在客厅里等待着。瓦尔瓦拉·阿列克谢耶夫娜从他身边

---

① 丽莎的贴身女仆的名字。

走过，他看到她那副含着谴责的、忧愁的面孔，不禁害怕起来。

"怎么样了？"他问道。

"什么怎么样？有什么好问的？您在强迫妻子跳沟时想达到的目的，看来，算是达到啦。"

"瓦尔瓦拉·阿列克谢耶夫娜！"他大声喊道，"真叫人受不了，如果您存心想折磨别人，毒害别人的生活，"他想说'那就请您到别处去吧'，可是，他忍住了，没有说出来，"难道您对这件事就不难过吗？"

"现在已经晚啦。"

她好像打了胜仗似的抖了抖包发帽，走进房门去了。

这一跤跌得确实很糟。脚扭伤了，恐怕还有再次流产的危险。大家都知道，没有别的办法，只有卧床休息，但还是决定请医生。

"尊敬的尼古拉·谢缅诺维奇，"叶甫根尼给医生写道，"您一向对我们全家关怀备至，希望您能枉驾前来帮助贱内。她……"他写完了信，就到马厩去吩咐备马套车。必须有几匹马去接医生，还得预备马匹送医生回去。在经济情况不太宽裕的人家，这可不是立刻就能办妥的，必须费点脑筋。叶甫根尼亲自把这些事情安排好，打发马车走了，九点多钟才回到屋里。妻子躺在床上，她说她很好，哪儿也不疼。瓦尔瓦拉·阿列克谢耶夫娜坐在灯旁，正在编织一条宽大的红色毛线毯子，她用琴谱挡住灯光，免得它照着丽莎的脸，她脸上的那副神情明明白白地在说，出了这件事以后，就甭想再太平了。"不管别人干了些什么，反正我是尽了我的责任。"

叶甫根尼看出了这一点，但为了装作没看见，就尽量装出一副轻松快活的样子，讲他怎么调拨马匹，说母马卡乌什卡套在左边，拉车拉得真好。

"那还用说吗？偏偏在需要用马的时候出去驯马，说不定连医生也会被摔到沟里去。"瓦尔瓦拉·阿列克谢耶夫娜说，一边把编织的毛活移到灯前，透过夹鼻眼镜仔细地看。

"可是总得派马去呀，我是尽了我的力了。"

"我可记得清清楚楚，你们那几匹马拉着我差点冲到火车底下。"这件事是她早就编出来的，现在叶甫根尼一不小心，竟说她这话和事实不完全相符。

"这就难怪我一向都说，我跟公爵就说过好多次，跟不诚实、不真诚的人生活在一起最难受。我什么事都能忍受，就是忍受不了这个。""如果说有谁最痛苦，那恐怕就是我了。"叶甫根尼说。

"这是明摆着的。"

"什么？"

"没什么，我数数几针。"

这时叶甫根尼正站在床边，丽莎望着他，她的两只汗湿的手正放在被子上面，她伸出一只手来拉住他的手握了握。她的眼神似乎在说："看在我的份儿上，忍着点。要知道，她并不能妨碍我们俩相亲相爱。"

"不会的，这没什么。"他低声说道，吻了吻她那汗湿的、细长的手，再吻了吻她那可爱的眼睛。当他吻她的眼睛时，她的眼睛闭了起来。

"难道又会是那样吗？"他说，"你觉得怎么样？"

"如果真是那样的话，那就太可怕了。不过我觉得他还好，一定能活下去。"她望着自己的肚子说。

"唉，可怕，想想都可怕。"

尽管丽莎一再要他走，他还是整夜守在她身边，随时准备帮助她，他只稍微打了个盹儿。这一夜她睡得很好，要不是已经派人去请医生，也许她就下床了。

第二天将近中午时分医生来了，自然说了一大套话，说什么尽管这种再次出现的现象使人担心，但说实在的，倒也没有什么确定性的症状，而且，又因为没有否定性的迹象，因此，既可以往好的方面设想，也可以从坏的方面设想。所以，还是应该卧床休息，尽管他不喜欢给人开药方，不过还是用点药为好，并且一定要卧床休息。此外，医生还给瓦尔瓦拉·阿列克谢耶夫娜讲了一大通妇女的生理解剖知识，而瓦尔瓦拉·阿列克谢耶夫娜还煞有介事地直点头。医生收下了诊费，按照惯例把它塞到袖口里，然后就走了，病人则在床上躺了整整一个星期。

十五

叶甫根尼大部分时间都待在妻子床边，照料她，陪她聊天，读书给她听，而最不容易的是，他毫无怨言地忍受了瓦尔瓦拉·阿列克谢耶夫娜的攻击，甚至还能把这些攻击变成笑料。

不过他也不可能总待在家里。一则因为妻子硬要他出去，她说如果他老坐在屋里陪着她，他会生病的；二来，庄园里所有的事，每一件都得他亲自料理。他不可能老待在家里，于是他有时就到田里、树林里、花园里、打谷场等地方走走。可是无论他走到哪里，不光是心里想着斯捷潘妮达，而且她的活生生的形象到处追逐他，简直使他难以忘怀。这还不要紧，也许他还能把这种感情克制下去，可最糟糕的是，明明过去好几个月他都没见到过她，而现在却经常看见她、碰到她。她显然已经明白他想跟她恢复关系，于是便极力设法碰到他。然而，无论是他还是她，都没有说过任何一句话，因此他们没有约会过，只是极力寻求见面的机会而已。

他们可能相遇的地点就是那片树林，因为农家妇女常常带着麻袋到那儿去割喂母牛的草料。而叶甫根尼是知道这一点的，因此他每天都从这片树林那儿走过。他每天都对自己说，不要去那儿，可是结果却是，他每天都到树林那儿去。他一听到人声，就躲在灌木丛后面，屏住呼吸朝外张望，看看是不是她。

他为什么要知道这是不是她呢？他自己也不明白。他心里想，即使是她，而且只有一个人，他也不会去找她，他会跑开的。但他想看见她。有一次，他遇到了她——就在他走进树林的时候，她正背着装满青草的沉甸甸的麻袋，和另外两个女人一起从树林里走出来。要是他早来一步，就可能在树林里碰见她。现在当着这两个女人的面，她当然不可能折回树林里去找他。虽然他明知她不可能再回来，但他仍然冒着会引起另外两个女人注意的危险，久久地站在榛树丛后面。当然她没有折回来，而他却在那儿站了很久。而且，上帝呀，他在想象中把她描绘得多么迷人啊！而且这不是第一次，而是第五、第六次了。而且越往后，他的想象就越活跃。他觉得她从来也没像现在这样迷人。岂止迷人，她从来也没像现在这样使他神魂颠倒过。

他觉得已经不能自已，变得疯疯癫癫的了。可是他一丝一毫也没有放松对自己的严格要求。相反，他清楚地看到自己的欲望，甚至行动（他到树林里去就是一种行动）的卑鄙下流。他知道，不管在哪里，只要和她迎面相遇，又是在黑暗中，只要可以和她接触，他肯定会放任自己的情欲。他知道，只是因为碍着别人的面，在她面前不好意思，以及他还有羞耻之心，他才克制住了自己。他也知道，他正在寻找一个可以不察觉到这种羞耻的环境，就是在黑暗中，或是一旦接触，兽欲就会压倒羞耻心的那种环境。因此，他知道他是一个卑鄙下流的罪人，所以他以全部的精神力量鄙视自己、痛恨自己。他痛恨自己，因为他还没有向情欲屈服。他每天祈求上帝让他坚强起来，挽救他免于灭亡。他每天都下定决心，从此决不再走错一步，决不回头看她一眼，把她忘掉。他每天都要想出一些办法来摆脱这魔鬼的诱惑，而且这些方法他都一一使用过了。

但是这一切都没有成效。

他所想出的办法，第一种是不断地工作，第二种是加强体力劳动并吃素，第三种是极力想象当妻子、岳母和其他人都知道这件事以后，他无比羞愧的情景。所有这些办法他都试过了，有时他觉得已经胜利了，可是到了中午，也就是到了以前他们幽会的时刻，到了他遇见她背着麻袋的那个时刻，他又到树林里去了。

这样熬过了痛苦的五天。他只是远远地看见她，没有一次去接近过她。

十六

丽莎的身体渐渐恢复了，她已经能够下床走动了，但是她丈夫心里所发生的变化她却不了解，这使她感到不安。

瓦尔瓦拉·阿列克谢耶夫娜暂时走了，在他们家做客的就只有叔叔一个人。玛丽亚·帕夫洛夫娜仍旧住在家里。

六月的暴雨接连下了两天，在六月的暴雨之后经常会出现这样的情形，叶甫根尼的情绪有点不正常。暴雨使所有的工作都陷于停顿。由于潮湿和泥泞，甚至连粪肥都没法运了。大家只好待在家里。牧人们把牲口赶到外面等于活受罪，只好把它们都赶回家来。牛羊在牧场上、在庄园里到处乱跑。妇女们光着脚，包着头巾，踩着烂泥到处寻找走散的母牛。路上到处是水在流，树叶和野草上也沾满了水，沟里的雨水像小河似的，哗哗地流个不停，流进泛着泡沫的一个个水洼里。今天，丽莎感到特别寂寞，叶甫根尼在家里陪着她。她好几次问叶甫根尼为什么情绪不好，他厌烦地回答说，他没什么不好。她只好不问了，但心里很难过。

吃过早饭，他们坐在客厅里。叔叔在讲他编造出来的与他熟识的达官贵人的故事，这已经是第一百次了。丽莎在织毛衣，唉声叹气地埋怨天气不好，说她腰疼。叔叔劝她去躺一会儿，他自己却想要喝点儿酒。叶甫根尼在家里闷极了。他觉得一切都没意思，无聊乏味。他抽烟，看书，但什么也没看进去。

"对，应该去看看磨碎机，昨天就运来了。"他说，然后就站起身来走了。

"你带把伞吧。"

"不用，我有雨衣。而且我只去一会儿。"他穿上靴子，披上雨衣，朝糖厂走去。可是还没走上二十步，就迎面碰到了她。她的裙子撩得高高的，露出雪白的小腿。她两手抓住包裹着她的脑袋和肩膀的披肩，走了过来。

"你干吗？"他问道，起初没认出她来。等到认出来时话已经说出口了。她站住了，微笑着望了他好一会儿。

"我去找牛犊，下雨天您这是去哪儿呀？"她说，好像她每天都见到他似的。

"你到棚子里来吧。"突然，他自己也不知道怎么竟说出这样的话来。这话就像是另一个人借他的口说出来的一样。

她咬住头巾，使了个眼色，就朝原来的方向跑去，进了花园，向棚子跑去。而他也继续向前走去，故意绕过丁香花丛，然后也向棚子走去。

"老爷。"他听见后面有人喊他，"太太请您回去一下。"

"我的上帝啊，你这是第二次救我了。"叶甫根尼心里想，他立刻返回家去。丽莎提醒他说，他答应中午给一个害病的女人送药去，所以她叫他把药带上。

等到包好了药，已经过了五分钟。他拿着药走了出来，犹豫着没有直接到棚子那边去，怕给家里的人看见。可是一走出他们的视野，他马上就拐弯向棚子走去。他在自己的想象里已经看见她站在棚子中央，快活地微笑着。但是她却不在那儿，棚子里没有任何痕迹说明她来过。他心想，也许她没有来，没有听到或者没有明白他说的话。他低声地自言自语着，仿佛怕她听见似的。"也许，她根本就不愿意来？我凭什么以为她就会心甘情愿地投进我的怀抱呢？她有自己的丈夫。只有我才这么卑鄙下流，我有妻子，而且是个很好的妻子，可我却偏要去追别人的老婆。"他坐在棚子里这么想着。棚顶上有个地方漏雨，雨水沿着麦秸在往下滴。"要是她来了，那该多么幸福啊！外面在下雨，只有我们俩在这儿，哪怕能再拥抱她一次也好呀，管它以后呢。哦，对了，"他想起来了，"要是她来过的话，从脚印上一定能看出来。"他看了看通向棚子的那条没有长草的小路，路上果然有光脚板刚踏过的脚印，还有滑了一下的痕迹。"是的，她来过。可是现在她不在了。干脆，不管在哪儿见到她，我就去找她。夜里去找她。"他在棚子里坐了很久，然后痛苦而沮丧地走了出去。他把药送去以后，回到家里，就走进自己的房间躺着，等着吃午饭。

十七

吃午饭之前，丽莎到他这儿来，她一直在琢磨着，到底是什么事使他闷闷不乐。她对他说，大家都想把她送到莫斯科去分娩，可是她怕他不乐意，所以决定留在这里，无论如何也不去莫斯科。他知道，她多么担心自己的分娩，又担心生出一个不健康的婴儿，因此，当他看到她出于对他的爱竟能如此轻松地牺牲一切，他不能不深受感动。家里的一切都显得那么好，那么快乐和整洁，可是他的心里却肮脏、下流、可怕。叶甫根尼痛苦了整整一个晚上。他知道，尽管他对自己的软弱真心地感到厌恶，尽管他下定了决心不再与她接触，可是到了明天，他又会故态复萌。

"不，这样下去不行，"他在自己的房间里踱来踱去，自言自语道，"一定得有个对策。上帝啊，怎么办呢？"

有人按照外国人的规矩敲了敲门。他知道这是叔叔。

"请进。"他说。

叔叔自告奋勇地替丽莎来劝说他。

"你知道，我确实看出你有点变了。"他说，"我了解，丽莎为这事是多么痛苦。我明白你很难扔下已经开始了的、前景美好的事业，可是，你打算怎么办呢，que veux tu？①

---

① 法语：你作何打算呢？

我建议你们出去走走。这能使你和她都恢复平静。你听我说，我劝你们到克里米亚去。那儿气候好，产科大夫也好，你们去又正赶上葡萄成熟的季节。"

"叔叔，"叶甫根尼突然说道，"您能不能替我保守一个秘密？我有一个可怕的、见不得人的秘密。"

"瞧你说的，难道你还不相信我吗？"

"叔叔！您是能够帮助我的。甚至不是帮助，而是挽救我。"叶甫根尼说。他想到要对这位他一向不大敬重的叔叔公开自己的秘密，想到要让叔叔看到自己不光彩的一面，在叔叔面前有失尊严，心里反倒高兴。他觉得自己卑鄙、有罪，他想要惩罚自己。

"讲吧，我的朋友，你知道我是多么爱你啊。"叔叔说道。看得出他很得意，因为有一个秘密，一个见不得人的秘密，别人就要告诉他了，而且他还能帮助那个人。

"首先我要说我是一个卑鄙的人，一个恶棍，一个下流坯，一个不折不扣的下流坯。"

"啊，你这是怎么啦？"叔叔说道，喉咙里发出一种呼噜噜的声音。

"我怎么不是个卑鄙下流的家伙呢？我是丽莎的丈夫，是属于丽莎的人，我应该很了解她的纯洁、她的爱情，而我这个当丈夫的却想做对不起她的事，想和一个娘儿们胡搞。"

"那么，你为什么要这样做呢？你没有做出对不起她的事吧？"

"是的，不过也等于做了对不起她的事了，因为我已经控制不住自己，我已经准备去做了。可是因为有人打岔，没做成，否则，我现在……现在……我真不知道会干出什么来。"

"不过，对不起，请您给我说明白点儿……"

"唉，是这么回事。我还没结婚的时候，跟我们村里一个娘儿们有过关系。就是说，我跟她在树林里、在野地里幽会过……"

"她长得漂亮吗？"叔叔问道。

叶甫根尼听到这句话皱了一下眉头，但是他非常需要别人的帮助，于是就装作没听见，继续往下说道：

"不过，我想，这也没有什么，我和她一刀两断也就完了。我真的在结婚以前就跟她断绝了关系，几乎整整一年没有见到过她，也没有想过她。"叶甫根尼听着自己的话，听着对自己情况的描述，自己都觉得奇怪，"后来，我也不知道是怎么回事——真的，有时候真使人相信是鬼迷心窍——我忽然看见了她，就像有一只虫子钻进了我的心里，不停地咬我。我骂我自己，因为我明白我自己的行为太可怕，也就是说，我随时都可能做出那种事来，我会去干那种事的，如果说我还没干，那只是上帝救了我。昨天我正要去找她的时候，恰好丽莎把我叫了回来。"

"怎么，在下雨天？"

"是的，叔叔，因此我才下决心告诉您，请求您的帮助。"

"是的，在自己的庄园里这样做当然不好。别人会知道的。我明白，丽莎的身体很弱，应该体贴她，可是，为什么要在自己的庄园里呢？"

叶甫根尼仍旧极力装作没有听见叔叔所说的话，连忙转到问题的核心上来。

"请您救救我，帮助我自拔出来。我现在只求您一件事——今天侥幸有人阻挡了我，不过明天，下一次就不会有人来阻挡我了。她现在也知道了——请您不要放我一个人出去。"

"好吧，就算这样。"叔叔说，"不过你真的那么爱她吗？"

"唉，根本谈不上。不是那么回事，只是有一种力量抓住了我不放。我不知道该怎么办。也许以后我能坚强起来，那时候……"

"那就照我的主意办吧，"叔叔说，"我们一起到克里米亚去！"

"好！好！我们去，可是眼下我要跟您在一起，有话我就对您说。"

十八

向叔叔吐露了自己的秘密，更主要的是那个下雨天以后感受到的良心和羞耻心的谴责，使叶甫根尼清醒了过来。一星期以后去雅尔塔旅行的事决定了。在这一星期里，他进城去筹钱准备旅行，坐在家里以及账房里安排庄园上的事，他又变得愉快了，和妻子又变得亲近了，精神又振作起来。

就这样，在那个下雨天以后，他一次也没有见到过斯捷潘妮达，就和妻子到克里米亚去了。他们在克里米亚愉快地度过了两个月。许许多多新鲜的印象，使叶甫根尼感到一切往事都从他的记忆中被扫除了。而且，他们还结识了一些新朋友。叶甫根尼觉得，在克里米亚简直是每天都在过节，此外，这里的生活对他还颇有教益。他们在这里同他们家乡所在的那个省的前任贵族长往来甚密，这位前任贵族长人很聪明，是位自由主义者，他很喜欢叶甫根尼，经常谆谆教导他，拉他站到自己这一边来。八月底，丽莎生下了一个漂亮健康的女孩，出乎意料，分娩竟然十分顺利。

九月里，伊尔捷涅夫一家回来的时候已经是四个人了，他们带了孩子和奶妈，因为丽莎不能喂奶。叶甫根尼完全摆脱了以前的那些痛苦。他回到家里，完全成了一个新的人，感到非常幸福。他体验到了做丈夫的在妻子分娩时所能体验到的一切滋味，他变得更爱自己的妻子了。他把孩子抱在手中时，有一种可笑的、新鲜的、非常愉快的、像被呵痒时的感觉。除了经营产业以外，现在他的生活中又有了一件新的事——由于他跟前任贵族长杜姆钦的结交，部分是出于虚荣心，部分是出于责任感，他心里忽然对地方自治会产生了兴趣。十月里将召开一次特别会议，在这次会议上，他可能当选。回家以后，他进了一趟城，还专程去拜访过杜姆钦一回。

他已经忘记了当时那种诱惑和内心斗争的痛苦，当时是什么情景现在甚至都难以想象了。他觉得那时他简直就像疯病发作似的。

他觉得自己已经完全摆脱了那件事，所以当他回家后第一次见到管家，当只有他们俩在一起的时候，他竟不怕问起那件事来。因为那件事他已经和管家谈过，所以他问的时候一点也不害羞。

"怎么，西多尔·普切利尼科夫一直没回家吗？"

"没有，他一直在城里。"

"他老婆怎么样？"

"真是个破鞋！现在又跟济诺维搞在一起，太放荡了。"

"那太好了，"叶甫根尼心想，"多么奇怪，我现在听了这些竟然毫不在乎，我的变化多么大啊！"

十九

叶甫根尼所希望的一切都实现了。庄园保住了，工厂走上正轨，甜菜的产量很高，预计今年的收入会很好。妻子分娩顺利，岳母也走了，此外他在自治会里也以全票通过当选了。

选举结束以后，叶甫根尼从城里回家。动身前大家都来祝贺他，他自然要表示感谢。吃饭时他喝了五杯香槟，头脑里浮现出一些崭新的生活计划，他坐车回家时一路上想着这些计划。正值晴和的初秋季节，平坦的道路，灿烂的阳光。马车快驶到家门口时，他正在想，由于这次当选，他在老百姓中一定会取得他一直梦想取得的地位。有了这种地位，他不仅能通过发展生产来为老百姓谋福利，使他们有工作可做，而且还能直接影响他们。他在想象，三年以后，他的庄园上的农民和其他村子里的农民会怎样评价他，"包括这个农民在内"。他心里想，这时马车正在村里行走，他望着一个农民和一个农妇抬着一只盛满水的木桶，正要横穿大路。他们停住了脚，让马车驶过去。原来这农夫是普切利尼科夫老汉，农妇就是斯捷潘妮达。叶甫根尼看了她一眼，认出是她，他觉得自己仍然十分平静，因而感到很高兴。她还是那么妖媚，然而这丝毫也打动不了他的心。他到了家，妻子在台阶上迎接他。这是一个异常美好的夜晚。"怎么样，可以祝贺你吗？"叔叔说。

"是的，我当选了。"

"那太好了！应该痛快地喝几杯！"

第二天早晨，叶甫根尼去查看他久未过问的庄园的生产情况。村子里的新脱粒机正在工作。叶甫根尼在一群农妇中间走来走去，查看脱粒机的工作状况，极力不去注意她们，然而，无论他怎么克制，他还是有两三次看到正在搬运麦秸的斯捷潘妮达的黑眼睛和红头巾。他瞟了她两三眼，感觉到又有点不对头了，可是他自己也弄不清到底是怎么回事。直到第二天，当他又骑着马到村子里的打谷场去，毫无必要地在那儿待了两个小时，接连不断地、充满温情地看着他所熟悉的那个年轻女人富有魅力的身影，这时他才感到他已经毁了，完全地、彻底地毁了。又是那种痛苦，又是那种笼罩一切的恐惧。无可挽救了。

正如他所预料的，那种情况果然发生了。第二天傍晚，他自己也不知道怎么搞的，竟不知不觉地走到了她家的后院旁边，后院后面有一个草棚，他们曾一度在这草棚里幽会过。他仿佛在散步似的在那儿停了下来，点起了一支烟。邻家的一个农妇看见了他，当他转过身往回走的时候，他听见那个农妇在对什么人说：

"去吧，他在等你呢，他站在那儿急得要命。去呀，傻瓜！"

他看见一个农妇——她——向草棚跑去，但是他却没法折回去了，因为一个农夫碰到了他，他只好向家里走去。

二十

当他走进客厅时，他觉得一切都显得奇怪和不自然。早晨起来时他还精神抖擞，决心抛开这件事，忘掉它，不让自己胡思乱想。可是他自己也没察觉到这是怎么回事，整个上午，他对各种事务不仅毫无兴趣，而且还尽可能地放手不管。以前他认为重要的，能使自己感到快乐的事，现在他却觉得一点也不重要了。他下意识地尽量摆脱各种事务，他觉得必须解脱出来，使自己能好好思考。他终于丢开一切，一个人待着。当只剩下他一个人独自待着的时候，他信步向花园和树林里走去，而所有这些地方都引起他的回忆，令他销魂的回忆。他感觉到，此刻他在花园里徘徊，并对自己说，他有事情要考虑，可是实际上他什么也没有考虑，只是疯狂地、毫无道理地等待着她，希望出现一个奇迹使她突然知道他需要她，于是立刻赶到这儿来，或者到一个谁也看不见的地方去，或者在一个没有月亮的黑夜，任何人都看不见，连她自己也看不见四周的一切的那种黑夜，她突然来到他的身边，于是他就能接触到她的身体……

"是的，我想要和她断的时候，就与她断绝了关系，"他对自己说道，"是的，我为了有益于健康曾经跟这个干净、健康的女人有过关系！不，和她只做露水夫妻是不行的。我原以为我抓住了她，结果却是她抓住了我，并且抓住不放。我以为我已经解脱了，实际上却没有解脱。结婚的时候，我欺骗了自己。一切都是胡扯，都是欺骗。自从我和她发生关系以来，我就体验到一种新的感觉，真正做丈夫的感觉。是的，我应该和她同居。

"是的，对我来说，可能有两种生活——一种是我和丽莎已经开始了的生活：公务、家业、孩子、人们的尊敬，如果要过这种生活，就不能有她斯捷潘妮达，就得像我所说的那样，把她打发走，或者为了没有她，干脆把她消灭掉；而另一种生活那也就在眼前，把她从她丈夫手里夺过来，给他一笔钱，不顾廉耻，跟她同居。可是这样一来，就不能有丽莎和米米（孩子）。不，那又何必呢？孩子并不碍事，不过不能有丽莎，她得离开。就让丽莎知道好了，让她去诅咒好了，她得离开。就让她知道我抛弃她为的是跟一个乡下娘儿们同居，就让她知道我是个骗子、下流坯。不行，这太可怕了！不能这样做。是的，不过也可能出现这样一种情况，"他继续考虑道，"也可能是这样，丽莎得了病，死了。她死了就万事大吉了。

"万事大吉！——哦，我真是个混蛋！不，要死，就该她死。要是她斯捷潘妮达死了，那该多好啊。

"对，原来人们就是这样杀死妻子或者情妇的。拿起手枪，再把她喊来，不是拥抱她，而是当胸给她一枪。于是一切就结束了。

"要知道，她是一个魔鬼。简直就是一个魔鬼。要知道她是违反了我的意志抓住我的。杀死她吗？对。出路只有两条：要么杀死妻子，要么杀死她。因为不能这样活下去！[①]不行！必须深思熟虑，要预先考虑好一切。要是这样继续下去，以后会怎样呢？

"以后我又会对自己说：我不想这样，我一定要把她忘掉，但我只是说说而已，到了傍晚，我又会到她家的后院那儿去，她又会知道，于是她又会来。或者是，别人知道了这事，去告诉我的妻子，或是我主动告诉她——因为我不能撒谎，我不能这样活下去。我不能！这件事总要被人知道的，连帕拉莎和铁匠都会知道。那么又有什么办法呢？难道能够这样活下去吗？

"不行，出路只有两条：不是杀死妻子，就是杀死她。不过还有……

"哦，是的，还有第三条出路：自杀。"他悄悄地说出声来，突然一股寒气走遍他的全身，"是的，自杀，那就不

---

① 这篇小说的另一种结局由此开始。

需要杀死她们了。"正因为他觉得，只有这条出路是唯一可行的，他心里不由得害怕起来，"我有手枪，难道我真要自杀吗？这可是我从来没有想过的，这将是多么奇怪啊。"

他回到自己房间里，立刻打开柜子，柜子里放着手枪。但他还没来得及打开枪套，妻子就进来了。

二十一

他连忙拿了一张报纸盖在手枪上。

"又是那副样子……"她看了他一眼，惊慌不安地说道。

"什么样子？"

"又是那副可怕的神情，就像你以前心里有话但又不愿意对我说的时候那样。根尼亚，亲爱的，告诉我吧，我看得出你心里很难受。告诉我吧，你的心里就会好过些。因为我知道没有什么不好的事。"

"你知道啦？不。"

"你说，你说吧，你说吧。我一定要你说。"他苦笑了一下。

告诉她吗？不，绝对不能。况且也没有什么可说的呀。

也许他会告诉她的，但正在这时候奶妈走了进来，她问可不可以出去散步。于是丽莎就出去给孩子穿衣服了。

"那么你会告诉我的，是吗？我马上就来。"

"好吧，也许……"

她永远忘不了他说这句话时那种痛苦的微笑。她走了出去。

他匆忙地、像强盗一样悄悄地抓住手枪，从枪套里把枪拔了出来。"它还上着子弹呢，是的，不过这是好久以前的事了，而且还缺一颗子弹。好哇，来吧。"

他把枪口对准了太阳穴，又犹豫起来，但是一想起斯捷潘妮达，想起不再见她的决心，想起一次次内心的斗争、诱惑、堕落，又是斗争，不禁恐怖得颤抖了一下。"不，还是这样的好。"于是他扣动扳机。

当丽莎跑进房间——她刚从凉台上下来——他已经脸朝下扑倒在地上，一股紫黑色的热乎乎的血正从伤口里涌出来，他的身体还在微微颤动。

法院进行了一番侦讯，谁也无法理解和说明他自杀的原因。叔叔根本没有想到，叶甫根尼两个月前坦白的那件事与他自杀的原因有什么关系。

瓦尔瓦拉·阿列克谢耶夫娜硬说，她早就预料到会出这样的事，这在他与她争辩的时候就看得出来。丽莎和玛丽亚·帕夫洛夫娜无论如何也不能理解怎么会发生这种事，也不相信医生们所说的他的神经症、心理变态。她们决不能同意这种说法，因为她们知道，他的精神比她们所认识的数以百计的人都健全。

事实也是如此，如果说叶甫根尼·伊尔捷涅夫有精神病，那么，所有的人也都同样有精神病。至于真正的精神病人，毫无疑问，正是那些只看到别人身上有疯狂的症状，却看不出自己身上有这种症状的人。

1889 年 11 月 19 日

雅斯纳亚波良纳

《魔鬼》的另一种结局

……他对自己说，于是走到桌子跟前，从抽屉里取出手枪，把它检查了一遍——少了一颗子弹——接着就把手枪放进了裤袋。

"我的上帝啊，我这是在干什么呀！"他突然大声说道，于是便双手交叉贴在胸前，祷告起来，"主啊，帮助我，饶恕我吧。你知道，我不想做坏事，可是我独自一人没有力量，求你帮助我吧！"他一面说，一面对着神像画十字。

"我能够控制住自己，我出去走走，好好想想。"

他走进前厅，穿上皮袄、套鞋，走到台阶上。他不知不觉地绕过花园，沿着小路，向村里走去。村里，脱粒机仍旧在隆隆地响着，可以听见牧童的叫喊声。叶甫根尼走进谷物干燥棚，她在那儿，他立刻就看见了她。她正在把麦穗扒成堆，她一看见他，眼睛就笑了。她在散乱的麦穗旁来回走动，敏捷地把麦穗扒拢。叶甫根尼不愿意看见她，但又不能不看她，直到看不见她时，他才清醒过来。管家报告说，现在正在打的麦捆，因为堆放过久，脱粒比较费事，出的麦子也比较少。叶甫根尼走到滚筒跟前，因为麦捆铺开得不均匀，滚筒有时发出咔咔的声响，于是他问管家，像这种堆放过久的麦捆还多不多。

"还有五六车。""那么就——"叶甫根尼开口说道，但没有把这句话说完。她走到了滚筒跟前，一边从滚筒下面扒出麦穗，一边向他投过一道笑盈盈的目光，使他觉得像被火烧了似的。

这道目光诉说着他们俩欢快、无忧无虑的爱，表明她知道他想念她，知道他到过她家的草棚。它还表明，她像往日一样，随时准备和他在一起生活，一起欢乐，不考虑任何条件和任何后果。叶甫根尼觉得自己又落入了她的掌握之中，但他不甘屈服。

他记起了他的祷告，想重念一遍那些祷词。他开始在心里默念，但马上又觉得这毫无用处。

现在他心里只有一个念头：怎样才能不让别人注意到，跟她约定见面的时间？

"如果今天打完了这一垛，您看是再打另外一垛呢，还是到明天再说？"管家问他。

"好吧，好吧。"叶甫根尼回答道，他不由自主地跟着她走到一堆麦子跟前，她正和另一个娘儿们把麦子往麦堆上扒。

"难道我真的不能控制自己了吗？"他对自己说，"难道我真的毁了吗？主啊！根本就没有上帝，只有魔鬼，这魔鬼就是她。这魔鬼控制了我，可是我不愿意，我不愿意。魔鬼，是的，她是魔鬼。"

他走近她，从口袋里掏出手枪，对准她的背部，一连开了三枪。

她朝前跑了几步，就扑倒在麦堆上。

"老天爷啊！乡亲们哪！这是怎么回事呀？"农妇们叫嚷起来。

"不，我不是无意的，我是存心打死她的。"叶甫根尼大声地说道，"你们去请警察局长来吧。"

他回到家里，什么话也没跟妻子说，就走进了自己的书房，把门反锁起来。

"别过来。"他隔着门对妻子嚷道，"一切你都会知道的。"过了一小时，他按了一下铃，问进来的仆人：

"去打听一下，斯捷潘妮达是不是还活着。"

仆人已经知道了一切，他说，大约在一小时以前她就死了。

"那太好了，现在你走吧，等警察局长或者预审官来了，你来告诉我一声。"

第二天上午，警察局长和预审官来了，于是叶甫根尼便跟妻子和孩子告了别，被带进了监狱。

法庭对叶甫根尼进行了审判，这是陪审制度实行的初期。法庭认为他是一时精神失常，只判他到教堂去做忏悔就算了事。他在监狱里坐了九个月，在修道院里忏悔了一个月。

还在监狱里他就开始喝酒，在修道院里仍旧不断地喝，他回到家里的时候，已经变成了一个衰弱不堪、失去自制力的酒鬼了。

瓦尔瓦拉·阿列克谢耶夫娜硬说，她早就预料到会出这样的事，这在他与她争辩的时候就看得出来。丽莎和玛丽亚·帕夫洛夫娜无论如何也不能理解怎么会发生这种事，也不相信医生们所说的他的神经症、心理变态。她们决不能同意这种说法，因为她们知道，他的精神比她们所认识的数以百计的人都健全。

事实也是如此，如果说叶甫根尼·伊尔捷涅夫在杀人时有精神病，那么，所有的人也都同样有精神病。至于真正的精神病人，毫无疑问，正是那些只看到别人身上有疯狂的症状，却看不出自己身上这种症状的人。

1889 年

伊凡·伊里奇之死

一

法院大楼里正在开庭审理梅尔文斯基家族的案件，庭间休息的时候，几个审判委员和一名检察官聚集到伊凡·叶戈罗维奇·谢别克的办公室里，议论起了著名的克拉索夫案件。费多尔·瓦西里耶维奇态度激昂，竭力证明此案不属法院管辖，伊凡·叶戈罗维奇固执己见，而彼得·伊凡诺维奇则不发表意见，他从一开始就没有加入争论，他随便浏览着刚刚送来的《新闻报》。

"诸位！"他说，"伊凡·伊里奇死了。"

"真的吗？"

"真的，请看。"他对费多尔·瓦西里耶维奇说，递给他一张刚出的，还散发着油墨气味的报纸。

在黑色的边框中印着：普拉斯科维娅·费多洛芙娜·戈洛温娜满怀悲痛讣告诸位亲友：爱夫，高等法院审判委员伊凡·伊里奇·戈洛温不幸于1882年2月4日去世，兹定于星期五下午一时出殡。伊凡·伊里奇生前是聚集在这儿的各位的同僚，而且大家都很爱他。他患病已经数周了，据说患的是不治之症。他的职位仍旧为他保留着，但据推测，如果他死了，上头很可能委派阿列克塞耶夫来递补他的职位，而阿列克塞耶夫留下的空缺则由温尼科夫或施塔别尔来递补。因此，聚集在办公室里的诸位，一听说伊凡·伊里奇死了，每个人首先想到的是，这个人的死，对于各位委员或是他们熟人的职位升迁会有什么意义。

"这回我大概可以得到施塔别尔或是温尼科夫的位置了，"费多尔·瓦西里耶维奇想，"上头早就答应过我，而这次晋升将使我增加八百卢布的年薪，外加一个办公室。"

"现在可以要求把我的内弟从加卢卡调来了，"彼得·伊凡诺维奇想，"太太一定会很高兴。这下她就不能说我从来也不为她家里的人考虑了。"

"我早就觉得他会一病不起的，"彼得·伊凡诺维奇说，"真可惜。"

"他到底得的什么病？"

"医生也无法确诊，或者说，确诊了，但看法不一。我最后一次看见他的时候，我还以为他一定能好起来。"

"过节以后我就没到他家去过，不过我一直打算去的。"

"怎么样，他有财产吗？"

"他夫人似乎有一点，但为数不多。"

"是啊，应该去一趟，可惜他家住得太远了。""应该说，离您家太远了。您住的地方，离哪儿都远。"

"你们瞧，就因为我住在河那边，他总是不肯原谅我。"彼得·伊凡诺维奇一边对谢别克笑着，一边说。于是他们又谈起了城内各处距离的遥远，然后又去开庭了。

由于这个人的死，每个人都在推测因此可能发生的职务上的升迁和变化，除此以外，一个经常见面的熟人的死这一事实本身，总是使所有听到这个消息的人产生一种庆幸感：死的是他，而不是我。

"怎么，他死了——可是你瞧，我却没死。"每个人都这么想或这样感觉。伊凡·伊里奇的一些熟人，也就是所谓的朋友们，这时都不由得想到，现在他们必须去履行一项非常乏味的礼节，去祭奠死者和吊唁死者的遗孀。

过去与伊凡·伊里奇关系最密切的是费多尔·瓦西里耶维奇和彼得·伊凡诺维奇。

彼得·伊凡诺维奇与伊凡·伊里奇曾是法律学校的同学，并且他觉得自己曾多次得到伊凡·伊里奇的关照，因而对他心怀感激之情。

吃午饭的时候，彼得·伊凡诺维奇把伊凡·伊里奇去世的消息告诉了妻子，并对她说，这回有可能把她的弟弟调到他们这个地区来。饭后，他没有躺下休息，便穿上燕尾服，乘车到伊凡·伊里奇家里去了。

伊凡·伊里奇私邸的大门旁，停着一辆轿式马车和两辆普通的出租马车。楼下前厅的衣帽架旁，靠墙放着一个覆盖着锦缎的棺盖，棺盖的四周还饰有璎珞和刷了金粉的绸带。两位身穿丧服的太太正在脱皮大衣。一位是伊凡·伊里奇的妹妹，彼得·伊凡诺维奇认识她，另一位太太他不认识。彼得·伊凡诺维奇的同僚施瓦尔茨正好从楼上下来，他在楼梯上看见彼得·伊凡诺维奇走进来，就站住了，对他眨了眨眼睛，仿佛是说："伊凡·伊里奇安排得也太蠢了。如果换了阁下或是我，就完全不是这样了。"

施瓦尔茨的蓄着英国式连鬓胡子的脸和他那穿着燕尾服的修长的身材，像平常一样，具有一种高雅的庄重，这种庄重与施瓦尔茨轻浮的性格正相矛盾，可是此时此刻，却具有特别的意味。彼得·伊凡诺维奇这样想着。

彼得·伊凡诺维奇让女士们先走，他跟在她们后面慢慢地向楼梯走去。施瓦尔茨也就停住了脚步，不下楼了。彼得·伊凡诺维奇明白他的用意——显然，施瓦尔茨想跟他商量今天到哪儿打牌。两位太太上了楼，去看望死者的遗孀，施瓦尔茨则严肃地抿紧嘴唇，对彼得·伊凡诺维奇使了个调皮的眼色，扬了扬眉毛，示意他向右到停放死者的房间里去。

彼得·伊凡诺维奇走了进去，但他却不知道他该做些什么，平时他也经常发生这样的情况。他只知道，在这样的场合画个十字总是不错的。然而，画十字的时候要不要鞠躬，他却不太清楚，因此他采取了一个折中的办法——走进房间后，他一边画着十字，一边微微地弯着腰，仿佛是在鞠躬。同时，随着手臂和脑袋的动作，他打量了一下整个房间。两个年轻人，其中一个是中学生，大概是伊凡·伊里奇的侄子，正一面画着十字，一面退出房间。一个老妇人一动也不动地站着。一位太太奇怪地扬起眉毛，正对她低声地说着什么。一个穿常礼服，神完气足、态度坚定的教士正以排除一切干扰的神态大声地诵读着什么。一名专门干杂活的男用人格拉西姆，轻手轻脚地走过彼得·伊凡诺维奇面前，往地板上撒着什么。一看见这个，彼得·伊凡诺维奇立刻就闻到了一种轻微的尸体腐烂的臭味。最后一次来看望伊凡·伊里奇时，彼得·伊凡诺维奇在书房里见过这个男用人，当时他正干着护理病人的工作，而且伊凡·伊里奇特别喜欢他。彼得·伊凡诺维奇不停地画着十字，对着棺材、教士和放在墙角桌子上的神像这三者之间的某一个方向微微地鞠着躬。然后，他觉得用手画十字的动作已经做得太久了，便停了下来，开始打量死者。

　　如同躺着的死人一向给人的感觉那样，死者躺在那儿，显得特别庄重。他的僵硬的躯体死气沉沉地陷进棺材中的垫子里，总是朝前弯着的脑袋被放在枕头上，蜡黄的前额如同所有的死人那样朝前突着，塌陷下去的鬓角秃秃的，鼻子高耸着，仿佛是被硬装在上嘴唇上面似的。自从彼得·伊凡诺维奇上次看见他以来，他变了不少，变得更瘦了，但是像所有的死人一样，他的脸变得比活着的时候漂亮了些，主要是显得更庄重了。他脸上的表情似乎在说：凡是该做的事他都做了，而且做得很对。此外，在这表情中还有一种对活人的责难和告诫。在彼得·伊凡诺维奇看来，这种告诫是不合适的，至少是与他无关的。不知为什么他觉得有点儿不快，便再次匆匆地画了个十字（他觉得画得太匆忙了，匆忙得有点失礼），转身向门口走去。施瓦尔茨正叉着双腿，两手在背后盘弄着他的大礼帽，在外屋等他。一看到施瓦尔茨那诙谐、整洁、高雅的仪表，彼得·伊凡诺维奇的精神就为之一振。彼得·伊凡诺维奇心里清楚，他施瓦尔茨超然于这一切之上，一点也不感到有什么压抑不快。他的那副表情仿佛在说：伊凡·伊里奇的丧事决不能成为一个破坏他们聚会打牌的规矩的充足理由，也就是说，任何事情都不能妨碍他们在今晚，当仆人把四支没点过的蜡烛摆好时，摊开纸牌，玩儿一阵。总之，没有任何理由可以认为，这件丧事会妨碍他们愉快地度过今天的夜晚。他把这个想法低声地告诉了从他身边走过的彼得·伊凡诺维奇，建议在费多尔·瓦西里耶维奇家里聚会打牌。但是，看来彼得·伊凡诺维奇今晚是注定打不成牌了。普拉斯科维娅·费多洛芙娜是一个身材不高的胖女人，尽管她竭力想使身材朝相反的方向发展，但她的肩膀以下还是不断加宽。她穿一身黑色的丧服，头上扎着花边，跟那位站在灵柩对面的太太一样奇怪地扬起眉毛，她与别的太太一起从自己的内室里走出来，把她们送到停放死者的房间门口，说：

"马上就要进行安魂祈祷了，请进去吧。"

施瓦尔茨模棱两可地鞠了个躬，站住了，显然，他既没有接受这个建议，也没有拒绝这个建议。普拉斯科维娅·费多洛芙娜认出了彼得·伊凡诺维奇，叹了口气，走到他身边，握住他的一只手，说：

"我知道，您是伊凡·伊里奇的好朋友……"她看了看他，等待他对这话做出相应的动作。

彼得·伊凡诺维奇知道，正如他在那边必须画十字一样，此刻他就应当握一下她的手，并且叹口气，说："节哀顺变！"于是他便这样做了。做完以后，他觉得效果正如他所期望的——他感动了，她也感动了。

"咱们走，趁那边还没开始，我想和您谈一会儿。"她说，"请把您的手给我。"

彼得·伊凡诺维奇把胳膊伸给她，他们便朝里面走去。当他们经过施瓦尔茨身边的时候，施瓦尔茨向他忧伤地眨了眨眼："打牌的事这下吹了！请别见怪，我们只能另找牌友了。等你脱身出来，我们五个人打也行的。"他那玩世不恭的眼神似乎在这样说。

　　彼得·伊凡诺维奇更深更伤心地叹了口气，普拉斯科维娅·费多洛芙娜感激地挽紧他的胳膊。他们走进了她家的客厅，客厅的四壁上贴着玫瑰色的厚重的壁布，灯光昏暗，他们在桌边坐下。她坐在沙发上，彼得·伊凡诺维奇则坐在一张弹簧已坏，一坐就高低不平地塌陷下去的矮矮的软凳上。普拉斯科维娅·费多洛芙娜本想叫他坐在另一张凳子上的，但她发现这样的建议与她现在的处境不相称，便打消了这个想法。在这张软凳上坐下的时候，彼得·伊凡诺维奇不由得想起伊凡·伊里奇是怎样布置这个客厅的，他还跟他商量过关于这种印有绿色叶子的玫瑰色壁布的事。死者的遗孀从桌边（整个客厅几乎摆满了家具和各种小摆设）走过，想坐到沙发上去的时候，她的黑披肩的黑色花边被桌子的雕花钩住了。彼得·伊凡诺维奇站起身，想替她解开，他身子下面的软凳获得了解放，开始波动，把他推了起来。这时，这位遗孀已经自己把花边解开了，于是，彼得·伊凡诺维奇又重新坐下，压住了那张正在骚动的软凳。但是，这位遗孀并没有把花边完全解开，因此，彼得·伊凡诺维奇又一次站起来，软凳又一次开始骚动，甚至还"吱呀"地叫了一声。当这一切都结束以后，她便掏出一块干净的麻纱手帕，哭了起来。由于花边的插曲和与软凳的斗争，彼得·伊凡诺维奇的感情冷静了不少，他坐在那儿，双眉紧锁。恰好伊凡·伊里奇的听差索科洛夫走进来，打破了这个僵局，他报告说，普拉斯科维娅·费多洛芙娜选中的那块坟地要二百卢布。她停止了哭泣，用受害者的神态看了彼得·伊凡诺维奇一眼，用法语说她的境况十分困难。彼得·伊凡诺维奇没说话，只做了个姿势，表示他完全相信，不可能不是这样。

"请抽烟吧。"她用豁达同时又很悲痛的声音说，接着便同索科洛夫谈起了那块坟地的价钱问题。彼得·伊凡诺维奇一边点烟，一边听见她非常详细地询问坟地的各种价格，然后把她选中的那一块确定了下来。谈完了坟地的事以后，她又对唱诗班的事吩咐了几句。索科洛夫便出去了。

"一切全要我亲自过问。"她对彼得·伊凡诺维奇说，把放在桌上的相册移到旁边。接着，她又发现烟灰正在威胁着桌子，便又连忙把烟灰缸推到彼得·伊凡诺维奇面前，然后说："如果硬说我由于悲痛而不能照料这些实际事务，那是假话。相反，如果说有什么东西虽然不能给我安慰，但却能使我暂时不去想我的痛苦，那就是为他的后事操心。"她又掏出手帕，好像要哭，但她忽然又振作起来，仿佛是强忍住悲痛，开始平静地说：

"我有件事想跟您谈谈。"

彼得·伊凡诺维奇点点头，他小心在意，没让软凳里的弹簧发生骚动，因为他刚一动作，那些弹簧就在他屁股底下动弹起来。

"最后几天他极其痛苦。"

"非常痛苦吗?"彼得·伊凡诺维奇问。

"哎呀,痛苦极了!最后几小时,而不是最后几分钟,他不停地喊叫。连续三天三夜,他直着喉咙不停地喊叫。这真叫人受不了。我不明白我是怎么熬过来的,隔着三道门都能听得见,哎呀,我受了多大的罪啊!"

"难道他当时神志还清楚吗?"彼得·伊凡诺维奇问。

"是的,"她低声地说,"直到最后一分钟。他在临死前一刻钟才跟我们诀别,还请我们把瓦洛佳领出去。"

彼得·伊凡诺维奇跟死者是那么熟悉,死者曾经是一个快乐的男孩,后来与他一同上学,长大成人,并且是牌友。尽管他不愉快地意识到他自己和这个女人都在装腔作势,但一想到死者的痛苦,他还是不寒而栗。他仿佛又看见了那个前额,那个紧压在嘴唇上的鼻子,他开始为自己感到害怕。

"三天三夜可怕的痛苦,然后是死。要知道,这样的事对我来说,也随时可能发生,现在就可能发生。"他这样想着,立刻就感到一阵恐惧。但马上,他自己也不知是怎么回事,一个习惯的想法跑来解了他的围——这事是发生在伊凡·伊里奇身上,而不是发生在他身上,这是不应该发生,也绝不会发生的。如果他总是想着这一点,他就会情绪低落,而这是不应该的,施瓦尔茨脸上的表情也分明说出了这层意思。做了这样一番推断以后，彼得·伊凡诺维奇放下心来，开始饶有兴趣地询问伊凡·伊里奇临终时的种种细节，仿佛死亡只是一种例外，它只可能发生在伊凡·伊里奇身上，而完全不可能发生在他身上。

他们谈了不少关于伊凡·伊里奇所遭受的确实可怕的肉体痛苦的各种细节之后（彼得·伊凡诺维奇仅仅凭伊凡·伊里奇的痛苦对普拉斯科维娅·费多洛芙娜的神经所起的作用便知道了这些细节），死者的遗孀显然认为有必要转入正题了。

"哎呀，彼得·伊凡诺维奇，多么痛苦，多么可怕的痛苦啊，多么可怕的痛苦啊。"她又哭了起来。

彼得·伊凡诺维奇连连叹息，等着她什么时候擤鼻涕。当她开始擤鼻涕的时候，他便说："节哀顺变……"

于是她又开始说话，终于说出了她找他的主要目的。她是想了解，丈夫去世后，她如何向国库领取抚恤金等问题。她装模作样，好像在向彼得·伊凡诺维奇征求关于抚恤金问题的意见。但他看得出，其实连最微小的细节她都了如指掌，甚至连他都不知道的东西她也清楚：她知道由于她丈夫的去世，她可以从国库得到些什么。但现在她想打听的是，能否想个什么办法得到更多的钱。彼得·伊凡诺维奇竭力替她设想有没有这样的办法，但想了几种，又出于礼貌骂了几句我们的政府如何吝啬以后，他还是说，大概不可能弄到更多的钱了。这时，她叹了一口气，显然开始在想如何摆脱这位客人。他明白她的心思，便把烟弄灭，站起身，握了握她的手，向前厅走去。

餐厅里有一只挂钟，这钟是伊凡·伊里奇从古董店里买来的，他为此曾十分得意。彼得·伊凡诺维奇在餐厅里遇见一位神父和几个来参加丧礼的熟人，看到一位他熟悉的漂亮的小姐——伊凡·伊里奇的女儿。她穿一身丧服，原本就很细的腰显得更细了。她的神情阴郁，决断，近乎愠怒。她对彼得·伊凡诺维奇鞠躬时的神态，仿佛他有什么过错似的。在她后面，站着一位模样阔绰的年轻人，也带着那种愠怒的表情，彼得·伊凡诺维奇听说过，这是她的未婚夫，是法院的侦查员。彼得·伊凡诺维奇悲戚地对他们点了点头，正想到停放死者的房间里去，这时，伊凡·伊里奇的儿子从楼上走下来，他的相貌酷似他的父亲，他还是个中学生。他简直就是个小伊凡·伊里奇，彼得·伊凡诺维奇记得，伊凡·伊里奇读法律学校时就是这个样子。他的眼睛哭肿了，一副十三四岁男孩的邋遢样。他一看到彼得·伊凡诺维奇，立刻做出严肃的表情，不好意思地皱起眉头。彼得·伊凡诺维奇对他点头，便走进停放死者的房间。安魂祈祷开始了，蜡烛、呻吟、神香、眼泪和啜泣。彼得·伊凡诺维奇锁紧眉头，站在那儿，看着自己的脚。他一次也没有看死者，一直到仪式结束都没有让自己受那种令人沮丧的气氛的影响，而且是头一批走了出来的。前厅里一个人也没有。格拉西姆，就是那个打杂的男用人，从停放死者的房间里跑出来，用他那双有力的手翻开所有的皮大衣，找到了彼得·伊凡诺维奇的皮大衣，递给了他。

"怎么样，格拉西姆老弟？"彼得·伊凡诺维奇为了要说点什么，问道，"可惜吗？"

"这是上帝的意志。我们都要到那儿去的。"格拉西姆说，露出他那雪白整齐的农民的牙齿，接着又像一个干活干得正起劲的人那样，迅速地打开门，对马车夫一声吆喝，侍候彼得·伊凡诺维奇坐上马车，然后又蹦回前厅，仿佛忽然想起了他还有什么没做的事情似的。

在闻够了神香、尸体和苯酚的气味以后，彼得·伊凡诺维奇呼吸到新鲜的空气，感到特别愉快。

"您吩咐去哪儿？"车夫问。

"还不晚。顺便再去看看费多尔·瓦西里耶维奇。"

彼得·伊凡诺维奇乘车出发了。果然，他赶到的时候，他们刚刚打完第一圈。因此，他作为第五个人，正好加入牌局。

二

伊凡·伊里奇过去的生活经历是最普通、最平常，但也是最可怕的。

伊凡·伊里奇去世时才四十五岁，生前是高等法院审判委员。他是一个官吏的儿子，他的父亲在彼得堡的各部各局都得到过晋升，最后终于达到了这样一种地位——这种人虽然不适合担任任何重要的职务，但由于他们资历老、官衔高，不可能强令他们退休，因此就让他们担任一些闲职，因而他们也就领取数千卢布的闲薪，由六千到一万不等，并且一直领取，直到老朽不堪之时。枢密顾问，各种不必要的机构中的不必要的委员，伊里亚·叶菲莫维奇·戈洛温就是这样的一个人。

他有三个儿子，伊凡·伊里奇是他的次子。他的长子也同父亲一样，官场得意，不过是在另一个部里任职，他的资历也已经使他接近拿闲薪的那种地位了。第三个儿子却不得意，他不管在什么地方都把自己的事情弄得很糟，现在他在铁路上供职。他的父亲，两个哥哥，尤其是两位嫂嫂，不仅不喜欢遇到他，而且除非万不得已，也不提到他。他们还有一个妹妹，嫁给了格列夫男爵，这位男爵也同他的岳父一样，是一位彼得堡的官吏。伊凡·伊里奇，正如人们所说的，是 le phenix de la famille①。他既不像他的哥哥那样冷漠无情，一板一眼，也不像他的弟弟那样冒失

---

① 法语：全家的骄傲。

鲁莽。他介乎两者之间，聪明灵活，讨人喜欢，而且彬彬有礼。他曾与弟弟一同读法律学校。弟弟没有毕业，只读到五年级就被勒令退学了，伊凡·伊里奇则以优良的成绩修完了全部学业。还在法律学校读书时他就已经是这样一种人了——办事干练，和蔼大度，善于交际，但又严格地执行他认为是属于自己职责的一切。终其一生他都是这样的人。凡是身居最高地位的人认为是自己职责的事，他都认为也是自己的职责。无论是少年时代，还是成年以后，他都不是一个阿谀奉承之徒，但他从刚进入青年时代开始，就像苍蝇爱光一样，就总是趋附社会上地位最高的那些人，学习他们的一举一动和他们对生活的看法，跟他们建立起友好的关系。对他来说，童年和青年时代的一切迷恋都已成了过眼云烟，没有留下大的痕迹。他曾迷恋过女色，追逐过虚荣。最后，在高年级，他也沾染过一些自由思想，但这一切都不超过一定的限度，他的感觉总是能准确地向他指出这限度是什么。

在法律学校的时候，他有过一些他曾认为十分卑鄙的行为，而且当时就对自己感到厌恶。但是，后来他看到那些身居高位的人也有这样的行为，而且他们并不认为这样的行为是坏的，于是他不仅转而把这样的行为看成好的，而且把自己的那些行为忘得一干二净，即使想起它们，也丝毫不觉痛心。

伊凡·伊里奇以十品官的资格从法律学校毕业，从父亲那儿拿到一笔置装费，就到夏默尔服装店替自己定做了一套服装，在表坠上挂了一枚刻有 *respice finem*① 字样的纪念章，向亲王和老师辞了行，与同学们在多侬饭店聚了餐，便带着时髦的皮箱，从最好的商店里定做和买来的内衣、外套、刮脸和化妆用品以及带穗子的大毛巾被，动身到外省赴任去了，担任他父亲为他谋得的省长特派员的职务。

在外省，就像在法律学校时一样，伊凡·伊里奇很快就为自己确定了一种轻松愉快的处世之道。他努力工作，谋取晋升，同时也愉快和适度地寻欢作乐。有时他受上级的委托去巡视各县，无论对上级还是下级他都很庄重，他总是以一种他不能不引以为豪的清廉公正的态度准确地完成上级交给他的任务，这些任务大多是有关分离派教徒的各种事情。

尽管他年轻而又爱好轻浮的娱乐，但在处理公务时却极其谨慎，公事公办，甚至铁面无情。然而，在社交场合，他常常很俏皮，妙语横生，他总是和蔼可亲，彬彬有礼，正如他的上司和上司的太太（他已经成了他们家的常客）所说，他是一个 bon enfant②。

在外省的时候，有一位太太曾与这位穿着讲究的法律

---

① 拉丁文：宜有先见之明。
② 法语：好孩子。

学校毕业生纠缠不清，还有一位时装店的女裁缝也与他关系暧昧。他也曾同那些来出差的侍从武官一起纵酒狂欢，然后乘着马车在偏僻的大街上游荡。他也曾巴结过上司，甚至巴结过上司的太太，但这一切他都做得名正言顺，不可能招来非议。这一切只能用一句法国名言来解释：il faut que jeunesse se passe[①]。这一切他都是用干干净净的手，穿着干干净净的衬衣，说着法语干的，更主要的是，都发生在最上层的社会圈子里，因而也就得到了身居高位的人的赞许。

伊凡·伊里奇就这样供职了五年，后来他的职务发生了变化——一些新的司法机构建立了，需要一批新人。

于是，伊凡·伊里奇就成了这批新人中的一个。

伊凡·伊里奇被任命为法院的预审官，尽管这个职位是在另一个省里，他必须抛弃已经建立起来的关系，一切从头开始，但他还是接受了新的任命。朋友们都来为伊凡·伊里奇送行，与他合影留念，还送给他一只银烟盒，于是他就去赴任了。

在当法院预审官的时候，伊凡·伊里奇仍旧像他当特派员时那样规矩正派，彬彬有礼，公私分明，因而赢得了普遍的尊敬。对伊凡·伊里奇来说，法院预审官的职务比

---

① 法语：年轻人难免胡闹。

以前那个职务要有趣得多，更富有吸引力。担任以前那个职务时，穿着在夏默尔店里定做的衣服，从容不迫地走过那些战战兢兢、等候接见的申请人以及对他不胜羡慕的官员身边，或是直接走进上司的办公室，坐下来与上司一同抽烟喝茶固然很愉快，但直接听命于他的人毕竟很少。当他奉命外出视察的时候，直接听命于他的，只不过是一些县警察局长和分离派教徒。他喜欢礼貌地、像对待同伴一样地对待他们，他喜欢让他们感觉到，他，本来是有权力指使他们的，但却友好、平易近人地对待他们。然而那时候这种直接听命于他的人毕竟很少。而现在，作为法院的预审官，伊凡·伊里奇觉得，所有的人，毫无例外，包括最显赫、最自负的人，都在他的掌握之中。他只要在法院的传票上写几行字，那个显赫自负的人就将作为被告或证人被带到他面前来，如果他不想让对方坐下，那个人就得站在他面前，回答他的各种问题。伊凡·伊里奇从来没有滥用过他的这种权力，相反，他使用这种权力时总是尽量使它表现得温和些。但是，意识到这种权力和有可能使这种权力表现得温和些，却成了他的新职务最使他感兴趣和最吸引他的地方。至于他的职务本身，也就是在预审中，伊凡·伊里奇很快就学会了一种办事的原则，即不受一切与公务无关的因素的影响，使任何最复杂的案件都只以它的外表形式反映在公文上，完全看不出他个人的观点是什么。更主要的是，要遵守所有规定的形式。这个工作是全新的，而他就是在实践中制定出 1864 年条例附则的那批人中的一个。

在调到这个新城市担任法院预审官以后，伊凡·伊里奇结识了一批新交，建立了一些新的关系，按照新的原则确定了自己的位置，在他的言论中也有了一些新的调子。他与省当局保持了某种适当的距离，在司法界和富有的贵族中间选择了一个高雅的小圈子与之交往，采取了一种对政府略有不满、温和的自由主义和强调公民权益的调子。此外，在担任新职以后，伊凡·伊里奇丝毫也没改变他衣着的风雅，不过却不再剃胡须，听凭它们自由生长。

伊凡·伊里奇在这个新城市的生活十分愉快——和与省长唱反调的一群人的小圈子团结得很紧密。他的薪俸增加了，此外，打牌也给他的生活增添了不少乐趣。伊凡·伊里奇有打牌的天赋，他打起牌来轻松愉快，判断迅速，技术精湛，因此，一般说来他总是赢家。

在新城市供职两年以后，伊凡·伊里奇遇见了他未来的妻子。普拉斯科维娅·费多洛芙娜·米赫尔是伊凡·伊里奇经常出入的那个圈子里最迷人、最聪明、最出色的姑娘。伊凡·伊里奇在工作之余的消遣娱乐中与普拉斯科维娅·费多洛芙娜建立了一种轻松随便的关系。

伊凡·伊里奇当特派员的时候是经常跳舞的。当了法院预审官以后他就难得跳舞了。现在他跳舞已经具有这样一层意思：虽然我供职于新的机构，而且是五等文官，但是关于跳舞，我能够证明，在这方面我能胜过别人。因此，在晚会快结束时，他偶尔也与普拉斯科维娅·费多洛芙娜跳跳舞，而且主要就是在跳舞的时候，他赢得了普拉斯科维娅·费多洛芙娜的心。她爱上了他。伊凡·伊里奇并没有要结婚的明确意图，但当这位姑娘爱上他以后，他向自己提出了这个问题：

"真的，我为什么不结婚呢？"他问自己。

普拉斯科维娅·费多洛芙娜出生贵族世家，长得也不难看，还略有财产。伊凡·伊里奇本有可能攀到一门更好的亲事，但这门亲事也就算不错的了。伊凡·伊里奇有他的薪俸，他希望她也有与他相当的收入。她出身贵族，又是一个可爱、美丽和完全正派的女人。如果说伊凡·伊里奇结婚是因为他爱上了他的未婚妻，并且发现她赞同他的人生观的话，那就错了，正如说他结婚是因为他那个圈子里的人赞成这门亲事一样大错特错。伊凡·伊里奇之所以结婚是出于两层考虑：他得到这样一位妻子，就是一件使自己感到快乐的事；此外，那些身居高位的人认为这样做是对的。

于是，伊凡·伊里奇就结婚了。

结婚的过程本身和婚后的最初一段生活（夫妻温存，

新家具、新餐具、新被褥，直至妻子怀孕）都很好，以至于伊凡·伊里奇开始认为，结婚不仅不会破坏他那种轻松愉快、永远体面并为社会所赞许的生活（伊凡·伊里奇认为这些性质一般说来是生活本身所固有的），而且还会加深它。但是，从妻子怀孕的最初几个月起，却开始出现一种不愉快的、使人痛苦的、有失体面的新情况，这是他意料不到的，他怎么也摆脱不了这种状况。

妻子无缘无故地（伊凡·伊里奇觉得是这样），de gaite de coeur①（他这样对自己说）开始破坏生活的愉快和体面——她毫无理由地吃醋，要他不断地讨好她，对一切都吹毛求疵，经常使他难堪，说一些使人不愉快的话。

起初，伊凡·伊里奇希望用一种最轻松、最体面的对待生活的态度来摆脱这种不愉快，过去他也曾用这种办法摆脱过难堪的处境。他试着无视妻子的心理状态，继续像过去那样轻松愉快地生活——邀请朋友到自己家里来打牌，去俱乐部玩儿或是去拜访朋友。但是有一次妻子在怒气发作的时候开始用粗话骂他，此后每当他不照她的要求去办的时候，她就不停地骂。看来她已经下定决心要把他制服，也就是说，要他在办公之余也像她一样，坐在家里闷闷不乐，否则她决不罢休，这使得伊凡·伊里奇不寒而栗。他

---

① 法语：任性地。

终于明白了，娶个妻子（至少像她那样的妻子）并不总能使生活变得愉快和体面，相反却常常破坏生活的愉快和体面，因此他必须保护自己，使自己免受这种破坏的影响。伊凡·伊里奇开始寻找对策。公务是能使普拉斯科维娅·费多洛芙娜肃然起敬的事，于是，伊凡·伊里奇就用公务及与公务有关的事来与普拉斯科维娅·费多洛芙娜斗争，以此来保全自己的小天地。随着孩子出生，尝试自己喂奶以及由此而产生的种种不顺心的事，再加上孩子和母亲的真病及假病（对这些病，他必须表现出同情，但实际上他对于它们一点也不了解），对伊凡·伊里奇来说，在家庭以外保全自己小天地的需要就变得更加迫切了。

随着妻子变得越来越容易发怒和苛求，伊凡·伊里奇也越来越把自己的生活重心转移到了公务上。他比过去更加喜欢公务，功名心也变得更强了。

很快，婚后还不到一年，伊凡·伊里奇就明白了，夫妻生活虽然提供了生活上的某些舒适和方便，但在本质上却是一件非常复杂和痛苦的事，因而，为了履行自己的职责，即过一种体面的、为社会所赞许的生活，就必须像对待公务一样，定出某种原则来。

于是，伊凡·伊里奇就为自己定出了对待夫妻生活的一套原则。他向家庭生活所要求的，仅仅是它能给予他在家吃饭、有主妇照料和有床铺睡觉的种种方便和舒适，更主要的是，为社会舆论所确认的外表的体面。而他在其他方面所寻求的只是轻松快乐，如果他找到了这种轻松快乐，就非常庆幸；如果他遇到了抵抗和埋怨，他就立刻钻进与家庭生活相隔绝的自己的公务之中，并从中找到乐趣。

上司把伊凡·伊里奇看成一个优秀的官员，过了三年，他被提拔为副检察官。新的职务，它的重要性，有可能提审任何人和把任何人关进牢房，公开演讲，以及在演讲中所取得的成功，所有这一切使得伊凡·伊里奇更加专注于公务。

孩子一个接一个地出世，妻子也变得越来越啰唆和爱发脾气，但伊凡·伊里奇定下的对待家庭生活的原则却使她的啰唆对他几乎不起作用。

在这个城市供职七年之后，伊凡·伊里奇又被调到另一个省里担任检察官。他们搬了家，钱不够用，妻子又不喜欢他们搬去的那个地方。薪俸虽然比过去多，但开销却更大了。此外，还死了两个孩子，因此家庭生活对于伊凡·伊里奇就更不愉快了。普拉斯科维娅·费多洛芙娜把在这个新地方所发生的一切不愉快都归咎于她的丈夫。夫妻之间谈论的多数话题，尤其是关于孩子的教育问题，都有可能引向过去曾经引起过争吵的种种问题，而且这类争吵随时都可能爆发。夫妻之间很少有相亲相爱的时候，即使有，为时也很短。那只不过是他们暂时停靠的小岛罢了，然后他们又重新驶入隐藏着仇恨、彼此疏远的汪洋大海。如果伊凡·伊里奇认为这种疏远是不应该有的，那么这也许会使他感到伤心，可是现在他已经承认这种状况不仅是正常的，而且正是他在家庭中想要实现的目标。他的目标就是使自己尽可能地摆脱这些不愉快的事，并使这些不愉快的事具有一种无害的、体面的性质。他跟家里人在一起的时间越来越少，他就用这种办法来达到他的目的，如果他必须同他的家人在一起的话，他就尽量利用有外人在场这一点来保证自己不遇到不愉快。不过更主要的是，伊凡·伊里奇有公务，他的生活的全部兴趣都集中在公务之中，这种兴趣把他整个儿吞没了。意识到自己的权力，自己有可能毁掉想毁掉的任何人，走进法庭和接见下属时的威风，哪怕只是表面上的威风，以及他应付上司和下属的成功，更主要的是，他感到他具有办案的才能，所有这一切都使他十分得意。再加上与同僚们的闲谈、宴会和打牌，使他觉得生活非常充实。因此，一般说来，伊凡·伊里奇的生活，正如他认为应该如此的那样，愉快而体面地前进着。

他又这样过了七年。他的大女儿已经十六岁了，又有一个孩子夭折了，只剩下一个正在读中学的男孩，他也是他们争吵的原因。伊凡·伊里奇想把他送进法律学校，而普拉斯科维娅·费多洛芙娜却偏偏与他作对，把男孩送进了普通中学。他的女儿在家里读书，颇有长进，男孩的学习也不错。

三

结婚以后的十七年，伊凡·伊里奇的生活就是这样过去的。他已经是一个老检察官了，拒绝了几次调动，希望获得一个理想的职位。可是就在这时突然发生了一件不愉快的事，几乎完全破坏了他平静的生活。伊凡·伊里奇期待着获得大学城首席法官的职位，可是却不知怎么被戈普捷足先登，得到了那个职位。伊凡·伊里奇恼怒了，开始责难他，与他以及自己的顶头上司争吵。结果上司开始对他冷淡了，下一次提升又没有他的份儿。

这事发生在 1880 年，这一年是伊凡·伊里奇生活中最困难的一年。在这一年里，一方面他觉得薪俸不足以维持生活，另一方面他发现大家都把他忘了。在他看来，这是对他的最大、最严重的不公，可是其他人却觉得这十分平常，甚至连他的父亲也不认为自己有责任帮助他。他觉得所有的人都抛弃了他，他们认为他的职位和三千五百卢布的年薪是极为正常的，甚至是很幸福的。只有他一个人知道，人们对他是多么不公平，他妻子的啰唆是如何没完没了，他已经入不敷出，开始负债。总之，只有他一个人知道，他目前的状况是非常不正常的。

这年夏天，为了减少支出，他告假与妻子一同到她住在乡下的哥哥那儿度夏。

在乡下，由于没有公务，伊凡·伊里奇第一次感到不仅是寂寞，而且是无法忍受的痛苦，于是他决定，不能再这样生活下去了，必须采取某些断然的措施。

伊凡·伊里奇在凉台上来回踱步，度过了一个不眠之夜。他决定到彼得堡去活动一番，申请调到另一个部里去，以此来惩罚那些不能知人善任的上司。

第二天，他不顾妻子和内兄的劝阻，动身去彼得堡了。

他此行只有一个目的：求得一个年薪五千卢布的职位。他已经不再抱定要去哪一个部，属于哪一个派别，从事哪一类工作了。他需要的只是职位，年薪五千卢布的职位，政府机关也行，银行也行，铁路上也行，玛丽亚皇后掌管的机构也行，甚至海关都行，但一定要有五千卢布的年薪，而且一定要调离那个不能知人善任的部。

结果伊凡·伊里奇此行却取得了惊人、意外的成功。在库尔斯克，他的一位熟人费·谢·伊里英也上了头等车厢，他告诉伊凡·伊里奇，库尔斯克省省长收到的一份最新的电报上说，近日部里要有人事变动：彼得·伊凡诺维奇的职位将要由伊凡·谢缅诺奇接任。

这个初步拟定的人事变动，除了对俄国有其自己的意义外，对于伊凡·伊里奇更具有特别的意义，因为这次将起用一名新人——彼得·彼得洛维奇，这样一来，查哈尔·伊凡诺维奇也将跃居高位，而这对伊凡·伊里奇就十分有利，因为查哈尔·伊凡诺维奇是伊凡·伊里奇的同窗好友。

在莫斯科，这个消息得到了证实。伊凡·伊里奇一到彼得堡，就找到了查哈尔·伊凡诺维奇，并取得了查哈尔的承诺——替他在他所隶属的司法部里谋一个可靠的职位。

一星期后，他给妻子打了个电报：

"查哈尔接任米勒的职位。我将首批获得任命。"

由于这次人事变动，伊凡·伊里奇出人意外地在部里获得了这样的任命，他比他的同僚高出了两级，年薪五千卢布，还有三千五百卢布的调任费。伊凡·伊里奇把对自己过去的敌人和对部里的一切怨恨忘得一干二净，他觉得幸福极了。

伊凡·伊里奇回到了乡下，愉快而满意，他好久没有这样了。普拉斯科维娅·费多洛芙娜也眉开眼笑，他们签订了"和约"。伊凡·伊里奇告诉她，在彼得堡别人怎样祝贺他，他过去的敌人怎样羞愧难当，现在又怎样逢迎他，人们怎样羡慕他的职位，他还特别讲到彼得堡所有的人都很爱他。

普拉斯科维娅·费多洛芙娜听他滔滔不绝地讲着，做出一副相信他的话的样子，没有反驳。她只计划了一下，到了他们将要去的那个城市里，他们将对生活做怎样的新安排。伊凡·伊里奇高兴地看到，这些计划也正是他的计划，他们的想法是一致的，他那被搞砸了的生活又将恢复原本应有的愉快和体面了。

伊凡·伊里奇回来后只住了很短一段时间。9月10日他必须去上任。此外，在新的地方安顿下来也需要时间，得把所有的东西从省城运去，还有许多东西需要添置和定做。总而言之，一切该怎样安排，他已胸有成竹，普拉斯科维娅·费多洛芙娜心里所想的也几乎跟他完全一样。

现在，一切都安排得那么好，他和妻子的目标又一致了，而且，他们不仅生活在一起，还那么和谐，即使在婚后的最初几年也没有这样和谐过。伊凡·伊里奇本来想带家眷一同去赴任，但他的妹妹和妹夫（他俩对伊凡·伊里奇和他全家突然变得特别殷勤和亲近起来）却坚持认为不行，结果伊凡·伊里奇只好独自去赴任。

伊凡·伊里奇去上任了，愉快的情绪一直没离开过他，这是仕途得意和夫妻生活和谐一致两者相辅相成的结果。他找到了一处非常好的住宅，他们夫妻俩梦寐以求的正是这种住宅。宽敞、高大、古色古香的客厅，舒适雅致的书房，妻子和女儿的房间，儿子的学习室——这一切就仿佛是为他们量身定做的。伊凡·伊里奇亲自动手布置新居，挑选壁纸、添置家具，尤其是老式家具（他认为老式家具有一种高贵的气派），选购沙发套等等，于是东西越来越多，逐渐接近了他勾画的理想。当他刚布置到一半的时候，他的布置就已经超出了他的期望。他知道，当一切都布置就绪以后，他的新居将具有一种多么高贵典雅、超凡脱俗的格调。临睡前，他常常想象着布置就绪以后的客厅将是什么样子。瞧着那尚未装修好的客厅，他仿佛已经看到了布置就绪以后的壁炉、隔热板、放摆设的架子、分布在各处的椅子、挂在墙上的大大小小的盘子，以及青铜摆设等等。他一想到他一定会使审美趣味与他一致的帕莎①和丽莎卡②大吃一惊，就不由得高兴起来。她们是无论如何也不会料到有这样的气派的，特别是他成功地搜罗到一批价格很便宜的古董，它们将赋予整个新居一种特别高雅的格调。他在书信中故意把一切说得比实际上差，好让她们大吃一惊。这一切是那么使他入迷，甚至超过了他所热衷的新职务，这真出乎他的意料。甚至在开庭的时候他也常常心不在焉，想着该用怎样的窗帘架，平的呢，还是拱形的呢？他是那么热衷于此，常常亲自动手，重新摆放家具，重新悬挂窗帘。有一次，他爬上梯子，想指给那个弄不懂他的意思的工匠看，该怎样悬挂窗帘，但他不小心摔了下来。好在他强壮有力，手脚灵活，因此没有摔倒，只是腰部在梯子边上撞了一下。撞伤的地方疼了几天，但很快也

① 帕莎是普拉斯科维娅·费多洛芙娜的小名。
② 丽莎卡是丽莎的小名。

就好了。这段时候，伊凡·伊里奇觉得自己特别愉快，特别健康，他在信中写道：我觉得我突然年轻了十五岁。他本想在九月份把新居布置好，结果却拖到十月中旬。然而新居的确漂亮极了，不仅他自己这样说，而且所有来参观过的人也都对他这样说。

实际上，所有那些并不十分富有但又想摆阔的人家里都是这样布置的——花缎、黑漆家具、盆花、地毯、青铜器，以及许多黝黑而闪闪发亮的摆设，所有这一切只不过是同一类人的互相仿效而已。他的布置与别人是如此雷同，简直一点也不引人注目。但他却觉得这一切十分别致。他去火车站迎接自己的家人，把他们带回灯火辉煌、装饰一新的住宅，系着白领结的男仆给他们打开装饰着鲜花的前厅的大门，他们走进客厅、书房，高兴得连声赞叹。他感到幸福极了，领着他们到处参观，尽情地享受他们的夸奖，得意非凡，满脸放光。当天晚上喝茶的时候，普拉斯科维娅·费多洛芙娜顺便问他是怎样摔下来的，他笑着，当场表演了他是怎样摔下来，又怎么把工匠吓了一跳。

"幸亏我曾是个体操运动员，换了别人非摔死不可，而我只不过这儿被撞了一下。那几天摸上去有点疼，但现在已经不疼了，只留下一块青斑。"

于是他们就开始了在新居里的生活，一切都慢慢地习惯了，但正如人们搬进新居后常有的情况那样，总觉得还缺少一个房间。他们的收入增加了，但也总觉得还不太够，缺得也并不多，不过五百卢布而已。其他各方面都很好。感觉特别好的是最初那段时期，那时一切还没有完全就绪，还需要继续布置——一会儿要去买东西，一会儿要去定做，一会儿要把家具重新摆放，一会儿又要稍做调整。尽管夫妻之间还有某些意见不统一，但是由于两人都很满意，加之还有许多事情要做，所以争执过后也就算了，没有发生大的争吵。等到已经没有什么需要再布置的时候，他们才开始觉得有点寂寞，仿佛缺少了什么似的，但很快他们又结识了一些新交，形成了一些新的习惯，生活也就充实起来了。

伊凡·伊里奇上午在法院办公，中午回家吃饭。最初那段时间，他的情绪是很好的。他有时也感到痛苦，那都是为了新居的事。（桌布和沙发套上的任何一个污点，窗帘上被扯断的绳子，都使他恼火——他为布置这所新居花费了多少心血啊，因此任何糟蹋都使他痛心。）但是，总的说来，伊凡·伊里奇的生活还是按照他的信条，按照他所认为的生活应有的样子度过的——轻松，愉快，而且体面。他九点起床，喝咖啡、读报，然后穿上制服，乘车去法院。在那儿，他对他的工作是轻车熟路的。他一到法院就投入工作之中：上诉人，在办公室里讯问，办公室本身，开庭预审和公审。在所有这些公务中，必须善于排除一切可能妨碍公务正常进行的日常生活的俗事——除了公务以外，不允许与别人发生任何关系，发生关系的理由必须是属于公务性质的，关系的本身也只能是公务性质的。譬如，来了一个人，想打听某件事，因为伊凡·伊里奇与这件事无关，他就不能与这个人发生任何关系。但是，如果这个人与高等法庭的审判委员有某种关系，而且这种关系可以名正言顺地书写到公文上，在这种关系的范围之内，只要是能解决的事，伊凡·伊里奇都会给予解决。同时，他还注意保持人与人之间形式上的友好关系，即谦恭有礼。当公务上的关系一结束，其他任何关系也就结束了。伊凡·伊里奇善于把公务与自己的私事区分开来，不使它们互相混淆。他凭着长期的实践和他的才干，已经把这种本领掌握到炉火纯青的程度，以至有时他也仿佛开玩笑似的，混淆一下公私。他之所以允许自己这样做，是因为他知道自己有这样的力量，一旦需要，他随时都能区分公私。办公对伊凡·伊里奇来说，不仅轻松、愉快和体面，而且甚至可以说是技艺精湛。公务间隙时，他抽烟喝茶，稍许谈点政治，稍许谈点一般的问题，稍许谈点打牌的事，而谈得最多的则是各种各样的任命。最后，他十分疲劳，但却像一个技艺精湛的乐师，出色地演奏完了乐队中第一小提琴该演奏的那些部分，怀着满意的心情回到家里。家里，母女俩或是出门去什么地方，或是有什么人来拜访她们。儿子或是去学校读书，或是在家中跟家庭教师一起准备功课，认真地复习学校里教的东西。一切都很好。午饭以后，如果没有客人来访，伊凡·伊里奇有时就读一些大家都在谈论的书，晚上他就坐下来办公，也就是读案卷、核对法律，即对照供词、援引法律条文。这些工作他既不觉得乏味，也不感到愉快。在有机会打牌的时候，这些工作是乏味的；但如果没人同你打牌，这毕竟比独自闷坐或跟妻子待在一起要强些。伊凡·伊里奇的乐趣是设便宴邀请一些上流社会有地位的太太和先生到家里来，正如他家的客厅与所有其他人家的客厅雷同，他与这些客人一同消磨时间的办法，也与其他人消磨时间的办法是同样的。

有一次，他们家甚至还举行了一场晚会，大家一同跳舞。伊凡·伊里奇很快活，一切都很好，仅仅与妻子为了大蛋糕和糖果的事大吵了一架——普拉斯科维娅·费多洛芙娜有自己的计划，可是伊凡·伊里奇却坚持要到一家高级食品店里买，并且买了很多蛋糕。结果蛋糕没吃完，而食品店送来的账单上却写着四十五卢布，于是就引起了争吵。这场争吵很厉害，很不愉快，普拉斯科维娅·费多洛芙娜骂他"笨蛋、废物"。他抱住了自己的脑袋，而且一怒之下不知为什么提到了离婚。但晚会本身是愉快的。参加晚会的都是些出色的人，伊凡·伊里奇还和特鲁丰诺娃公爵夫人跳了舞，就是那位以创办"消愁会"而闻名的女人的妹妹。公务的乐趣是满足自尊心的乐趣，社交活动的乐趣是满足虚荣心的乐趣。而伊凡·伊里奇真正的乐趣是打牌的乐趣。他承认，经历了一切，经历了生活中的种种不愉快以后，他的乐趣就是跟几个素质良好、不吵不闹的牌友一起坐下来打牌（这种乐趣就像一根蜡烛站立在所有东西的前面，在那儿点亮着），但是一定要四个人打（五个人打就不痛快了，尽管他总是装出很喜欢的样子），并且要玩得聪明和认真（出牌的时候），然后吃晚饭，喝一杯酒。在打过牌以后，特别是在稍微赢了一点钱的情况下（赢多了就不愉快了），伊凡·伊里奇就会带着特别好的心情上床睡觉。

他们就这样生活着。他们的小圈子里都是些最出色的人，达官贵人和一些年轻人也常到他们家来。

在应该结交怎样的人这个问题上，丈夫、妻子和女儿的看法是完全一致的，他们不约而同地把各种各样不入流的朋友、亲戚和衣冠不整的人拒之门外，因为这些不速之客常常从各处飞来，闯进他们家的墙上挂着日本盘子的客厅。很快，那些衣冠不整的朋友就不再来了，于是到戈洛温家来的就只剩下最出色的一小批人。一些年轻人追求丽莎，其中有一位姓彼得里谢夫的，是德米特里·伊凡诺维奇·彼得里谢夫的儿子，也是他财产的唯一继承人、现任法院的预审官，也在追求丽莎，因此伊凡·伊里奇已经在同普拉斯科维娅·费多洛芙娜商量，何不让他们俩乘马车出去玩儿或是组织一场演出呢？他们就这样生活着。一切都毫无变化地进行着，一切都很好。

四

大家都很健康。伊凡·伊里奇有时说，他嘴里有一股怪味，左侧腹部有点不舒服，但这也不能说就是不健康。

但后来，这种不舒服的感觉越来越严重了，虽然还没有发展成疼痛，但他总觉得左侧腹部隐隐作痛，心情也就变坏了。这种坏心情日益加剧，已经开始破坏戈洛温家里刚刚形成的那种生活轻松愉快和体面的感觉了。丈夫和妻子开始越来越频繁地争吵，轻松和愉快很快就消失了，就连体面也很难维持了。吵架的次数越来越多，又只剩下一些小岛了，而这些夫妻能够不吵不闹地彼此相处的小岛已经所剩无几了。

普拉斯科维娅·费多洛芙娜说她的丈夫脾气很坏，现在看来，这并非毫无根据。她说话喜欢夸大，她说伊凡·伊里奇的脾气一向那么可怕，她能忍受二十年，全靠她的脾气好。现在每次争吵都是由他挑起的，这话一点不假。每当快要吃饭的时候，也就是他刚开始吃饭、正在喝汤的时候，他就开始找碴儿了。有时候是他发现某件餐具有点破，有时候是菜不合他的口味，有时候是儿子把胳膊肘撑在桌

上了，有时候是女儿的发型不对头。他把一切都归咎于普
拉斯科维娅·费多洛芙娜。普拉斯科维娅·费多洛芙娜起先
还与他争辩，但是他一次又一次地在开始吃饭时发火，她
才明白过来，这是一种病态，由进食所引起的一种病态。
于是她就忍让了，不再与他争辩，只是催大家快吃饭。普
拉斯科维娅·费多洛芙娜把自己的忍让看成很大的美德。
她认定她丈夫的脾气太坏了，造成了她生活的不幸，于是
她便开始自怜了。她越是自怜，就越是恨她的丈夫。她开
始盼望他死掉，但又不能真的让他死掉，因为如果他死了，
薪俸也就没有了。这就更使她恼怒。她认为自己太不幸了，
不幸到连他的死也救不了她。她很恼怒，但隐忍着，可是
她的这种隐忍着的恼怒却加剧了他的恼怒。

　　有一次吵架，伊凡·伊里奇显得特别没有道理，吵过
以后，他解释说，他确实肝火很旺，但这是生病的缘故。
她就对他说，既然有病，那就应该去治，而且她要求他去
看一位名医。

　　他去了。一切都如同他所预料的。一切都像常发生的
情况那样。让人等候，故意摆医生的架子，这也是他所熟
悉的，就同他在法院里的情形一样，然后这儿敲敲，那儿
听听，提出一些问题，要求病人作出一些事先由他确定好
的，显然是多余的回答。医生摆出一副架势，似乎在说，
如今您落到我们手里了，我们会对一切做出安排的，至于

怎样安排，我们是清楚而且没有疑问的，对于任何人，无论您自己希望怎样，我们都会按照某种模式把一切安排好。一切就跟在法院里一模一样。正如他在法院里对被告装腔作势，现在这位名医也对他装腔作势。

医生说：如此这般的情况表明，你的体内有如此这般的毛病；但是，如果经过如此这般的化验以后未能证实，那么就应该假定您有另一种病，假如您患有那种病的话，那么……如此，等等。对伊凡·伊里奇来说，只有一个问题是重要的：他的病情危险不危险？但是医生却对这个不适当的问题不予理会。从医生的角度来看，讨论这个问题是徒劳无益的，因此不必讨论。当前要做的仅仅是考虑各种可能性——究竟是肾移位呢，是慢性黏膜炎呢，还是盲肠炎？不存在伊凡·伊里奇的生与死的问题，只不过是肾移位或盲肠炎这两者之间的判定问题。伊凡·伊里奇亲眼看到医生朝倾向于盲肠炎的方向圆满地解决了这个问题，他只做了一点保留——如果验尿之后能提供新的证据，那么此案将重新审理。所有这一切与伊凡·伊里奇曾千百次地做过的事一模一样，他也总是以这种无懈可击的方式对被告宣布他的判决。现在医生也同样出色地做出了总结，并且得意地甚至愉快地从眼镜框上面望了被告一眼。伊凡·伊里奇从医生的总结中得出一个结论，情况不好，但是医生，也许还有所有其他的人，对此都觉得无所谓，而他却觉得很糟。这个结论使伊凡·伊里奇大吃一惊，在他心中唤起了对自己的极大的怜悯，同时对这位医生对如此重大的问题的冷漠，感到极大的愤慨。

但是他什么话也没说，只是站起身来，把钱放在桌上，叹了一口气，说：

"我们病人大概常常向您提出一些不合适的问题。但是，一般地说，这病到底危险不危险呢？"

医生用一只眼睛透过镜片严厉地看了他一眼，仿佛是说：被告，如果您想越出我向您提出的问题的范围，我将不得不下令把您赶出法庭。

"我已经把我认为需要告诉您和适合告诉您的都告诉您了，"医生说，"以后的情况等化验完就清楚了。"医生点头表示送客了。

伊凡·伊里奇慢慢地走出来，垂头丧气地坐上雪橇回家了。一路上，他不停地琢磨医生说过的所有的话，竭力想把所有那些叫人摸不清、猜不透的科学术语翻译成普通的词语，并且从中读出问题的答案：情况不好对我来说是很不好呢，还是问题不大？他觉得，医生说的所有的话，含义都是情况很不好。伊凡·伊里奇觉得大街上的一切都是凄凉的，街上的马车是凄凉的，房子是凄凉的，行人、店铺都是凄凉的。而这种疼痛，隐隐约约、片刻也不停止的疼痛，与医生含糊其辞的话联系在一起，看来就具有了另一种更为严重的意义。现在，伊凡·伊里奇怀着一种新的沉重的心情关注着这种疼痛。

他回到家里，把情况详细地告诉妻子。妻子听着，但正当他说到一半的时候，女儿戴着一顶帽子走了进来——她准备同母亲一起出门。她勉强坐下来听了一会儿这些乏味的话，但时间一长她就忍不住了，结果母亲也没有听完。

"好的，我很高兴。"妻子说，"现在你就得按时服药啦，把药方给我，我这就叫格拉西姆到药房去买。"说完她就去换衣服了。

她在房间里的时候，他憋着没叹气，等她一出去，他就长长地叹了一口气。

"算了，"他说，"也许确实不要紧……"

他按照医生的处方开始服药，在验尿以后，医生的处方也做了一定的改变。但是恰巧在这个时候发生了一件事，在这次化验以及应该在化验以后做的检查中出现了某种差错。这事与医生无关，但结果是情况与医生对他说的不相符。或者是医生忘记了，或者是没说真话，或者是对他隐瞒了什么。

但伊凡·伊里奇还是严格执行医嘱，而且最初一段时候他还在这种执行中找到了安慰。自从看过医生以后，对伊凡·伊里奇来说，最重要的事情就是严格地执行有关保健和服药的医嘱，密切地关注自己的病痛，关注自己整个机体的动向。人们的疾病以及人们的健康成了伊凡·伊里奇的主要兴趣之所在。每当别人在他面前谈到病人，谈到死去的人，谈到病愈的人，特别是谈到与他类似的疾病的时候，他总是竭力掩饰住自己的激动，留神倾听，反复询问，并把有关的看法与自己的病相对照。

病痛并没有减轻，但伊凡·伊里奇却努力使自己相信，他已经好转了。当没有什么事情搅乱他的时候，他还能欺骗欺骗自己，但只要一与妻子发生不快，或是公务上有什么不顺利，打牌时手气不好，他立刻就感到自己病得很重。过去，当他遇到这些不顺利的事时，他总是期待自己能想办法克服困难，努力奋斗，取得成功，甚至取得全胜。而现在，任何不顺利的事都使他灰心丧气，悲观绝望。他总是对自己说：瞧，我刚刚开始恢复，药力刚刚开始起作用，偏偏又遇到这种倒霉的事，这样叫人不快的事……于是他就怨恨那些倒霉的事，怨恨那些使他不快、要他命的人。他感到这种怨恨会送他的命，但又克制不住自己。看来，他应该明白，他的这种怨天尤人只会加重他的病情，因此他不应该去关注那些不愉快的事。但是他的做法却完全相反——他说他需要安静，他关注着所有可能破坏这种安静的事，可一遇到任何稍许破坏他的安静的事，他就怒火万丈。他读了一些医书，也常去看医生，这就使他的病情更恶化了。不过，病情是慢慢恶化的，把今天和昨天相比，差别并不是很大，因此他还能欺骗自己。可是，当他去看病的时候，他又觉得，他的病情正在恶化，甚至发展很快。尽管如此，他还是经常去看病。

这个月，他又去拜访了另一位名医，这位名医所说的话几乎与第一位名医一模一样，只不过问题的提法有所不同罢了。找这位名医看病，更加重了伊凡·伊里奇的怀疑和恐惧。他朋友的朋友也是位很好的医生，对伊凡·伊里奇的病却做了完全不同的诊断，尽管他保证这病能痊愈，但他提出的问题和所做的假设却把伊凡·伊里奇弄得更糊涂了，也加深了他的怀疑。一位采用顺势疗法的医生对疾病又作出另一种诊断，并且开了药，伊凡·伊里奇瞒着大家把这药服了近一个星期。但一个星期以后，因为觉得病情没有减轻，他对过去的治疗和这次治疗都失去了信心，变得更加灰心丧气了。有一次，有位太太讲到求神能够治病。伊凡·伊里奇发现自己在注意倾听，并且信以为真，这使他感到惊骇。"难道我的智力竟降低到这种程度了吗？"他对自己说，"愚蠢！全是胡扯。不要再犹豫了，应当选定一位医生，严格服从他的治疗。就这么办。现在一切都结束了。我不再去想它了，我要严格进行治疗，直到夏天为止。到那时候再看怎么样。现在这种犹豫不决该结束了！……"这话说起来容易，但却做不到。左侧腹部的疼痛一直在折磨着他，而且似乎在不断加剧，变成经常性的了。嘴里的气味也变得越来越怪了，他觉得嘴里发出一股令人恶心的怪味，食欲和体力也在一天天减退。不能再欺骗自己了——一件可怕的、新的、在伊凡·伊里奇一生中从来没有比这更重大的事情，在他身上发生了。关于这一点，只有他一个人知道，周围所有的人都不明白，或者不愿意明白，他们还以为世界上的一切都在照常进行，正是这一点最使伊凡·伊里奇感到痛苦。家里的人，主要是妻子和女儿，还热衷于出门访友，他看出，她们什么也不明白，还责怪他老是闷闷不乐，苛求别人，仿佛他在这方面有错似的。虽然她们竭力掩饰，但他看得出，他妨碍了她们。但对他的病，妻子也替自己规定了一定的态度，不管他说什么或做什么，她都秉持这个态度。这个态度是这样的：

"你们是知道的，"她对熟人们说，"伊凡·伊里奇就像所有的好人一样，总是不肯严格地执行医嘱。今天他按照医嘱服药和吃饭，按时睡觉，可是到了明天，我稍一疏忽，他就会忽然忘记服药，吃起鲟鱼来（这是医生不许他吃的），并且坐下来打牌，一直打到半夜一点。"

"哎呀，这是什么时候的事啦！"伊凡·伊里奇恼火地说，"不就有一回在彼得·伊凡诺维奇家嘛。"

"那昨天跟谢别克呢？"

"反正我也疼得睡不着……"

"不管你有什么理由，反正这样下去你永远也好不了，永远要折磨我们。"

普拉斯科维娅·费多洛芙娜对待丈夫的病表面上的态度就是如此,这态度她是说出来让别人听的,也是说给他本人听的,即这病是伊凡·伊里奇自己造成的,而且这整个的病是他给妻子新添的堵。伊凡·伊里奇觉得,她的这种态度是不自觉的,但这也并没能使他感到好受些。

在法院里,伊凡·伊里奇也发现,或者他自以为发现,别人对他有一种奇怪的态度——一会儿他觉得,人们在打量他,就像在打量一个即将让出空缺来的人一样;一会儿他的朋友们又突然友好地嘲笑他疑神疑鬼,仿佛他体内那个可怕的、从没听说过的病(这病正不停地折磨着他,势不可当地把他带往某处)倒成了他们最愉快的笑料似的。尤其是施瓦尔茨俏皮、活泼而又彬彬有礼的样子特别使他恼火,因为这使他想起了十年以前的自己。

朋友们常常坐下来凑成一个牌局。洗牌、发牌,一张红方块接着一张红方块,七张全是红方块。他的搭档说,没有王牌,于是又给了他两张红方块。还有什么可说的呢?他得意极了,满怀信心获得全胜。可是伊凡·伊里奇忽然感到一阵隐隐作痛和嘴里的那股怪味,因此,对于自己居然因为将要获全胜而感到得意,他觉得十分荒唐。

他瞧着自己的搭档米哈伊洛·米哈伊洛维奇,瞧他怎样用他那只灵活的手轻轻地拍打着桌子,然后彬彬有礼而又宽容大度地放开输掉的牌，把它们推到伊凡·伊里奇面前，以便给他一种把赢得的牌收起来的快乐，而无须把手远远地伸出去。"他是怎么想的啊，难道我已经衰弱到连手都不能伸远一点了吗？"伊凡·伊里奇想着，一不留神，用王牌杀了自己的搭档，结果差三分没能获得全胜。最可怕的是，他看到米哈伊洛·米哈伊洛维奇十分伤心，而他倒无所谓。他为什么无所谓？想起来真觉得可怕。大家看到他很不舒服，就对他说："如果您累了，我们就不打了吧。您休息休息。"休息？不，他一点也不累。于是他们就打完了这一圈。大家都闷闷不乐，沉默寡言。伊凡·伊里奇觉得，他把这种闷闷不乐传染给了大家，但他又没法把它驱散。他们吃过晚饭，就各自回家了，只留下伊凡·伊里奇一个人在那儿独自寻思：他自己的生活被毒害了，而且他还使别人抑郁不乐，而且，这种毒害不是在减弱，而是越来越厉害地渗透到他的整个机体之中。

虽然怀有这样的想法，还有肉体的疼痛和内心的恐惧，但他必须躺到床上，然而却常常因为疼痛而大半夜都睡不着。可是第二天早晨还得起床、穿衣，乘车去法院，说话、写字，而如果不去法院，那就得一天一夜二十四小时都待在家里，而其中的每一小时都是痛苦。他就这样孤苦伶仃地生活在死亡的边缘上，没有一个人理解他，也没有一个人可怜他。

五

一两个月就这样过去了。新年以前，他的内兄来到他们的那个城市，要住在他们家。他到的时候伊凡·伊里奇在法院，普拉斯科维娅·费多洛芙娜则出门买东西去了。他从法院回来，走进自己的书房，在那儿见到了他的内兄。他的内兄是个健康好动的人，正在收拾自己的皮箱。他听到伊凡·伊里奇的脚步声，便抬起头来，默默地看了他一秒钟。这一眼就向伊凡·伊里奇说明了一切。他的内兄张大了嘴，一声"哎呀"没喊出来，咽了下去。这个动作肯定了一切。

"怎么，我变了吗？"

"是的……有点变化。"

他的内兄说过这话以后，尽管伊凡·伊里奇一再想使他再谈谈自己外表的模样，但他总是避而不谈。普拉斯科维娅·费多洛芙娜回家后，他就去找她。伊凡·伊里奇锁上门，开始照镜子，先照正面，再照侧面。他拿起了他和妻子的合影，把照片和他在镜中看到的自己进行比较。变化是巨大的。接着他把衣袖捋到胳膊肘上面，瞧一瞧手臂，又放下衣袖，坐到沙发上，脸色变得比黑夜还要阴沉。

"不行，不行。"他自言自语道，接着便从沙发上跳起来，走到桌前，打开案卷，开始读，但他读不下去。于是，他打开了门，向客厅走去。客厅的门关着，他蹑手蹑脚地走到客厅门前，开始偷听。

"不，你太夸张了。"普拉斯科维娅·费多洛芙娜说。

"我怎么夸张了？你难道看不出来他已经是个死人了，你瞧瞧他的眼睛，一点光也没有。他得的什么病？"

"谁也不知道。尼古拉耶夫（另一位医生）说是某种病，反正我也不懂。列谢季茨基（就是那位名医）说的却完全相反……"

伊凡·伊里奇走开了，回到自己的房间，躺下来，开始想道："肾，肾移位。"他想起了医生向他说过的所有的话：肾怎样脱落，又怎样移位。于是他便在想象中极力要捉住这个肾，使它停下来，把它固定住。他觉得自己的要求很小。"不，我还得再去找一下彼得·伊凡诺维奇（就是那位有医生朋友的朋友）。"

他摇了摇铃，吩咐套马，准备出门。

"你到哪儿去呀，Jean[①]？"妻子带着特别忧伤和难得有的和善表情问道。这种难得有的和善表情使他恼火，他阴郁地看了她一眼。

"我要去拜望一下彼得·伊凡诺维奇。"

于是他就去拜望了那位有医生朋友的朋友，又同他一起

---

① 法语：约翰（即俄语中的伊凡）。

去拜望了那位医生。他遇见了医生，并同他谈了很长时间。

医生从解剖学和生理学的角度详细分析了他体内发生的种种情况，他全都明白了。

盲肠里有一个玩意儿，一个小玩意儿。这一切是能够治愈的。只要加强某个器官的功能，减弱另一个器官的活动，便能产生一种吸收作用，一切也就康复了。他回家吃饭稍许迟了一点。他吃了饭，愉快地聊了一会儿天，但是他很久都下不了决心离开客厅，回到自己的房间里去工作。最后，他终于向书房走去，并且立刻坐下来工作。他读着案卷，工作着，但他却不停地想着他还有一件暂时搁在一边的重要的心事，要等工作完毕之后再去处理。当他结束了工作他才想起，这件心事是对于盲肠的焦虑。但是他并没有陷于这焦虑之中，他走到客厅去喝茶。客厅里有客人，大家在说话，弹琴，唱歌。那位法院预审官，女儿中意的未婚夫也在座。照普拉斯科维娅·费多洛芙娜的说法，这个夜晚，伊凡·伊里奇过得比其他人都愉快，但是他一分钟也没有忘记他还有一件暂时搁在一边的关于盲肠的重要心事。十一点钟的时候，他向大家告辞，回自己的房间去了。自从他患病以来，他就独自一人睡在书房旁的一个小房间里。

他走进房间，脱了衣服，拿起一本左拉的小说，但是他并没有看书，而是在想。于是在他的脑海里出现了他所希望的盲肠的康复，它经过吸收与分泌终于恢复了正常的活动。"是的，这一切都是这样的，"他自言自语道，"不过应当助自然一臂之力。"他想起了药，于是起来服了药，接着又仰着躺下，注意药物在如何有效地起作用，如何消灭疼痛，"不过必须按时服药，以免发生副作用，我现在已经觉得好一点了，好多了。"他开始抚摸腹部左侧，摸上去不疼，"的确已经好多了。"他吹灭了蜡烛，侧身躺下……盲肠正在康复和吸收。突然，他感到一阵熟悉的、原来的那种疼痛，一种隐隐约约的酸痛，这疼痛很顽固，并不剧烈，但是很严重。嘴里又是那股熟悉的、讨厌的怪味。他的心开始作痛，头发晕了。"我的上帝，我的上帝！"他说道，"又来了，又来了，永远停不下来了。"事情的另一面突然呈现在他面前。"盲肠！肾，"他自言自语道，"问题不在盲肠，也不在肾，而是生与死的问题。是的，我有过生命，可是它正在离开我，离开我，而我却没法留住它。是的，何必欺骗自己呢？我要死了，除了我以外，难道大家不是都看得清清楚楚吗？问题仅仅在于还有多少星期、多少天罢了。也许就是现在，过去是光明，现在却是一片黑暗。过去我在这里，现在却要到那儿去！到哪儿去呢？"他感到浑身一阵发冷，呼吸停止了。

他只听见心脏在跳动。"如果我不在了，那么还有什么呢？什么也没有了。那么当我不在的时候，我在哪儿呢？

难道是死吗？不，我不想死。"他猛地坐起来，想点亮蜡烛，他用发抖的手摸了一阵，把蜡烛和蜡烛台都碰倒在地板上，于是他又往后倒下，倒在枕头上。"何必呢？"他睁开双眼凝视着黑暗，自言自语道，"反正是死。是的，死。可是他们谁也不知道，也不愿意知道，谁也不可怜我。他们在玩儿。（他听见从门外远远地传来歌声和伴奏声。）可他们也会死的。这帮傻瓜。我先死，他们后死。他们也一样要死的。可他们却还在得意。这些畜生！"愤怒使他窒息。他感到痛苦，难以忍受的痛苦。不可能是所有的人都命中注定要承受这种极度的恐怖的吧。他坐起身来。

"这样不好，应当平静下来，应当把一切从头开始细细地想一想。"

于是他就开始想了："是的，一开始是腹部左侧被碰了一下，我还是老样子，今天如此，明天也还是如此。有一点酸痛，后来疼得厉害了些，就去看医生，后来是灰心丧气，忧虑，又去看医生。于是我就离深渊越来越近了。体力减弱了。越来越近了。我憔悴得不成样子，双眼无神。死到临头，可是我却在想什么盲肠。我想修复盲肠，可是这已经是死了。难道是死吗？"他又感到一阵恐怖，气都喘不过来了，他弯下腰去找火柴，胳膊肘碰到了床头柜。床头柜妨碍了他，把他碰得很疼，他迁怒于它，把它推倒在地上。他在绝望中气喘吁吁地仰面倒下，等待死亡马上来临。

这时候，客人们陆续告辞，普拉斯科维娅·费多洛芙娜正在送客。

她听见有东西摔倒的声音，便走了进来。

"你怎么啦？"

"没什么，无意中碰倒的。"

她走出去，拿来一支蜡烛。他躺着，沉重而急促地喘着气，就像一个人刚跑了一俄里似的。他目光呆滞地看着她。

"你怎么啦，Jean？"

"没……什么。碰……倒……了。"他的心里却在想，"有什么可说呢，她不会理解的。"

她的确不理解。她捡起蜡烛把它点着，又匆匆地走了出去——她要去送一位女客。

当她回来的时候，他依旧仰面躺着，望着上方。

"你怎么啦，觉得病变重了吗？"

"是的。"

她摇了摇头，坐了下来。

"你知道吗，Jean，我在想，是否要把列谢季茨基请到家里来一趟。"这就是说她想把那位名医请来，而不吝惜钱。他苦笑了一下，说："不必了。"她坐了一会儿，然后走到他身边，吻了吻他的前额。

当她吻他的时候，他对她恨到极点，只是强忍着才没有把她推开。

"再见，上帝保佑你安睡。"

"嗯。"

六

伊凡·伊里奇看到自己快要死了，经常处在绝望之中。

在内心深处，伊凡·伊里奇知道他快要死了，但是他对这一点不仅不习惯，而且简直不理解，无论如何也不能理解。他在基泽韦特的《逻辑学》[①]中学过三段论法的例子：卡伊是人，人都是要死的，所以卡伊也要死。这个例子他毕生都认为是对的，但它仅仅适用于卡伊，而决不适用于他。那是指卡伊这个人，一般的人，是完全正确的。但他既不是卡伊，也不是一般的人，他是一个从来都与所有其他的人完全不同的人——他是万尼亚，他先是和妈妈、爸爸、米佳和瓦洛佳在一起，整天和玩具、车夫、保姆在一起，后来又和卡金卡在一起，经历过童年、少年和青年时期的欢乐和痛苦。难道卡伊也像万尼亚一样那么喜欢条纹皮球的气味吗？难道卡伊也是那样吻母亲的手吗？难道母亲绸裙上的褶子也是那么对卡伊窸窣作响的吗？难道他也

---

① 基泽韦特（1766—1819），德国哲学家，他所著的《逻辑学》的俄译本曾在俄国的学校中被用作教科书。

在法律学校为了馅饼闹过事吗？难道卡伊也是这么谈恋爱的吗？难道卡伊也能这样开庭审理案件吗？卡伊的确要死的，他死是正确的，但是对于我万尼亚，对于有感情有思想的伊凡·伊里奇，这就是另一回事了。

我也要死，这是不可能的。这简直太可怕了。

他所感觉到的就是如此。

"如果我也必须像卡伊那样死去，那我是应当知道这一点的，我是应当心中有数的，但是我心中却丝毫没有这种感觉。我和我所有的朋友我们都明白，这决不会和卡伊一样。可现在却变成了这样！"他自言自语道，"不可能的。虽然不可能，但却成了事实。这是怎么回事呢？应当怎么理解这一点呢？"

他无法理解，于是就极力驱除这个想法，认为这是一种虚妄、错误、病态的想法，并且极力用另一些正确、健康的想法把它们挤走。但是这一想法不仅是想法，似乎就是现实，它又来了，站在他的面前。

他又轮流地唤出另一些想法来取代这一想法，希望能够从中找到支持。他试图回到从前的思路上去，这些思路过去曾为他遮挡过关于死的想法。但奇怪的是，过去这一切遮挡过、掩盖过、消灭过关于死的意识，现在却不能再起这个作用了。最近一个时期，伊凡·伊里奇的大部分时间都用来企图恢复过去那些能遮挡住死的思路。他一会儿对自己说:"我应该去办公,要知道我过去是靠它生活的。"
于是他就抛开一切疑虑,到法院去了。他与同僚们交谈了
几句后便坐下来,按照老习惯用若有所思的目光漫不经心
地环视了一下公众,然后用瘦削的双手撑着橡木软椅的扶
手,与往常一样探身俯向同僚,并把案卷推过去一点,低
声交谈了几句,然后他突然抬起眼睛,正襟危坐,说了几
句套话,就开始审理案件。但是他左侧腹部的疼痛毫不理
会审案的进程,开始发作起来。伊凡·伊里奇,极力不去
想它,但是它却继续作祟,它又来了,站在他面前,盯着
他,他被惊呆了,眼睛里的光熄灭了,他又开始问自己:
"难道只有它才是真实的吗?"他的同僚和下属惊讶而同情
地看到,像他这样一位出色、精明的法官,居然也会乱了
程序,出现差错。他振作精神,极力使头脑保持清醒,好
不容易才把庭审进行到终了,然后郁郁不乐地坐车回家。
他已经意识到,他的审判工作再也不能像过去那样把他想
要遮挡的事情遮挡住了,他已经不能靠审理案件来摆脱它
了。而最糟糕的是,它之所以要引起他对它的注意,并不
是为了要他做什么事,而仅仅是为了叫他看着它,正视它,
什么事也别做地看着它,这使他觉得难以形容地痛苦。

　　为了摆脱这种状况,伊凡·伊里奇就去寻求安慰,寻
求别的屏障。别的屏障找到了,并在一个短时间内似乎救
了他,但是立刻又被穿透了(不是被毁坏了),似乎它能

穿透一切，任何东西也无法阻挡它。最近这个时期，他常常到他布置的那间客厅去，就是他摔倒的那间客厅，为了这间客厅，为了布置这间客厅（他想起来都觉得痛心、可笑），他牺牲了自己的生命，因为他知道他的病是从那次碰伤开始的。他走进客厅，看到打了蜡的桌子上有一处被什么东西划破的痕迹。他找寻原因，发现这是相册边上被弄弯了的铜饰造成的。他拿起了那本他满怀着爱粘贴起来的珍贵的相册，对女儿和她朋友们的任意糟蹋感到十分恼火，相册中有的地方被撕破了，有的照片被放倒了。他仔仔细细地把相册整理好，把被弄弯的铜饰又扳正了。接着他想把这一套放置相册的établissement①移到另一个墙角里去，靠近花。他喊来了仆人，让女儿或者妻子前来帮忙。她们不同意这样做，他与她们争吵，大发脾气。但是一切都很好，因为他把它忘了，看不到它了。

不过当他亲自搬东西的时候，妻子却说："何必呢，用人们会做的，你又要做对自己有害的事了。"这时，它突然穿过屏障，一闪而过，他看见了它。它一闪而过，他还抱着希望它将就此消失，但是他不由自主地注意了一下左侧腹部，那儿还是老样子，还跟从前一样在隐隐作痛，他已经不可能忘记它了，它分明在花的后面窥视着他。这一切

---

① 法语：设备。

究竟是为什么呢?

"是的,就在这里,就是为了这个窗帘,我就像去冲锋陷阵,牺牲了生命。果真是这样吗?多么可怕,多么愚蠢啊!这是不可能的!不可能的,然而却成了事实。"

他走进书房,躺了下来,他又和它单独待在一起了。他与它面对面,但却拿它无可奈何。他只能望着它,浑身发冷。

七

怎么会出现这种情况的,这是没法说清楚的,因为这是一步一步、不知不觉地发生的,但是在伊凡·伊里奇患病的第三个月,却出现了这样一种情况——无论是他的妻子、女儿、儿子,还是他的用人、朋友、医生,更主要的是,还有他自己,大家都知道,别人对他的全部兴趣仅仅在于他是否能很快地、最终地腾出位置,使活着的人摆脱因他的存在而产生的麻烦,而他本人也可以从自己的痛苦中解脱出来。

他睡得越来越少。医生给他服鸦片,并且开始给他注射吗啡。但是这并没有减轻他的痛苦。他在昏昏欲睡的状态中所感到的那种隐隐约约的疼痛仅仅在起初使他觉得稍微好受些,因为这是一种新的感觉,但到后来,它却变得同样痛苦,甚至比明显的疼痛更使人受不了。

家人遵照医嘱给他准备了特制的食物，但是他却觉得这些食物越来越让人讨厌。他们还给他做了一套供大便用的特殊装置，可是每次使用都是活受罪。他感到受罪是因为这不干净、不体面，而且有臭味，还因为他知道，使用时必须有人在一旁伺候。然而正是在这件不愉快的事情中，伊凡·伊里奇找到了安慰。每次都由一个名叫格拉西姆的专干杂活的男用人伺候他。格拉西姆是一个衣着整洁、面色红润、吃了城里的饭菜以后发福的年轻庄稼汉。他性格开朗，总是乐呵呵的。起初，看到这个总是穿着干干净净俄式服装的用人干这种令人恶心的事，伊凡·伊里奇感到不好意思。有一次，他从便盆上站起来，没有力气把裤子提起来，就跌坐在软椅上，他恐惧地望着自己那裸露的、青筋条条、软弱无力的大腿。这时格拉西姆迈着轻快有力的步伐走了进来，他穿着一双厚皮靴，随身带来一股皮靴发出的好闻的焦油味和一种冬天户外的新鲜气息。他围着一条干净的粗麻布围裙，里面穿一件干净的花布衬衫，挽着袖子，露出年轻有力的手臂。他没有看伊凡·伊里奇（显然，他在抑制着他脸上焕发出的生命的欢乐，免得使病人看了伤心），径直走到便盆跟前。

"格拉西姆。"伊凡·伊里奇用衰弱的声音说。

格拉西姆哆嗦了一下，显然是因为害怕做错了什么事，他以一个敏捷的动作向病人转过脸去，那张脸红润、善良、单纯、年轻，刚开始长出胡子。

"有何吩咐？"

"我想，你干这事感到很不愉快吧。请你原谅我，我没有力气。"

"哪儿的话，老爷。"格拉西姆的眼睛一闪，露出了他那年轻、洁白的牙齿，"为什么不伺候您呢？您有病嘛。"

于是他用灵巧、有力的双手做完了自己惯常做的事，轻手轻脚地走了出去。过了五分钟，他又同样轻手轻脚地走了回来。

伊凡·伊里奇仍旧坐在软椅上。

"格拉西姆，"当格拉西姆把洗干净的便盆放好以后，他说道，"请你过来一下，帮帮我。"格拉西姆走上前去。"把我扶起来，我一个人太费劲了，可我又把德米特里打发走了。"

格拉西姆走上前去，用他那有力的双手轻巧地把他抱起来，就像他走路时一样轻巧。他一只手扶住他，另一只手给他提起裤子，接着便想让他坐下。但是他请格拉西姆把他扶到长沙发上去。格拉西姆就毫不费力地、好像一点也没碰着他似的，连扶带抱地把他搀到沙发旁，让他坐了下来。

"谢谢。你干什么都……那么灵巧，那么好。"

格拉西姆笑了笑，想要离开。但是伊凡·伊里奇觉得跟他在一起十分舒服，不想放他走。

"还有一件事，请你把那把椅子给我拿过来。不，是那一把，把它放在我的腿下面。我把腿抬高一点好受些。"

格拉西姆把椅子拿过来，一下子就把椅子放到了地板上，然后把伊凡·伊里奇的两腿抬起来放到椅子上。伊凡·伊里奇觉得，当格拉西姆把他的两腿抬高的时候，他好受了些。

"我的腿抬高一点好受些，"伊凡·伊里奇说，"请你把那个靠垫搁在我腿底下。"

格拉西姆照办了。他又把他的腿抬起来，然后放下。当格拉西姆把他的腿抬起来的时候，伊凡·伊里奇觉得好一些。当格拉西姆再把他的腿放下，他就觉得差一些。

"格拉西姆，"伊凡·伊里奇说，"你现在有事吗？"

"没有，老爷。"格拉西姆说，他向城里人学会了怎样跟老爷们说话。

"你还需要做什么事吗？"

"我还要做什么事？事情都做完了，只要再劈点儿柴明天用。"

"那么你扛着我的腿，把它再架高一点行吗？"

"那有什么不行的？行。"格拉西姆把他的腿抬高了一些，于是伊凡·伊里奇觉得，这种姿势使他一点都不疼了。

"那么劈柴怎么办呢？"

"您放心吧,我来得及。"

伊凡·伊里奇吩咐格拉西姆坐下来扛着他的腿,并且和他聊起天来。说来也怪,他觉得,格拉西姆扛着他的腿,他就好受些。

从此以后,伊凡·伊里奇有时就喊格拉西姆来,叫他用肩膀扛着自己的腿,并且很喜欢跟他聊天。格拉西姆轻快、乐意、淳朴而且善良地做着这事,这种善良感动了伊凡·伊里奇。所有其他人身上的健康和精力旺盛都使他觉得反感,只有格拉西姆的精力旺盛不但不使他感到难受,反而使他感到安慰。

伊凡·伊里奇感到最受不了的是说假话,那种不知为什么被大家默认的假话,说什么他不是快要死了,只要他安心治病,就会得到某种很好的结果。可是他心里明白,不管他们做什么,除了更加折磨人的痛苦和死亡以外,什么结果也不会有。这种谎言使他受不了。他感到受不了的是,明明是大家都知道而且他也知道的事,他们就是不肯承认,明知他的病情险恶,还要对他说谎,还想迫使他本人也参加说谎。谎言,在他临死前对他所说的这种谎言,这种把他的死这样一件可怕的、庄严的行为,同他们所有那些出门做客、窗帘、午餐的鲟鱼等等降低到同一水平的谎言,使伊凡·伊里奇感到非常痛苦。奇怪的是,当他们向他玩弄这些花招的时候,他好多次差点没向他们大喝一声：别再说谎了，你们知道，我也知道，我快要死了，那就请你们至少别再说谎！但是他从来没有勇气这样做。他看到，他即将死去这样一件极其可怕的事，居然被他周围所有的人，被他毕生信奉的"体面"本身，贬低到了一种偶然的不愉快事件的水平，一种有碍体面的事情的水平（就像人们对待一个身上发出臭味的人走进客厅一样）。他看到，没有一个人愿意哪怕只是了解一下他的处境，因而也没有一个人可怜他。只有格拉西姆一个人了解他的处境，并且可怜他。所以，伊凡·伊里奇只有同格拉西姆在一起才觉得好受些。有时候，格拉西姆接连几夜都扛着他的腿，不肯去睡觉，还说："您放心吧，伊凡·伊里奇，我会睡够觉的。"有时候，他会突然用"你"来称呼伊凡·伊里奇，说："你有病，为什么不侍候你呢？"只有格拉西姆不说谎，从各方面看来，只有他一个人懂得事情的真相，并认为不需要隐瞒这个真相，他只是可怜这位消瘦的老爷。有一次，当伊凡·伊里奇叫他去睡觉的时候，他甚至还直率地说：

"我们大家都是要死的。为什么不侍候您呢？"他说这话的意思是，干这件事他并不觉得难受，因为这件事是为一个快要死的人干的，他希望有一天他快要死了的时候，也有人能替他干同样的事。

除了这种虚伪的谎言以外（或者说正是由于这种虚伪），伊凡·伊里奇感到最痛苦的是，没有一个人像他所希望的那样来怜悯他。有时候，在经过长时间的痛苦之后，他最希望的是（尽管他不好意思承认这一点）能有人像可怜一个生病的孩子那样来可怜可怜他。他真希望别人能像爱抚和安慰孩子那样地来爱抚他、吻他、为他哭泣。他知道他是一位尊贵的高等法院的审判委员，他的胡子都白了，因此这是不可能的。但他还是希望能够如此。在他和格拉西姆的关系中，有些地方与此很相似，因此他和格拉西姆的关系使他感到安慰。

伊凡·伊里奇真想哭，真想有人来爱抚他，为他哭泣，然而当他的同僚、高等法院审判委员谢别克来看他的时候，伊凡·伊里奇不但没有哭和接受爱抚，反而习惯性地摆出一副严肃的、老成的样子，对于撤销原判的决定说出了自己的见解，并且坚持自己的意见。存在于他周围以及存在于他自身之中的虚伪，极大地毒害了伊凡·伊里奇生命的最后几天。

八

早晨。正因为是早晨，所以格拉西姆走了，仆人彼得来了，他吹灭了蜡烛，拉开一块窗帘，开始悄悄地收拾房间。早晨也罢，晚上也罢，星期五也罢，星期天也罢，都是一回事，反正都一样——一刻不停的、折磨人的疼痛，绝望地意识到那正在逐渐离去，但还未完全离去的生命；正在日益逼近的那可怕、令人憎恨的死（只有它才是唯一的现实），还有所有的那些虚伪。一天又一天，一星期又一星期，一小时又一小时，可是，这些还有什么意义呢？

"老爷，您要不要喝茶？"

"他要的是规矩——老爷们每天早晨必须喝茶。"他心里想，但是嘴上却说：

"不要。"

"您要不要挪到长沙发上去？""他要使房间恢复秩序，我在这儿碍事，我不干净，没秩序。"他心里想，但是嘴上却说："不要，你别管我。"

仆人又收拾了一会儿。伊凡·伊里奇伸出了一只手，彼得殷勤地走上前去。

"您有何吩咐？"

"表。"

彼得拿起就放在他手边的表，递给了他。

"八点半。那边还没起床吗？"

"还没呢，老爷。瓦西里·伊凡诺维奇（这是他儿子的名字）上学去了，普拉斯科维娅·费多洛芙娜吩咐，如果您有事找她，就叫醒她。请问要叫醒她吗？"

"不，不必了。"接着他又想："要不要喝点茶呢？"

"对，茶……拿来吧。"他说。

　　彼得向门口走去。伊凡·伊里奇害怕只剩下他一个人。"找什么事情来留住他呢？对，吃药。""彼得，把药拿给我。"他又想："为什么不吃药呢，也许吃药还有效。"他拿起羹匙喝完了药。"不，不会有效的。这一切都是胡说，都是欺骗。"他一尝到那熟悉的、甜得发腻和使人绝望的药味，心里就认定了。"不，我不可能相信。但是这疼痛，干吗要这样疼呢，哪怕能稍微停一下也好啊。"他开始呻吟。彼得又回来了。"不，去，拿茶来。"

　　彼得走了，只剩下伊凡·伊里奇一个人。他开始呻吟，这与其说是由于疼痛（尽管确实疼得很厉害），不如说是由于苦恼。"总是一成不变，总是这没完没了的白天和黑夜，哪怕能快点呢。什么东西快点？死，黑暗。不，不。无论什么都比死强！"

　　彼得用托盘端茶进来的时候，伊凡·伊里奇看了他好久，不明白他是谁和他来干什么。彼得被他看得发窘了。当彼得发窘的时候，伊凡·伊里奇才醒悟过来。

　　"对，"他说，"茶……好，放下吧。不过你来帮我洗一下脸，换一件干净衬衣。"

　　伊凡·伊里奇开始洗脸。他洗一会儿，歇一会儿，洗了手，洗了脸，刷了牙，然后开始梳头，并朝镜子看了一眼。他害怕起来。头发平贴在他那苍白的脑门上，使他觉得特别可怕。

给他换衬衣的时候，他知道，如果他看一眼自己的身体，会觉得更可怕，因此他不敢看自己。但是一切总算结束了。他穿上睡袍，盖上毛毯，在沙发椅上坐下，准备喝茶。在那一刻，他觉得有了点精神，但是当他一开始喝茶，又是那股怪味，又是那种疼痛。他勉强喝完了茶，便伸直双腿躺了下来。他躺下以后就让彼得走了。

一切依旧。一会儿闪出一点希望，一会儿绝望的大海又狂风巨浪，永远是疼痛，永远是苦恼，永远是一成不变。独自待着凄凉得可怕，真想叫个什么人来，但是他又知道，他瞧着别人心里会更难受。"哪怕再来点吗啡呢，也许就能昏睡过去了。我要对医生说，让他再想点办法。这不行，这样下去是不行的。"

一小时、两小时就这样过去了。突然，前厅里响起了门铃声。也许是医生来了吧。不错，正是医生，脸色红润，精神焕发，肥肥胖胖，满面笑容，他脸上的那副表情好像在说：您一定被什么事情吓坏了吧，我们马上就来替您把一切安排妥当。医生也知道这种表情在这里并不合适，但是他的脸上已经永远挂上这副表情，取不下来了，正如一个人一早就穿上了燕尾服出去访客一样。

医生精神焕发地、令人安心地搓着手。

"真冷，外面冷得厉害，让我先烤烤火，"他说这话时的表情似乎在说，只要稍等片刻，让他先暖和暖和，等他暖和过来，一切就好办了，"我说，怎么样？"

伊凡·伊里奇感到，医生本来想说"事儿怎么样？"，但他觉得这样说不妥，便说："您夜里睡得怎么样？"

伊凡·伊里奇瞧着医生，脸上的表情在问他："难道你说谎从来不害臊吗？"但是医生却不想看懂他提的问题。

于是伊凡·伊里奇说：

"仍旧疼得很厉害，疼痛一刻不停，一点也没减轻。能有点什么办法就好了！"

"是啊，你们这些病人总是这样。噢，现在，我似乎暖和过来了，甚至办事极其认真的普拉斯科维娅·费多洛芙娜也不会对我的体温有什么意见了。噢，您好。"医生握了握他的手。

接着，医生便抛开刚才的俏皮态度，带着严肃的表情开始检查病人，把脉，量体温，东敲敲，西听听。

伊凡·伊里奇深知，并且毫不怀疑，这一切都是胡搞，都是毫无意义的骗局。可是当医生跪着，把头伸过来，将耳朵忽高忽低地贴在他身上，带着意味深长的表情在他身上做着各种体操动作的时候，伊凡·伊里奇却任凭他去做，就像以前他听凭律师滔滔不绝一样，其实他已经很清楚地知道，他们全都在说谎，以及为什么要说谎。

医生跪在长沙发上，还在敲打着什么，这时普拉斯科维娅·费多洛芙娜的绸裙子在门口窸窸窣窣地响了起来，听得见她在责备彼得，大夫来了为什么不通知她。

她走进来，吻了丈夫，然后立刻开始说明她早就起床了，当大夫来的时候，只是由于她误以为是别人，她才没有到这儿来。

伊凡·伊里奇望着她，将她整个儿打量了一番，觉得什么都看不顺眼——她那白皙、丰腴、干净的手和脖子，她那头发的光泽，她那充满生气的眼睛的闪光。他对她深恶痛绝。由于对她的憎恨喷涌而出，她碰触到他使他觉得非常难受。

她对他以及对他的疾病的态度依然如旧。正如医生一旦定出了他对病人的态度，就无法改变一样，她也定出了一套对待他的态度——他不肯做他应该做的什么什么事，因此只能怪他自己，她总是关怀爱护地责备他，对待他的这种态度她也已经不能改变了。

"他就是不听话！不肯按时服药。主要的是他用这种姿势躺着，两腿朝上，这可能对他有害。"

她告诉医生，他怎样让格拉西姆扛着他的两条腿。

医生轻蔑而又亲切地微微一笑，似乎在说："有什么办法呢？这些病人有时就会想出这样一些傻事，但是可以原谅。"检查完毕，医生看了看表，这时普拉斯科维娅·费多洛芙娜向伊凡·伊里奇宣布，不管他愿意不愿意，她今天已经请了一位名医，他将同米哈伊尔·丹尼洛维奇（那位普通医生的名字）一起会诊。

"请你不要反对，我是为了自己才这样做的。"她用讽刺的口吻说，目的是让他明白，她做任何事都是为了他，但她只有这样说才能使他无法拒绝。他一言不发，皱紧眉头。他感到，包围着他的这种虚伪已经乱成一团，很难辨别出什么了。

果然，十一点半的时候，那位名医来了。又开始了听诊，以及关于肾、关于盲肠的意味深长的谈话，谈话先是当着他的面，后来又在另一个房间里进行。然后是带着意味深长的表情的问和答，结果他们又没有谈到现实的生与死的问题（现在他面临的只有这一个问题），反而提出了什么肾和盲肠的问题，说什么他的肾和盲肠似乎工作得不对头，因此现在米哈伊尔·丹尼洛维奇和那位名医即将对它们发动进攻，迫使它们恢复正常。

那位名医带着严肃的，但并非没有希望的神情告辞了。伊凡·伊里奇向他抬起闪烁着恐惧和希望之光的眼睛，胆怯地问道，他的病有没有痊愈的可能。那位名医回答道："不能保证，但可能性还是有的。"伊凡·伊里奇送别医生时那种期望的目光是如此可怜，以至普拉斯科维娅·费多洛芙娜看到这目光甚至哭了起来。这时，她正走出他的书房，要把出诊费交给那位名医。

因医生的鼓励而产生的兴奋，持续的时间并不长。又是那同样的房间，同样的画、窗帘、壁纸、药瓶，身体仍是那样不断疼痛，使他备受折磨。于是伊凡·伊里奇开始呻吟。他们给他打了一针，他就昏睡过去了。

当他清醒过来的时候，天已经快黑了。仆人给他端来了晚饭。他勉强喝了点肉汤，于是又是老样子，又是那正在降临的黑夜。

吃过晚饭以后，七点钟，普拉斯科维娅·费多洛芙娜走进他的房间。她的穿着就像要去赴晚会似的，束紧的肥大的胸脯，脸上有脂粉的痕迹。她还在早上就向他提到过他们要去看戏，今晚有刚来此地的萨拉·贝尔纳①的演出，他们有一个包厢，这是他坚持要他们订的。现在他把这件事忘了，因此她的打扮他看了很不顺眼。但是他想起是自己硬要他们去订一个包厢看戏的，因为这对于孩子们是一次有教育意义的审美享受，他便把自己的恼怒隐忍了下来。普拉斯科维娅·费多洛芙娜自满自得地走进来，但是又似乎于心有愧似的，她坐了一会儿，问了他现在的身体状况，但是他看到，她只不过是问问而已，并不是真想知道。她也知道没有什么可问的，于是她就说起了她需要说的话：包厢已经订了，爱伦、女儿和彼得里谢夫（那位法院预审官，女儿的未婚夫）都去，但又不能让他们单独去，如果

---

① 萨拉·贝尔纳（1844—1923），法国著名女演员。

不是这样的话，她是决不会去看戏的。她真想陪他坐在这儿，那样会更愉快些。不过，她不在的时候，他可千万要遵照医生的嘱咐去做。

"对了，费多尔·彼得洛维奇（未来的女婿）想进来看看你。行吗？还有丽莎。"

"让他们进来吧。"

女儿进来了，袒胸露臂，裸露着年轻的身体。他的身体使他痛苦不堪，可是她却把身体拿出去展览。她精力旺盛、健康，显然正在热恋，并对妨碍她幸福的疾病、痛苦和死亡感到愤怒。

穿着燕尾服、烫着 a la Capoul[①] 卷发的费多尔·彼得洛维奇也进来了，雪白的衣领紧紧裹着他那长长的、筋肉毕露的脖子，前胸露出一大片雪白的衬衫，黑色的紧身裤把强壮的大腿裹得紧紧的，一只手上带着雪白的手套，拿着礼帽。

在他之后又悄悄地溜进来一个中学生，穿着新制服，戴着手套，一副可怜巴巴的样子，眼眶下面发黑，伊凡·伊里奇知道他的眼眶下面为什么发黑。

伊凡·伊里奇一直很可怜他，他那受惊的、表示同情的目光显得很可怕。伊凡·伊里奇觉得，除了格拉西姆以

---

① 法语：卡普尔式。约瑟夫 - 阿梅代 - 维克多·卡普尔（1839—1924），法国歌剧男高音歌唱家。

外，只有瓦夏一个人理解他和可怜他。

大家坐下，又问了他的身体状况。接着便是沉默。丽莎问母亲望远镜在哪儿。于是母女俩便争吵起来：是谁放的，放在哪儿？结果弄得很不愉快。

费多尔·彼得洛维奇问伊凡·伊里奇有没有看过萨拉·贝尔纳的演出。伊凡·伊里奇先是没有听懂他问的问题，后来他回答道：

"没看过，您看过吗？"

"是的，看过她演的 Adrienne Lecouvreur①。"

普拉斯科维娅·费多洛芙娜说她在演什么角色的时候特别漂亮。女儿发表了不同的意见。于是他们谈起了她的表演的优美和真实，也就是那种千篇一律的老生常谈。

谈到半中间的时候，费多尔·彼得洛维奇望了伊凡·伊里奇一眼，便住了嘴。其他的人也望了他一眼，也住了嘴。伊凡·伊里奇两眼闪着怒火向前直盯着，显然对他们十分恼怒。必须圆这个场，但却无法圆这个场。必须想个办法来打破这种沉默，可是谁都下不了这个决心，大家都害怕这种彬彬有礼的虚伪突然被破坏，使大家明白了事情的真相。结果还是丽莎率先下决心打破这种沉默，她想掩饰大家都感觉到的东西，但结果还是说了出来。

---

① 法语：《阿德里安娜·勒库弗勒》。法国戏剧家斯克里布（1791—1861）
创作的一部戏剧。

"我说，如果要去的话，那就该走了。"她瞧了一眼表说道（这表是父亲送给她的礼物），然后向那位年轻人会心地（只有他俩才明白其中的意思）微微一笑，站起身来，衣服开始窸窣作响。

大家也站起身，然后便告辞走了。

他们走出去以后，伊凡·伊里奇觉得心里轻松了些——没有虚伪了，虚伪和他们一起走了，但却留下了疼痛。还是那同样的疼痛，还是那同样的恐惧，不见得更痛苦些，也不见得更好受些，但总是在变得越来越糟。

又是一分钟接着一分钟，一小时接着一小时地过去了，一切依旧，永远没完没了，那不可避免的结局也变得越来越可怕了。

"好吧，叫格拉西姆来。"当彼得问他时他回答道。

九

深夜，妻子回来了。她蹑手蹑脚地走进来，但他还是听见了。他睁开眼睛，又急忙闭上。她想叫格拉西姆走，亲自陪他。他睁开眼睛，说：

"不，你走。"

"你很痛苦吗？"

"反正一样。"

"你服点鸦片吧。"

他同意了，喝了下去。她就走了。

直到凌晨三点钟前，他一直处在痛苦的昏睡之中。他觉得，他被塞进一只又窄又深的黑口袋，被越来越深地塞进去，然而就是塞不到底。这件可怕的事是在他极其痛苦的情况下进行的。他又害怕，又想钻进去。他既挣扎，又在帮忙。突然，他坠落下去，跌倒了，他醒了过来。还是那个格拉西姆坐在他的床头，平静、耐心地打着盹。而他却躺着，把穿着袜子的两条瘦骨嶙峋的腿搁在他的肩上。还是那支有罩子的蜡烛，还是那种一刻不停的疼痛。"你走吧，格拉西姆。"他低声地说。

"没关系，我再坐一会儿。"

"不，你走吧。"

他把腿缩了回来，侧过身子，把一条腿压在身子底下，可怜起自己来。等格拉西姆一走进隔壁房间，他便再也忍耐不住，像个孩子似的哭了起来。他哭的是自己的孤苦无援、可怕的孤独、人们的残酷、上帝的残酷，以及上帝的弃他于不顾。

你做这一切是为了什么？你干吗要把我带到这人世间来呢？你为什么，为什么要这么可怕地折磨我呢？……

他并不期待回答，他因为没有回答，也不可能有回答而哭。又疼起来了，但是他没有动弹，也没有叫人。他自言自语道："你来吧，你疼吧！但这是为什么呢？我做了什么对不起你的事呢，为什么呢？"后来，他安静下来，不仅不再哭了，甚至还停止呼吸，全神贯注地倾听，似乎他不是在倾听自己用喉咙说出来的声音，而是在倾听他内心的声音，倾听他内心升起的思想的动静。

"你到底要什么呢？"这是他听到的第一句可以用言语明明白白地表达出来的话，"你到底要什么呢？你到底要什么呢？"他向自己重复道，"要什么？不痛苦。活下去。"他答道。

他又全神贯注地倾听下去，连疼痛也没有使他分心。

"活下去？怎么活下去？"他内心的声音问道。

"对，活下去，像我过去那样活下去——心情舒畅，精神愉快。"

"像你过去那样活下去，心情舒畅，精神愉快吗？"那个声音又问道。于是他就开始在自己的心中逐一回想起他愉快的生活中最美好的时光。但是，说来也怪，所有那些愉快生活中最美好的时光，现在看起来完全不像当时所感觉到的那样——除了童年时的一些最早的回忆以外，全都是这样。在童年时代，有一些事情的确是愉快的，如果那些事情能够回来，倒是可以生活下去。但是那个体验过这种愉快生活的人已经不存在了——这仿佛是关于另一个人的回忆。

造成现在的他——伊凡·伊里奇的那些事情一开始，过去显得快乐的一切在他的心目中便渐渐消散，变成某种渺小的、常常令人讨厌的东西了。

离童年越远，离现在越近，那些欢乐也就变得越渺小、越可疑。这是从他在法律学校上学的时候开始的。在法律学校倒还有某些确实美好的东西。那里有欢乐，那里有友谊，那里有希望。但是到了高年级，这些美好的时光就变少了。后来在省长身边第一次供职的时候，又出现了一些美好的时光，那是对于一个女人的爱情的回忆。然后这一切便乱成一团，美好的东西变得更少了。以后美好的东西又更少了些，越往后越少。

结婚……于是意外地出现了失望、妻子嘴里的气味、肉欲和装模作样！还有那死气沉沉的公务，那为金钱的操心，就这样一年、两年、十年、二十年永远是老一套，而且越往后越变得死气沉沉。正如在一天天走下坡路，却还以为自己在步步高升。过去的情况就是如此。在大家看来，我在步步高升，可是生命却从我的脚下一步步溜走了……终于时候到了，你去死吧！这到底是怎么回事呢？为什么呢？不可能是这样的。生活不可能这样毫无意义，这样丑恶。如果生活真是这样毫无意义，这样丑恶的话，那又为什么要死，而且死得这样痛苦？总有什么地方不对头。

"或许，我过去生活得不对头吧？"他头脑里突然出现了这个想法，"但是什么地方不对头呢，我无论做什么都是兢兢业业的呀？"他自言自语道，接着便立刻把这唯一能够解决生与死之谜的想法当成一种完全不可能的东西，从自己的头脑里驱逐出去了。

"你现在到底需要什么呢？活下去？怎么活下去呢？像你以前在法院里，法警宣布'开庭！'时那样活吗？开庭，开庭。"他向自己重复道，"瞧，这就是法庭！可我并没有犯罪呀！"他愤怒地大叫，"为什么审判我？"接着他便停止了哭泣，把脸转过去对着墙，开始想他一直在想的那个问题：为什么？这一切恐怖到底是为什么？

但是，不管他怎样苦苦思索，还是找不到答案。可是当他想到，这一切是因为他生活得不对头的时候（这个想法常常出现在他脑子里），他就立刻想起他一生都是循规蹈矩的，于是他便把这个奇怪的想法赶走了。

十

又过了两个星期。伊凡·伊里奇已经躺在沙发上起不来了。他不愿意躺在床上，所以就躺在沙发上。他几乎是一直面对墙壁躺着，他独自忍受着那无法解决、始终不变的痛苦，独自思考着那同样无法解决的问题。这是怎么回事呢？难道真的要死吗？于是他内心的声音便答道：是的，这是真的。这些痛苦又是为了什么呢？那声音又答道：就是这样，不为什么。再往下想就是一片空白。

从他开始患病，第一次去找医生看病的时候起，伊凡·伊里奇的生活就处在两种彼此对立、互相交替的情绪之中：时而是绝望和等待着那不可理解的、可怕的死，时而是希望和满怀兴趣地观察着自己体内的活动。时而他眼前只看见暂时偏离自己职守的肾或者盲肠，时而又只看见那用任何办法都不能避免、不可理解、可怕的死。

这两种情绪从他患病之初便互相交替出现，但是患病的时间越长，关于肾的种种推测就越变得可疑和荒诞，而对死即将降临的意识却变得越来越真切。

他只要想一想，三个月以前他是什么样子，而现在他又是什么样子，想一想他怎样在走下坡路——所有的希望就都破灭了。

最近一段时候，他一直孤独地脸朝墙壁躺着。他置身于一个人口稠密的城市，有许多朋友和家人，可是他却感到一种在任何地方，无论在海底还是地下，都不可能有的深深的孤独。伊凡·伊里奇在这可怕的孤独中，只靠回忆往事过活。他的过去一幕一幕地浮现在他的眼前。总是从最靠近的时间开始，逐渐引向最遥远的过去，引向童年时代，然后便停在那里。伊凡·伊里奇想起了今天给他吃的黑李子酱，便又想起了童年时吃的那半生不熟、皱皮的法国黑李子，想起它那特别的味道和快吃到核时嘴里充满的唾液。由于想起李子的味道，连带着出现了一连串童年时的回忆：保姆，弟弟，玩具。"别想这些了……太痛苦了。"伊凡·伊里奇对自己说。于是他又转向现在。他看到沙发背上的扣子和山羊皮的皱纹。"山羊皮又贵又不结实，就是因为它引起了争吵。但那是另一块山羊皮，是另一次争吵，当时，我们把父亲的皮包扯破了。我们在受处罚，可是妈妈却拿来了馅饼。"于是思想又停留在童年时代，伊凡·伊里奇又觉得很痛苦，他极力把这个回忆赶走，去想别的事。

这一连串回忆在他心中又引起了另一串回忆——他回想起他的病是怎么产生和发展的。越是往前追溯，生活中的内容就越多。生活中的善越多，生活本身的意义也就越丰富，二者是交融在一起的。"病痛越来越厉害，整个生活也越来越糟了。"他这样想。在生命刚开始的时候，在那儿，有一小点光亮，以后便越来越黑暗，而且黑得越来越迅速。"与死亡的距离的平方成反比。"伊凡·伊里奇想。于是一块石头加速向下坠落的形象便深深地刻在他的心中。生命，就是一连串不断增加的痛苦，这生命正在越来越迅速地飞向终点，飞向那最可怕的痛苦。"我在飞……"他颤抖，动弹，想要反抗。但是他知道，反抗是没有用的，于是他就用他那看累了的，但又不能不朝前看的眼睛看着沙发背，等待着，等待着那可怕的坠落、碰撞和毁灭。"反抗是没有用的。"他自言自语道,"但是哪怕能明白这是为什么也好啊!但那也不可能。如果说我生活得不对头,倒也是一种解释,但就是这一点我不能承认。"他想起自己毕生都是奉公守法、循规蹈矩和品行端正的。"就是这一点不能承认。"他一面对自己说,一面微笑起来,好像有什么人会看见他的微笑并被他的微笑所骗似的。"无法解释!痛苦,死……这是为什么呢?"

十一

就这样过了两个星期。在这两星期里,发生了伊凡·伊里奇和他的妻子所盼望的事情:费多尔·彼得里谢夫正式提出了求婚。这事发生在晚上。第二天,普拉斯科维娅·费多洛芙娜走进丈夫的房间,边走边想着怎样向他宣布费多尔·彼得里谢夫的求婚,可是也正是在昨天夜里伊凡·伊里奇的病情进一步恶化了。普拉斯科维娅·费多洛芙娜看见他躺在那张长沙发上,不过换了个新的姿势。他仰面躺着,在呻吟,目光呆滞地望着前方。

她开始谈到药,他把自己的目光向她转了过来。她没有把要说的话说完,因为他的目光中表现出极大的憎恨,而且是对她的极大的憎恨。

"看在基督的份儿上,你就让我安安静静地死吧。"他说。

她想离开，但这时女儿进来了，走上前去问候他。他看女儿的目光与看妻子的目光一样，她问他的身体状况，对于她的问题他只是冷冷地答道，他很快就可以使他们大家解放出来，不再受他的拖累了。

母女俩不作声了，坐了片刻便走了。"我们到底做错了什么？"丽莎对母亲说，"好像这是我们造成的似的！我心疼爸爸，但他干吗要折磨我们呢？"

医生在往常来的时候来了。伊凡·伊里奇在回答"是，不是"的时候，一直用愤恨的目光盯着他，最后终于说：

"您明明知道您已经帮不了我了，您就别管我了吧。"

"总能减轻一点痛苦吧。"医生说。

"您也不能，您就别管我了。"

医生走到客厅里，对普拉斯科维娅·费多洛芙娜说，病情很严重，若要减轻痛苦（痛苦一定很强烈），只有一个办法——服鸦片。

医生说他的肉体痛苦很强烈，这话不错。但比他的肉体痛苦更可怕的是他精神上的痛苦，这也是他最主要的痛苦。

他的精神上的痛苦在于，昨夜，当他望着格拉西姆那睡眼蒙眬、善良、颧骨突出的脸时，他突然想到：实际上，我的整个一生，自觉的一生，都"不对头"。

他想到先前他觉得是完全不可能的事，即他的一生过得不对头，也许倒是真的。他想到他反对身居高位的人认为是好东西的那些微弱的意图，那些他立刻从自己的头脑里赶走的微弱的意图，它们倒可能是对的，而其他的一切倒可能是错的。他的公务、他的生活安排、他的家庭，以及他对社交和公务的兴趣——这一切倒可能是错。他企图在自己面前替这一切辩护。可是他忽然感到，辩护的理由太软弱无力了。根本就没有什么可辩护的。

"如果真是这样的话，"他对自己说道，"那我就是直到离开人世的时候才认识到，我毁掉了上帝给予我的一切，而且已经无可挽回，那该怎么办呢？"他仰面躺着，开始重新逐一检查自己整个的一生。早晨，当他看见仆人，然后是妻子，然后是女儿，然后是医生的时候，他们的每一个行动、每一句话都证实了他昨夜发现的那个可怕的真理。他在他们身上看到了他自己，看到了他过去赖以生存的一切，他清楚地看到这一切都不对头，这一切都是掩盖了生与死的可怕的大骗局。这一认识加剧了——十倍地加剧了他肉体上的痛苦。他呻吟，翻来覆去，撕扯身上的衣服。他觉得，这些衣服压迫着他，使他透不过气来。因此，他恨它们。

他们给他服了大剂量的鸦片，他昏睡过去了，但是吃午饭的时候疼痛又开始发作。他把所有的人都赶走，疼得直打滚。

妻子走到他的身边说：

"Jean，亲爱的，这事就算为我（为我？）做的吧。这不会有害处的，反而时常有用。怎么样，没关系的。没病的人也常常……"他睁大了眼睛。

"什么？领圣餐吗？ ① 为什么？不要！不过……"她哭了起来。

"行不行，亲爱的？我去把我们的那位请来，他是那么和气。"

"好极了，很好。"他说。

当神父来了，并听了他的忏悔以后，他的心才轻松了些，他仿佛摆脱了自己的疑惑，感到一阵轻松，痛苦也似乎因此而减轻了，刹那间，他感到了一线希望。他又开始想到盲肠以及使它恢复正常的可能性。他两眼含着泪水领了圣餐。

领完圣餐以后，他们扶着他躺下，他暂时感到一阵轻松，生的希望又出现了。他想起了他们建议他动手术的事。"活，我想活。"他自言自语道。妻子前来祝贺他。② 她说了几句人们惯常说的话，又加了一句：

"你觉得好点了，是吗？"他没有看她，说："是的。"

她的衣服，她的体态，她的面部表情，她说话的声音全都在对他说着同样的话："错了。你过去和现在赖以生存

---

① 按东正教的教规，教徒临终要领最后一次圣餐。

② 祝贺他领了圣餐。

的一切，其实都是虚伪和欺骗，他们向你掩盖了生与死。"一想到这个，他的憎恨就油然而起，伴随着憎恨又出现了肉体上的剧烈痛苦，而与痛苦俱来的则是意识到那不可避免、即将来临的毁灭。出现了一种新的情况——他开始感到绞痛和刺痛，并感到窒息。

当他说"是的"的时候，他脸上的表情是可怕的。他说完"是的"以后，便直盯着她的脸，接着就异常迅速地（就他的虚弱程度来说）翻过身去，脸朝下，大叫：

"走开，走开，你们别管我了！"

十二

从这一刻起，便开始了那三天不停的喊叫，这叫声是如此可怕，即使隔着两道门听到它也不能不使人毛骨悚然。在回答妻子的问话的那一瞬间，他明白他完了，无可挽救了，末日，真正的末日到了，可是他的疑惑仍旧没有解决，疑惑仍旧是疑惑。

"哎哟！哎哟！哎哟！"他用各种声调叫着。他开始大叫："我不要！"接着便不停地叫着"哎哟"。

整整三天，在这三天中，对他来说时间已经不存在了，一种无形的、不可抗拒的力量正在把他塞进一只漆黑的口袋，他在那只漆黑的口袋里挣扎着，就像一个死囚明知他不可能不死，可还在刽子手的手下苦苦挣扎一样。尽管他在拼命挣扎，可是每分钟他都感到那使他无限恐惧的事越来越近了。他感到痛苦在于，他正在朝一个漆黑的洞穴里钻，而更痛苦的是他钻不进那个洞穴。妨碍他钻进去的是，他认为他的一生是正确的。对自己一生的这种自我辩护揪住了他，不让他前进，这就更使他苦不堪言。

突然，有一股力量对准他的胸口，对准左侧腹部推了他一下，他的呼吸更困难了，他终于掉进了洞穴。在那边，在洞穴的尽头，有个什么东西在发亮。他当时的情形，就像人们在火车里常常发生的情形那样——你以为在前进，其实却在后退，后来你才突然辨明了真正的方向。

"是的，一切都不对头，"他自言自语道，"但是这不要紧。可以，可以再做'对头'的事嘛。那么什么才是'对头'的呢？"他问自己，忽然安静了下来。

这事发生在第三天的末尾，在他临死前一小时。就在那时候，那个中学生悄悄地溜进了父亲的房间，走到他的床边，那个生命垂危的人还在拼命喊叫，双手乱舞。他的一只手打着了中学生的头，中学生抓住了它，把它贴到嘴唇上，哭了起来。

就在那时候，伊凡·伊里奇掉进了洞穴，看到了光明。这时他才恍然大悟，他的一生都不对头，但还可以纠正。他问自己：那么什么才是"对头"的呢？接着他便安静下来，凝神倾听。这时他觉得有人在吻他的手。他睁开眼睛，望了儿子一眼。他可怜起他来。妻子走到他身边，他也望了她一眼。她张着嘴，鼻子上和脸颊上还挂着没有擦干净的泪水，她带着绝望的神情望着他。他也可怜起她来。

"是的，我使他们受尽折磨，"他想道，"他们觉得惋惜，但是等我死了以后，他们会好起来的。"他想说这话，但是没有力气说出来，"其实，何必说呢，应当去做。"他这样想。他用目光向妻子指了指儿子，说：

"领走……可怜……还有你……"他还想说"原谅"，但却说成了"原来"，因为没有力气改正，他便挥了挥手。他知道，该明白的人会明白的。他突然明白了，那使他苦恼和不肯走开的东西，正从他的两边和四面八方忽然一下子散开了。他既然可怜他们，就应当使他们不痛苦。使他们，也使自己摆脱这些痛苦。"多么好又多么简单啊。"他想。"可是疼痛呢？"他问自己，"它到哪儿去了？喂，疼痛，你在哪儿呀？"

他开始凝神倾听。

"是的，这就是它。那有什么要紧，让它疼去吧。"

"可是死呢，它在哪儿？"

他寻找他过去对于死的习惯性的恐惧，可是没有找到。死是怎样的？它在哪儿？任何恐惧都没有，因为死也没有。

取代死的是一片光明。

"原来是这么回事!"他突然说出声来,"多么愉快啊!"

对于他,这一切都是在一瞬间发生的,而这一瞬间的意义已经不会再改变了。对于守候在一旁的人来说,他的弥留状态还持续了两小时。他的胸膛中有什么东西在呼哧呼哧地响,他那消瘦的身体还在微微颤抖。后来呼哧声和喉咙里的沙哑声便越来越少了。

"完了!"有人在他的身边说道。

他听见了这句话,并在自己心中把这句话重复了一遍。"完了——死,"他对自己说,"再也没有死了。"他吸进一口气,但是刚吸到一半就停住了,两腿一伸,死了。

1886 年

图书在版编目（CIP）数据

伊凡·伊里奇之死 /（俄罗斯）列夫·托尔斯泰 著；
许海燕译 . — 北京：东方出版社，2021.7
ISBN 978-7-5207-2212-4

Ⅰ.①伊… Ⅱ.①列…②许… Ⅲ.①中篇小说—小
说集—俄罗斯—近代 Ⅳ.① I512.44

中国版本图书馆 CIP 数据核字（2021）第 100059 号

伊凡·伊里奇之死
（YIFAN YILIQI ZHI SI）

作　　者：[俄]列夫·托尔斯泰
出版统筹：吴玉萍
责任编辑：杨袁媛
责任审校：赵鹏丽
书籍设计：董茹嘉
内文排版：刘太刚
出　　版：东方出版社
发　　行：人民东方出版传媒有限公司
地　　址：北京市西城区北三环中路 6 号
邮　　编：100120
印　　刷：北京市大兴县新魏印刷厂
版　　次：2021 年 8 月第 1 版
印　　次：2021 年 8 月第 1 次印刷
开　　本：787 毫米 ×1092 毫米　1/32
印　　张：10
字　　数：188 千字
书　　号：ISBN 978-7-5207-2212-4
定　　价：49.00 元
发行电话：（010）85924663　85924644　85924641